Aus dem Eis

Stephan Ahlers-Möller

Stephan Ahlers-Möller

Aus dem Eis

Mystery-Horror

Impressum

Bibliografische Information der Deutschen Nationalbibliothek:
Die Deutsche Nationalbibliothek verzeichnet diese Publikation in der
Deutschen Nationalbibliografie; detaillierte bibliografische Daten sind
im Internet über http://dnb.dnb.de abrufbar.

© 2022 Stephan Möller, Plaggestraße 137a, 26419 Schortens
www.stephan-ahlers-moeller.de

Lektorat: André Gabriel (www.lektorat-gabriel.de)

Coverdesign und Umschlaggestaltung: Florin Sayer-Gabor
(www.100covers4you.com)

Herstellung und Verlag: BoD – Books on Demand, Norderstedt

ISBN: 978-3-7557-1011-0

Für AK.

PROLOG

Eigentlich hatte Jeff auf den Ausflug hingefiebert. Ein verlängertes Wochenende, vier ganze Tage, weg von Ehefrau und drei Kindern? Hell yeah!

Leider hatte Stuart, sein Kumpel aus der Highschool, ihm nicht gesagt, dass die Freunde, die er selbst mitnehmen wollte, regelrechte Arschlöcher waren. Ted und Bill hießen sie – wie aus dem Film, den Stu und er als Teenager abgefeiert hatten.

Die beiden waren in ihrem Alter, männlich und weiß ... und da hörten die Gemeinsamkeiten auf. Das erste Mal war er gestern auf der Fahrt mit ihnen aneinandergeraten, als sie einen Tankwart mit Latino-Wurzeln wegen seiner Hautfarbe anpöbelten. Das war ein hilfreicher Fingerzeig, wen sie gewählt hatten. Die pseudopolitische Diskussion beim Abendessen, in der sie den Cheeto mit Haarteil zum besten Präsidenten aller Zeiten gekürt hatten, hatte Jeff endgültig gezeigt, dass sie Schwachmaten waren.

Gestern hatte er sich noch dezent zurückgehalten. Dann erwähnte Bill heute beim Eisangeln, »eine Eskimofotze für jeden von uns« wäre jetzt genau das Richtige. Für Jeff war das der Moment, in dem er einen Schlussstrich ziehen musste. Ein kurzer, heftiger Streit entflammte, und bevor es zu Handgreiflichkeiten kommen konnte, ging er lieber.

Früher hatte er sich einen Pazifisten genannt. In letzter Zeit kam er aber immer häufiger zu dem Entschluss, dass die Menschen, die den derzeitigen Präsidenten unterstützten, mit ihrer Idiotie im Handumdrehen aus jedem noch so braven Bürger einen militanten Schläger machen konnten.

Er wanderte über das Eis und verfluchte sich dafür, bei diesem Trip dabei zu sein. Eisangeln im östlichen Alaska, vier Tage lang nichts als Ruhe und Männerkram – das hatte Stu ihm versprochen. Gerade aber wünschte er sich sehnlichst, zu Hause in Oregon zu sitzen, mit Mary auf dem Sofa, ein Glas Wein in der Hand, vor einer Netflix-Serie, wenn die Kinder im Bett waren. Vielleicht könnte er sie sogar überreden, ihn mal wieder ranzulassen.

Er seufzte und blieb stehen. Dann setzte er seinen Rucksack ab, holte eine Thermoskanne heraus und hoffte, dass das Teil die Versprechen des Herstellers hielt: Ob Kaffee, Tee oder Suppe, alles bleibt bis zu zwölf Stunden heiß!

Wenn der Kaffee jetzt kalt war, konnte er sich auch die Kugel geben. (Die er natürlich nicht dabei hatte.)

Doch das starke schwarze Gesöff dampfte, als er es in den Deckel der Kanne goss. Durch seine Handschuhe fühlte er sogar die Wärme, die vom Becher ausging. Er sog den Dampf in die Nase und ergötzte sich am Aroma des heißen Bohnenkaffees. Immerhin: In der Hütte, die Stu ihnen besorgt hatte, stand eine richtige Kaffeemaschine. Ein Vollautomat, kein Filtermüll.

Er drehte sich herum und schaute, ob es in der Nähe eine Möglichkeit gab, sich geschützt hinzusetzen und auszuruhen. Eigentlich machte ihm die Kälte nichts aus. Er hatte sich warm eingepackt. Außerdem waren Stu und er in Maine aufgewachsen, wo die Winter hart und lang sind.

In der letzten halben Stunde war aber ein schneidender Wind aufgezogen, der die Kälte durch jede noch so kleine Ritze in der Kleidung presste. Die Böen ließen ihn erzittern und es fühlte sich an, als hätte jemand seine Eingeweide an ein Kühlaggregat angeschlossen.

Links und vor ihm fand er nichts als Eis und Schnee und weit hinter sich sah er seine drei »Freunde« als kleine Punkte am Eisloch sitzen. Zu seiner Rechten wollte er sich genauer umsehen: Dort wuchsen einige karge Büsche und Sträucher, die sich einen Berghang hochzogen. Irgendwo auf der anderen Seite des Berges lag die kanadische Grenze, wusste Jeff.

Ein Kurztrip nach Kanada, dachte er, auch keine schlechte Idee.

So weit wollte er aber nicht laufen. Nur ein Stückchen am Hang entlang und schauen, ob es irgendwo eine halbwegs geschützte Ecke gab.

Schon jetzt war er der Meinung, sein Tag wäre versaut. Doch er konnte nicht ahnen, was er nun finden würde.

Sein Blick hing an einem schwarzen Fleck in der ansonsten durch gleißende Weißtöne dominierten Landschaft.

Was zur Hölle?

Was er da sah, konnte unmöglich eine Höhle sein. Dafür war das Schwarz zu ebenmäßig und zu glänzend. Nein, das konnte nichts Natürliches sein.

Er kniff seine Augen zusammen und rieb sie sich mit den Fingern. Dann sah er wieder zu dem dunklen Fleck und wartete, bis sich seine Augen erholten.

Es dauerte nicht lange, bis er erkannte, dass die helle Fläche über dem Schwarz kein merkwürdig geformter Felsbrocken war ... sondern ein Gesicht. Zusammengekauert und bewegungslos saß in der Senke am Fuß des Berges eine blasse Frau in einer glänzend schwarzen Jacke.

Er rannte los.

Schon beim Näherkommen löste sich jeder Zweifel in Luft auf.

Was er erwartet hatte, konnte er nicht sagen – eine Obdachlose vielleicht oder eine alte Inuk. Eine weiße, straßenköterblonde junge Frau mit einem dicken Verband über dem rechten Auge und etlichen Blessuren war es auf jeden Fall nicht.

Die ist tot, regte sich eine Vorahnung in seinem Hinterkopf. Unmöglich, dass die noch lebt!

Er beugte sich zu ihr hinunter. Die Frau sah tatsächlich tot aus. Ihre Haut war blass, die Lippen waren blau und die blutunterlaufenen Augen starrten in die Ferne, als hätte sie dort etwas Bedrohliches gesehen, das sie in Schockstarre versetzt hatte.

Er streckte seine Hand zu ihrem Hals aus, um nach ihrem Puls zu tasten. Nicht, dass er wusste, wie das funktionierte. Er hatte zwar einen Erste-Hilfe-Kurs gemacht, aber das war Jahre her. Trotzdem, irgendwas würde er da schon erfühlen, wenn sie noch lebte.

Entsprechend hart war der Schock, als die Hand der Frau vorschnellte und sich fest um sein Handgelenk schloss, kurz bevor er ihren Hals berührte. Ihre starren Augen blinzelten, dann bewegte sie ihren Kopf – nur ein kleines Stück und seltsam steif. Ihr Blick traf seinen. Es fröstelte ihn. Nicht vor Kälte, nein, es war der Ausdruck der Frau, der ihm einen Schauer über den Rücken jagte, wie er ihn noch nie gespürt hatte.

»Entschuldigen Sie, Miss«, sagte er. Er bibberte so stark, dass er stotterte. »Ich dachte, Sie wären …«

Ich dachte, Sie wären tot, hatte er sagen wollen, aber das brachte er nicht über die Lippen. Lieber brach er den Satz ab.

»Wo …«, setzte die Frau an. Ihre Stimme klang brüchig und zittrig. Sie fuhr mit ihrer Zunge im Mund herum.

Dann wandte sich ihr Blick ab, wanderte an ihm herunter und blieb am dampfenden Deckel der Thermoskanne in seiner Hand hängen. Ihre Augen suchten wieder seinen Blickkontakt.

»Bitte«, krächzte sie.

Jetzt erst verstand Jeff.

Er ließ sich seitlich neben ihr auf ein Knie herab und hob die Hand mit dem Kaffeebecher an ihre Lippen. Sie öffnete den Mund einen Spalt und er flößte ihr einen Schluck ein, langsam und vorsichtig. Er wusste nicht, wie weit der Kaffee mittlerweile abgekühlt war.

Gierig schluckte die Frau den Kaffee runter. Ihre Hand streckte sich nach dem Becher aus, was Jeff als Zeichen verstand, ihr noch einen Schluck zu geben. Wieder flößte er ihr etwas von dem Getränk ein, doch diesmal war sie zu gierig: Die Flüssigkeit rann ihr die Mundwinkel herab und tropfte von ihrem Kinn. Sie verschluckte sich und musste viel Kraft aufwenden, um sich aufzubäumen.

»Nur langsam, Lady«, sagte Jeff. »Ich habe eine volle Kanne davon, die können Sie komplett haben, aber trinken Sie *langsam*!«

Die Frau nickte kraftlos und verlangte nach mehr Kaffee, indem sie die Lippen wieder leicht öffnete. Jeff gab ihr einen weiteren Schluck. Sie beherzigte seinen Rat und trank jetzt vorsichtiger.

Das gab ihm die Gelegenheit, seinen Blick an ihr herabgleiten zu lassen. Als er sie gefunden hatte, war er so sehr mit ihrem todesgleich erstarrten Gesicht beschäftigt gewesen, dass er keine Augen dafür gehabt hatte, in welchem Zustand sie sich sonst befand.

Die Frau wirkte körperlich halbwegs intakt, sah man von den eindeutigen Anzeichen für Erfrierungen und Erschöpfung ab. Ihre Kleidung war heil, lediglich etwas Dreck hatte sich in ihrer dicken schwarzen Winterjacke und der Skihose verfangen.

Die Frau trank einen Schluck Kaffee. Dann suchte ihr Blick wieder seinen.

»Wo bin ich?« Ihre Stimme klang besser. Immer noch kratzig, aber nicht mehr trocken wie Feuerholz.

Jeff wunderte sich über die Frage. Wie weit konnte sie denn gewandert sein?

»Wir befinden uns in Alaska«, antwortete er trotzdem. »Genauer im östlichen Teil davon. Irgendwo hinter dem Berg, an dem Sie gerade sitzen, befindet sich die Grenze zu Kanada. Die nächste Ortschaft ist nur rund zehn Meilen entfernt. Dort gibt es Ärzte, die sich um Sie kümmern werden.«

Er zog sein Smartphone aus der Jackentasche und wollte das Display aktivieren.

»Ich brauche keinen Arzt«, hielt ihn die Frau davon ab. Jetzt erst bemerkte er, dass sie mit einem Akzent sprach. Kein amerikanischer Akzent. Eher etwas Europäisches.

Er sah sie verwundert an. »Das sehe ich aber anders. Nehmen Sie es mir nicht übel, aber Sie sehen aus, als sollte mal jemand über sie drüber gucken.«

Der Blick der Frau, nach dem Kaffee etwas klarer, wurde wieder glasig und starr. »Das tut nichts zur Sache«, flüsterte sie fast. Als sie weitersprach, musste Jeff sich zu ihr vorbeugen. »Nichts tut mehr was zur Sache. Wir sind alle verloren. Alle.«

Nicht das, was sie sagte, ließ Jeff schaudern. Weltuntergangsszenarien und Spinnereien von verrückten Flat-Earth-Gläubigen las man in den sozialen Medien schließlich häufiger. Es war die Art, wie sie es sagte – denn Jeff wusste ohne Zweifel, dass sie ihre Worte glaubte.

Was tun?, fragte er sich.

Ganz gleich, ob sie einen Sinn darin sah oder nicht: Sie brauchte einen Arzt. Das nächste medizinisch geschulte Personal war aber zehn Meilen weit entfernt, in der kleinen Ortschaft Egerton, an deren Rand Stuart sie untergebracht hatte.

Er zog seinen Handschuh aus. Sofort umhüllte die Kälte seine Finger und schoss eisige Blitze durch seine nicht mehr ganz jungen Gelenke. In ein paar Jahren würde er wohl mit Arthrose oder Arthritis oder Rheuma oder was auch immer zu tun bekommen. Das war aber gerade nicht sein Hauptproblem.

Mit seinem Finger aktivierte er das Display seines Smartphones.

Ein Blick in die obere linke Ecke zeigte ihm, dass der Akku bald leer war. Noch vier Prozent, warnte ihn das Batteriesymbol mit rot umrandetem Ausrufezeichen.

Egal – vier Prozent mussten reichen! Die Frau vor ihm benötigte dringend Hilfe. Er hoffte, dass Stu sein Handy dabei und angeschaltet hatte.

Er entsperrte das Display und suchte Stuarts Handynummer aus der Anrufliste, drückte auf das grüne Telefon-Icon und hielt sich das Handy ans Ohr.

Das Freizeichen ertönte.

Immerhin. Es ist nicht aus.

Jeff lauschte dem Freizeichen – zweimal, dreimal, viermal. Er wollte es schon aufgeben und die Notrufnummer wählen, bevor der Akku ganz leer war, doch das fünfte Freizeichen brach mitten im Ton ab.

»Jeff, Mann, wo bist du denn?«, meldete sich Stuart.

»Ich bin am Fuß des Gebirges im Nordosten von euch. Hör mir zu!«

»Da ganz hinten? Mann, was machst du denn da?«

»Ist doch e…«

»War ganz schön unhöflich, wie du einfach abgedampft bist«, unterbrach Stuart ihn.

»Ja, ja, tut mir leid«, sagte Jeff. Für Stuart tat es ihm tatsächlich leid, wie er sich aus dem Staub gemacht hatte. Das war keine Lüge.

»Schon okay. Komm mal zurück. Es wird bald dunkel, und wir wollen hier einpacken. Bill hat vorgeschlagen, heute Abend mal diesen Strip-Schuppen außerhalb der Stadt zu checken. Du weißt schon, der, an dem wir immer vorbeifahren.«

»Daraus wird heute nichts«, sagte Jeff.

»Ach komm, nun hab dich mal nicht so. Deine Alte wartet zu Hause auf dich, aber solange kannst du dir doch auch andere Titten angucken.«

»Darum geht es mir nicht.« Jeff seufzte. Stuarts Redeschwall brachte den Akku noch ans Ende, bevor er von der Frau erzählt hatte. »Nun hör mir doch mal zu, verdammt!«

Das klang härter, als Jeff beabsichtigt hatte, aber es erfüllte seinen Zweck: Stu sagte nichts mehr und schien ihm zuzuhören.

»Ich hab hier eine Frau gefunden …«

»Eine Frau? Hat die dicke Titten?« Wieder Gelächter im Hintergrund.

Arschlöcher, dachte Jeff.

»Nein. Egal. Halt mal kurz deine Klappe und unterbrich mich nicht, okay? Hier bei mir sitzt eine Frau, völlig unterkühlt und ausgezehrt. Die braucht dringend einen Arzt.«

»Oh Mann.« Stuarts Stimme klang jetzt besorgt.

Na endlich.

»Packt ein und kommt mit dem SUV so nah hier ran wie möglich. Ich trage sie aus dem Gebüsch raus.«

Jeff wartete, während Stu den beiden Arschgeigen erzählte, was passiert war. Als er hörte, wie einer der beiden in den Hörer brüllte, er solle beim Tragen mal eine Handvoll Arsch testen, legte er auf.

Er schaute auf das Display. Das Batteriesymbol zeigte noch ein Prozent an.

Das war knapp, dachte Jeff. Er steckte das Smartphone in die Hosentasche und zog die Handschuhe wieder an. Durch die Aufregung hatte er nicht mitbekommen, wie kalt seine Finger geworden waren.

»So, Lady«, sagte er und drehte sich zu der Frau.

Die schaute immer noch mit glasigem Blick in die Ferne, als näherte sich dort Godzilla oder irgendein anderes Monster. Auf seine Worte reagierte sie lediglich, indem sie mühsam den Kopf zu ihm drehte – nur ein kleines Stück, sodass sie ihn gerade angucken konnte.

»Meine Freunde kommen mit dem Wagen. Wir bringen Sie jetzt ins Krankenhaus. Kommen Sie, ich helfe Ihnen das Stück aus dem Gebüsch heraus.«

Die Frau gehorchte und legte ihren Arm um seine Schultern, sodass er sie stützen konnte. Sie setzte sogar bereitwillig kleine, unsichere Schritte voreinander in den Schnee.

Jeff hatte trotzdem das Gefühl, der Frau mit seiner Rettungsaktion keinen Gefallen zu tun.

Das Krankenhaus von Egerton war klein, aber viel zu groß für die Bedürfnisse des Countys. Es gab Vorschriften, dass auf so und so viele Einwohner des Einzugsgebietes so und so viele Betten kommen mussten, und da es das einzige Krankenhaus im Umkreis von mehr als hundert Meilen war, hatte eine Kleinstadt mit rund eintausend Menschen von der Regierung des Staates Alaska ein für ihre Verhältnisse riesiges Hospital spendiert bekommen.

Da die Stadt und die umliegende Gegend fast das ganze Jahr hindurch ein Touristenmagnet waren, lag den Politikern in der Verwaltung obendrein viel daran, es gut auszustatten. Damit gehörte das *Egerton County Public Hospital* zu den wohl komfortabelsten öffentlichen Krankenhäusern der USA.

Das beinhaltete auch eine günstige, aus Fördermitteln subventionierte Cafeteria.

Pete Dorian, der Sheriff von Egerton County, war dankbar für einen richtigen Kaffee statt irgendeiner Automatenbrühe, bevor er zur Befragung der unbekannten Frau ging.

Ihr Zimmer roch wie ein typisches Krankenhauszimmer – nach Verbandsmaterialien, Desinfektionsmitteln und beißender Reinlichkeit.

Pete hasste den Geruch. Lieber hätte er die Dame auf die Wache verfrachtet und dort befragt. Aber auch ohne Rücksprache mit dem Doc wusste er, dass es besser war, wenn sie über Nacht hierblieb.

Die Frau lag auf dem einzigen belegten Bett im Zimmer und starrte aus dem Fenster zu ihrer Linken. Sie regte sich nicht, als Pete eintrat und zu ihr ging.

»Guten Tag«, sagte er.

Sie drehte langsam und steif den Kopf zu ihm. In ihrem Blick lagen Kummer und … *Angst?*

»Sie müssen sich nicht fürchten«, versuchte er es. »Hier sind sie in Sicherheit.«

Ein humorloses, zynisches Lächeln setzte sich auf ihre Lippen.

»Reden Sie sich das ruhig ein. Damit lebt es sich leichter, nehme ich an.«

»Darf ich fragen, wie Sie das meinen?«

»Natürlich dürfen Sie das fragen. Aber Sie werden mir sowieso nicht glauben. Also versuche ich gar nicht, es Ihnen zu erklären.«

Sie konnte sich gut ausdrücken, sprach aber mit einem Akzent. Europäisch, glaubte er. Vielleicht deutsch?

»Das verstehe ich nicht«, sagte er ruhig.

»War mir klar.«

Er seufzte und zog einen ungemütlichen Holzstuhl vom kleinen Besuchertisch heran. Er stellte ihn so, dass er die Frau ansehen konnte, sie aber die Gelegenheit hatte, seinem Blick auszuweichen. Das schuf Vertrauen. Er hatte das Gefühl, dass sie nicht gut auf Drängeln reagieren würde.

Er kramte in der Brusttasche nach seinem Notizblock und dem Kugelschreiber, der ihn schon seit zwanzig Jahren begleitete. Dann räusperte er sich.

»Fangen wir doch am besten von vorne an. Sie wissen, wo Sie sich befinden?«

»Ja, im öffentlichen Krankenhaus von Egerton County in Alaska, USA.«

»Korrekt. Können Sie mir sagen, wie Ihr Name lautet?«

»Jenny.«

»Jenny und wie weiter?«

»Meier. Jennifer Meier.«

»Kein Mittelname?«

»Nein. Mittelnamen sind in Deutschland weniger verbreitet.«

»Sie kommen also aus Deutschland?«

»Ja. Aus Bremen, um genau zu sein.«

Das sagte Pete nichts, aber immerhin hatte er den Akzent der Frau richtig eingeordnet.

»Und was machen Sie in den USA?«

»Das war ein Versehen.«

Alles, was sie sagte, kam völlig emotionslos über ihre Lippen.

»Ein Versehen? Das klingt … ungewöhnlich.«

»Ich weiß. Eigentlich war ich in Kanada. Im Yukon-Territorium. Ich hatte nicht vor, die Grenze zu überqueren.« Ihr Blick traf seinen. »Ich bin wohl illegal eingewandert. Aber Sie können mich ruhig abschieben. Das tut eh nichts zur Sache.«

Ihre seltsame Art zu sprechen, ging ihm langsam unter die Haut.

»Wenn in Ihrem Fall tatsächlich ein Versehen vorliegt, können wir wohl eine Ausnahme machen und Sie einfach nach Kanada zurückkehren lassen. Hier nehmen wir es mit Mauern nicht so ernst wie neuerdings in Washington«, versuchte er es mit einem Scherz.

Zumindest dieser Teil ihrer Aussage war glaubwürdig. Das Yukon-Territorium lag auf der kanadischen Seite des Gebirges, an dem die Eisangler die Frau gefunden hatten. In ein oder zwei strammen Tagesmärschen konnte man von dort hierher gelangen.

Was Pete jedoch stutzen ließ, war die Tatsache, dass es auf der kanadischen Seite der Grenze im Umkreis von rund einhundert Meilen keinerlei Ortschaften oder Städte gab. Das Yukon-Territorium war dünn besiedelt, dünner noch als Alaska, und die meisten Orte befanden sich weit im Süden des Gebiets.

»Was haben Sie im Yukon gemacht?«

»Ich war Teil einer Forschungsexpedition. Die Universität von Vancouver hat sie finanziert. Die können das bestätigen.«

»Sie sind Wissenschaftlerin?«

Das würde zumindest ihre sachliche Ausdrucksweise erklären, obwohl Englisch nicht ihre Muttersprache war.

»Ja. Biologin. Mikrobiologin, um genau zu sein.«

»Und Sie sind bei der Expedition vom Weg abgekommen oder wie haben sie es hierher geschafft?«

Ihre Augenbrauen zogen sich leicht zusammen. Er sollte wohl mit seinen zynischen Kommentaren aufpassen, wenn er etwas aus Jennifer Meier herausbekommen wollte.

»Sie werden mir doch nicht glauben«, sagte sie und wandte sich ab. Ihr Blick ging wieder zum Fenster raus, durch das nichts zu sehen war außer die winterlichen Straßen von Egerton. Kein spektakulärer Anblick, und trotzdem schien er sie zu faszinieren.

»Probieren Sie es doch einfach. Vielleicht bin ich ja offener, als Sie glauben.«

Ihr Blick löste sich vom Fenster und kehrte zu ihm zurück. Sie schaute ihm in die Augen und es kostete ihn Mühe, sich nicht abzuwenden.

»Nein«, sagte sie dann. »Sie sind nicht der Typ, der an die Dinge glaubt, die ich erlebt habe.«

Er seufzte. »Und dennoch muss ich irgendwas in meinem Bericht notieren. Kommen Sie, geben Sie mir eine Chance, Missus Meier.«

»*Miss* Meier«, korrigierte sie. »Ich bin nicht mehr verheiratet. Darauf lege ich Wert. Trotz allem.«

Er zuckte mit den Achseln. »Meinetwegen. Also, Miss Meier: Geben Sie mir diese Chance?«

Wieder wandte sie den Blick ab. Sie wirkte abwesend, als sie weitersprach.

»Wie lange sind Sie schon Polizist?«

»Im Februar werden es 23 Jahre.«

»Das ist eine lange Zeit. Dann haben Sie doch bestimmt schon einmal Situationen erlebt, in denen Sie das Gefühl hatten, dem Tod ins Auge zu blicken, nicht wahr?«

Pete nickte wahrheitsgemäß. »Ja. Mehr als einmal.«

»Dann wissen Sie, wie ich mich fühle. Nur, dass ich nicht davongekommen bin.«

»Das müssen Sie mir erklären. Schließlich liegen Sie hier vor mir, warm und in Sicherheit.«

»Die Sicherheit, die Sie meinen, ist eine Illusion.«

Pete zögerte.

Er war nicht esoterisch veranlagt, auch nicht spirituell oder auch nur tiefgründig. Er las gerne Romane, vor allem harte Krimis und Thriller, sah sich oft Sportübertragungen im Fernsehen an und trank hin und wieder ein kühles Bier. Er stand mit beiden Beinen im Leben, wie er fand, und hätte normalerweise spätestens jetzt aufgestöhnt.

Doch irgendetwas an dieser Frau signalisierte einem Teil von ihm, dass sie nicht mit Quatsch der Sorte »Wir sind alle nur Besucher im Diesseits« kommen würde. Etwas an ihr schrie förmlich, dass sie eine Geschichte zu erzählen hatte, so sehr sie sich auch dagegen sträubte.

»Erklären Sie mir das?«, fragte er.

»Ich habe dem Tod ins Auge geblickt. Aber nicht nur meinem Tod. Unserem Tod.« Sie wandte ihm wieder das Gesicht zu. Langsam. Steif. Drehte den Kopf nur so weit, um ihn ansehen zu können. »Und unser Tod ist unausweichlich.«

»Und wie muss ich mir unseren Tod vorstellen?«

Sie seufzte. »Also gut«, sagte sie. »Wenn Sie die Geschichte hören wollen, erzähle ich sie Ihnen. Aber unterbrechen Sie mich nicht. Ich erzähle Ihnen die Geschichte, aber ich erzähle sie auf meine Weise. Einverstanden?«

Pete nickte. »Einverstanden.«

Dann begann Jennifer Meier, ihre Geschichte zu erzählen.

KAPITEL 1

Es ist anderthalb Wochen her, dass ich am Flughafen in Whitehorse war. Nageln Sie mich nicht auf das genaue Datum fest. Ich fürchte, ich habe in den letzten paar Tagen die Orientierung verloren. Das betrifft auch mein Zeitgefühl.

Egal. Ich stand am Flughafen in Whitehorse, der Hauptstadt des Yukon, ziemlich weit im Süden. Das ist die größte Stadt in dem ganzen Territorium und damit die einzige, die über einen Verkehrsflughafen verfügt. Wenn man den Rest des Gebiets mit einem Flugzeug erreichen will, muss man in so ein kleines Ding mit Propeller steigen, eine Cessna oder so.

Früher hätte ich mich sowas nie getraut. Früher habe ich zu viel Angst vor dem Tod gehabt. Aber die letzten Wochen und Monate haben mich abgehärtet. Wissen Sie, ich hatte mit diversen Problemen zu kämpfen, beruflicher und privater Natur. Das tut hier zwar noch nichts zur Sache, aber ich erwähne es, weil es im Laufe der Geschichte eine gewisse Rolle spielen wird.

Schauen Sie mich nicht so an! Ich weiß, was Sie denken, Sheriff. Sie halten mich für eine verrückte Alte, die irgendwelche Eisangler dummerweise in Ihrem Zuständigkeitsbereich aufgegabelt haben. Aber glauben Sie mir, Sie wären auch ein bisschen verwirrt, wenn Sie gesehen und erlebt hätten, was ich in den letzten Tagen gesehen und erlebt habe.

Aber der Reihe nach. Alles begann friedlich am Flughafen in Whitehorse.

Ich stehe am Terminal. Dort bin ich ziemlich allein auf weiter Flur. Flughäfen sind normalerweise die pure Hölle für mich, weil sie nur so vor Menschen wimmeln. Ich mag es nicht, in Menschenmassen zu stehen. Aus zwei Gründen fühle ich mich in der Hauptstadt des Yukon trotzdem einigermaßen wohl – oder zumindest wohler, als in den letzten paar Monaten.

Zum einen ist der Flughafen von Whitehorse keineswegs mit den großen Airports der Welt zu vergleichen, die ich auf meiner Reise schon hinter mich gebracht habe. Losgeflogen bin ich fast einen Tag vorher in Bremen, meiner Heimatstadt, von wo aus ich nach Frankfurt am Main geflogen bin, dann weiter nach New York City, schließlich nach Montreal und dann nach Whitehorse. Bis auf Bremen und Whitehorse sind all diese Flughäfen kleine Städte für sich, und im Gegensatz zu Whitehorse ist selbst Bremen noch ein Mega-Airport.

Hier ist kaum etwas los. Die wenigen Menschen, die mit mir in der Maschine aus Montreal gesessen haben, scheinen alle nicht weiterfliegen zu wollen. Zumindest stehe ich mit Ausnahme von ein paar Geschäftsmännern und einer Gruppe Touristen allein in der Halle, in der die Passagiere der kleineren Propellermaschinen abgefertigt werden, die sie weiter ins Landesinnere des Yukon bringen.

Der zweite Grund für mein gutes Gefühl ist, dass ich mich zum ersten Mal seit Monaten sicher vor meinem Ex-Mann Tobi fühle. Kurz nach der Hochzeit hat er sich als Arschloch entpuppt, was ich so lange ausgehalten habe, bis es um mein Kind ging. Anschließend habe ich mich scheiden lassen … was er nicht auf sich sitzen lassen wollte.

Am Flughafen warte ich auf meinen Kollegen für die Expedition: Dr. Marcus Anderson ist wie ich Mikrobiologe, wobei er sich auf das Feld der Bakteriologie spezialisiert hat. Während ich also theoretisch für alles zuständig bin, was in der Biologie in die Größenkategorie »Mikro« fällt, ist er Bakterienforscher … obwohl meine Spezialisierung innerhalb der Mikrobiologie dieselbe ist.

Dr. Anderson und ich sind die beiden Auserwählten, die es im Auftrag der Universität von Vancouver in den Yukon verschlagen hat. Ein Angler, der Arzt ist und sich somit halbwegs mit Biologie auskennt, hat dort in der Nähe des Städtchens Grizzly Creek »eine Art Schleim« entdeckt, wie er sich ausgedrückt hat. Die Proben, die er entnommen hat, haben tatsächlich eine neue Art von Bakterien enthüllt, wie es scheint. Dr. Anderson und ich haben den Auftrag, das zu bestätigen, die Bakterienart in ihrem natürlichen Umfeld zu beobachten und zu systematisieren.

Ich stehe in der fast leeren Abfertigungshalle und sehe mich um. Ich habe keine Ahnung, wie Dr. Anderson aussieht. Im Vorfeld habe ich ihm eine E-Mail geschrieben, ihm erklärt, wie ich aussehe und dass ich mich darauf freue, mit ihm zusammenzuarbeiten.

Das war keine Lüge. Dr. Anderson gilt als einer der kommenden Stars seines Gebietes. Es ist nur eine Frage der Zeit, bis er seinen eigenen Lehrstuhl bekommt. Sein Ruf ist der eines Allrounders: Er ist fachlich brillant und bringt gleichzeitig das diplomatische und politische Gespür mit, das man benötigt, um es in der akademischen Welt ganz nach oben zu schaffen.

Sein Interesse an meiner Person schien jedoch begrenzt zu sein. Auf meine E-Mail kam nur eine kurze Antwort: Er käme dann und dann mit einer Maschine aus Vancouver am Flughafen von Whitehorse an und komme dann zu mir, da meine Maschine aus Montreal früher da wäre. Er würde wohl warme Kleidung tragen.

Das war alles, was er mir geschrieben hat. Ich kann noch nicht einschätzen, ob er einfach kein Interesse hat, mit einer Kollegin aus Deutschland zu sprechen – vielleicht sieht er mich ja als Klotz am Bein –, oder ob er sich vorher auch ein Bild von mir gemacht hat und deshalb so kurz angebunden war.

Wenn er sich über mich informiert hat, ist er garantiert über den Fauxpas gestolpert, der mir vor einem Jahr passiert ist. Aber dann würde er ganz sicher verstehen, warum ich diese Förderstelle für internationale Zusammenarbeit in der Forschung brauche. Und warum mir eine neu entdeckte Bakterienart gut in die Karten spielt: weil ich meine Karriere retten muss.

Die Beschreibung, dass Dr. Anderson »wohl warme Kleidung« tragen würde, hilft mir nicht weiter. Es warten in Whitehorse nicht viele Personen auf ihre Anschlussflüge, aber alle hier tragen warme Winterkleidung, mich eingeschlossen. Grizzly Creek, die Kleinstadt, in der wir während unseres Aufenthaltes wohnen und arbeiten sollen, befindet sich nur wenige Meilen von der arktischen Zone entfernt. Offiziell gilt das Gebiet um die Stadt herum als subarktisch. Das stimmt insofern, als dass die Ortschaft mitten in den letzten Wäldern Kanadas liegt, bevor es ein Stück nördlich nur noch Eis und Schnee gibt. Spätestens im Oktober hält dort aber das arktische Klima Einzug.

Ein hochgewachsener, schlaksiger Mann kommt auf mich zu. Er hat einen mit Haargel gestylten Kurzhaarschnitt und trägt eine Brille mit dickem, schwarzem Rand. Der Reißverschluss seines Wintermantels ist geöffnet, darunter blitzt ein perfekt geschnittener schwarzer Anzug hindurch.

Er lächelt mich freundlich an, während er auf mich zuschreitet, aber seinen Augen sehe ich an, dass es nicht echt ist. Ein typisches Politikerlächeln, das wie alles an ihm den Eindruck von einem Typen vermittelt, der sich so gibt, dass es ihm Vorteile bringt.

»Dr. Meier?«, fragt er geschäftsmäßig.

Er ist bis auf wenige Schritte herangekommen und streckt mir seine Hand entgegen. Ich ergreife sie und zwinge mich ebenfalls zu einem Lächeln.

»Ja, genau«, antworte ich. Ich habe meine Bewerbung für die Forschungsexpedition auf Englisch verfasst und kann die Sprache flüssig lesen und schreiben. Nun soll ich zum ersten Mal seit gefühlten Ewigkeiten Englisch *sprechen* und krame nach den richtigen Worten. »Schön, Sie zu treffen, Dr. Anderson«, fällt mir als Begrüßungsfloskel ein.

»Die Freude ist ganz meinerseits«, antwortet er. Perfekt und makellos, wie alles an ihm. »Haben Sie sich schon schlaugemacht, wo wir hinmüssen?«

Die notwendigen Freundlichkeiten sind ausgetauscht, da geht er zur Tagesordnung über. Ich kann nur hoffen, dass er in den nächsten drei Wochen, auf die die Expedition ausgelegt ist, etwas auftaut. Sonst wird die Zusammenarbeit sehr anstrengend.

»Ja«, sage ich und suche in meinem Hirn nach den korrekten Worten. Nach einem »Ähm«, um mir etwas Zeit zu verschaffen, spreche ich weiter: »Da vorne müssen wir zur Abfertigung.«

Ich deute auf einen Schalter, an dem noch kein Personal steht. Da wir allein in der Cessna fliegen werden, wird sich wohl niemand dorthin verirren, solange wir uns nicht anstellen. »Anschließend können wir direkt zum Flugzeug durch. Eine viersitzige Cessna.«

Er nickt. »Gut«, sagt er und hebt meine Tasche auf, die ich zwischen meinen Füßen abgestellt habe. Dabei kommt er mir seltsam nahe, was sich unangenehm intim anfühlt.

»Was ist?«, fragt er.

Scheinbar stand mein Unwohlsein in meinem Gesicht.

»Ach nichts«, antworte ich. »Vielen Dank, sehr freundlich von Ihnen.«

»Ich bin als Gentleman erzogen worden.« Er lächelt.

Den ersten Eindruck eines schmierigen Karrieremenschen kann ich trotz dieser eigentlich netten Geste nicht ablegen.

»Gehen wir?«, fragt er.

Der Flug mit der Cessna ist holprig, aber zu ertragen.

Vor einigen Monaten hätte ich mich wohl schon beim Gedanken, in so ein Ding einzusteigen, übergeben müssen. Aber jeder Meter, den mich das Flugzeug nach Norden trägt, ist ein Meter, den ich mich von Tobi entferne. Und mit jedem Meter, den wir auf unserem Weg nach Grizzly Creek zurücklegen, lasse ich die Uni Bremen hinter mir, an der ich mir in den letzten Monaten stets wie eine Außenseiterin vorgekommen bin.

Mein Fauxpas hat sich nicht nur in meinem Institut in Windeseile verbreitet, sondern in der kompletten naturwissenschaftlichen Fakultät. Die Bandbreite an unangenehmen Reaktionen reicht von unterdrücktem Lachen, wenn mir Kollegen auf dem Gang begegnen, hin zu offener Feindlichkeit von Leuten, die mir schlechte wissenschaftliche Praxis vorwerfen. Sogar meine Studenten haben von der Geschichte erfahren und mich in einem Seminar mit kritischen Fragen gelöchert.

Dabei ist alles, was ich falsch gemacht habe, in einem einfachen Satz erklärt: Ich habe mich auf einen Kollegen verlassen.

Der Flug wird nicht besser, als Dr. Anderson mich gleich nach dem Start darauf anspricht. Er muss mich beinahe anschreien, denn eine Cessna ist laut. Man kann sich darin nicht in normaler Lautstärke unterhalten wie in einem Passagierflugzeug, obwohl wir unangenehm eng beieinandersitzen.

»Wie ist es eigentlich zu Ihrem Ausrutscher mit dem Artikel in Microbiology Today gekommen?«, fragt er mich.

Ich möchte nicht antworten, möchte am liebsten gar nicht über die Geschichte reden. Schließlich fliehe ich gerade vor meinem Leben in Deutschland. Aber ich hätte mir denken müssen, dass mich Dr. Anderson genauso durchleuchtet wie ich ihn.

Ich zucke mit den Achseln. »Ich habe mich auf einen Kollegen verlassen, der nicht sauber gearbeitet hat«, sage ich. »Ein Fehler, der mir nicht nochmal passieren wird.«

Ich hoffe, er nimmt mir die indirekte Ankündigung, jedes seiner Ergebnisse doppelt und dreifach zu prüfen, nicht übel. Ich habe einen Ruf verloren, und die Expedition ist mein Weg, diesen Ruf wieder herzustellen. Ich kann mich nicht blind auf jemanden verlassen. Selbst wenn dieser Jemand als der neue helle Stern unseres Fachgebietes gilt.

Ich beobachte, wie sich sein Mundwinkel kaum merklich verzieht. Offenbar hat er sich etwas anderes erhofft. »Das ist vernünftig«, sagt er trotzdem – aber er sagt es kalt. Es passt ihm nicht, dass ich vorhabe, mich nach bestem Wissen und Gewissen einzubringen.

Mir ist natürlich klar, warum: Die Erforschung einer neuen Bakterienart wäre für seine Karriere förderlicher, wenn er die Ergebnisse federführend oder gar allein veröffentlichen könnte.

Langsam wird mir klar, warum Dr. Anderson nur wenig echte Freundlichkeit für mich übrig hat. Mein Job wird es in den nächsten Tagen sein, ihn davon zu überzeugen, dass ich eine ernstzunehmende Wissenschaftlerin bin. Erst dann wird er auf Augenhöhe mit mir zusammenarbeiten.

Innerlich stöhne ich auf, aber ich habe damit gerechnet. Auch im Jahr 2018 bin ich es als Frau noch gewohnt, auf der Karriereleiter mehr Ellenbogen einsetzen zu müssen als meine männlichen Kollegen. Traurig, aber wahr.

Ich bin keine Expertin für Luftfahrt, aber der Pilot der Cessna scheint zu wissen, was er tut. Trotz heftiger Böen während des Anflugs, die mir den Mageninhalt kräftig durcheinanderwirbeln, setzt er die Maschine gekonnt sanft auf der Landebahn außerhalb von Grizzly Creek ab.

Ich versuche, geduldig zu sein, bis das Flugzeug steht und der Pilot uns sagt, dass wir uns abschnallen können. Aber es gelingt mir nicht. Zu unangenehm ist mir die Nähe zu Dr. Anderson auf der Rückbank, und zu aufgeregt bin ich, endlich an die Arbeit gehen zu können.

Ja, ich habe meine ganz speziellen Gründe gehabt, mich für die Expedition zu bewerben. Ja, ich nutze die Reise mitten ins Nirgendwo des nördlichen Kanadas, um vor Tobi zu fliehen. Und ja, ich brauche gute Ergebnisse und einen guten Artikel über die neue Bakterienart, um meine Karriere wieder auf die Beine zu stellen. Aber es gab noch einen Grund, mich auf die Stelle zu bewerben: wissenschaftliche Neugier. Ich liebe mein Fach, und eine neue Bakterienart an der Grenze zwischen Arktis und Subarktis findet man heute nicht mehr häufig.

Ich bin ungeduldig, als sich die Maschine nach der Landung für mein Empfinden regelrecht schleichend auf das Gebäude zubewegt, das hier in Grizzly Creek wohl Terminal, Ankunftshalle und Tower zugleich ist. Zumindest sehe ich durch die Fenster weit und breit kein weiteres Flughafengebäude. Im Gegenteil: ein Haus, daneben ein Hubschrauber, eine Start- und Landebahn, sonst nichts. An drei Seiten ist der Flughafen von Wald umgeben – Grizzly Creek liegt mitten im borealen Nadelwald, der hier trotz seiner fast arktischen Lage unheimlich dicht ist. Die vierte Seite verdeckt mir das Flughafengebäude, aber ich gehe davon aus, dass sich dahinter die Stadt befindet.

Noch auf der Rollbahn räume ich meine Sachen zusammen. Es vergehen gefühlt Stunden, dann bringt der Pilot die Maschine vor dem Gebäude zum Stehen und schaltet die Motoren aus.

»Da wären wir«, sagt er über die Lautsprecher und öffnet seine Tür.

Ich öffne meine und versuche, meine Beine aus dem engen Fußraum zu schälen. Noch wundere ich mich, wie ich die zweieinhalb Stunden Flugzeit ohne einen Krampf überstanden habe. Dann stehe ich und atme erleichtert auf. Den Flug über hat wohl doch eine gewisse Beklommenheit an mir genagt.

Ich ziehe meine schwarze Daunenjacke hinter mir her. Das Ding ist uralt, aber warm, und nur das zählt hier oben. Ich brauche einen Moment, bis ich die Jacke übergestreift und zugemacht habe. Das reicht der Kälte, um mit ihren eisigen Fingern nach mir zu greifen und mich erzittern zu lassen.

Der Pilot lädt mittlerweile unsere Taschen aus dem Kofferraum im Heck der Maschine. Ich greife mir meine und warte, bis Dr. Anderson fertig ist. Auch er ist erst ausgestiegen und hat sich dann etwas übergezogen – und sofort zu zittern begonnen.

Er holt einen Umschlag aus der Tasche seines Wintermantels. Darin zählt er einige Geldscheine ab, die er dem Piloten gibt. Er bemerkt, dass ich ihm dabei zuschaue.

»Unsere Spesenkasse«, sagt er. »Reicht, um den Piloten zu bezahlen und uns zwei Ferienwohnungen zu mieten. Für viel mehr aber nicht. Also Kassenzettel besser aufbewahren.«

Ich nicke. Dass es überhaupt eine Spesenkasse gibt und wir nicht aus eigener Tasche in Vorleistung gehen müssen, ist im wissenschaftlichen Bereich Luxus. In Deutschland wäre das nur für große Prestigeprojekte mit staatlicher Förderung möglich, nicht für eine Zwei-Mann-Expedition an den Rand der Zivilisation, so spektakulär der Bakterienfund auch ist.

Anderson sieht sich um, ich folge seinem Blick.

Neben dem Hauptgebäude stehen zwei Personen. Eine davon trägt eine Polizeiuniform mit Sheriffstern, die andere ist ein älterer Mann mit Regenjacke. Es regnet nicht, und ich frage mich, ob so eine Jacke nicht viel zu dünn ist. Die Leute, die hier wohnen, haben wohl eine dickere Haut als ich, die ihr ganzes Leben in der gemäßigten Zone verbracht hat.

Ich setze mich in Bewegung. Da sonst niemand mit uns im Flugzeug war, gehe ich davon aus, dass die beiden Männer unser Empfangskomitee darstellen. Im Gehen sehe ich mich nach Dr. Anderson um und stelle fest, dass er meine Initiative nicht gut findet.

Das ist mir egal. Formal sind wir beide gleichgestellt, es gibt in unserem Zwei-Menschen-Team keinen offiziellen Expeditionsleiter. Außerdem ist mir kalt und ich will ins Warme.

Ich gehe auf die beiden Männer zu, die auf uns warten. Um Dr. Andersons Methode von vorhin zu imitieren, setze ich ein hoffentlich gewinnendes Lächeln auf und strecke ihnen noch auf dem Weg die Hand entgegen.

»Ich bin Dr. Jennifer Meier von der Universität Bremen in Deutschland. Das ist mein Kollege Dr. Marcus Anderson von der Universität in Vancouver.« Mit der Hand, die ich nicht ausgestreckt halte, deute ich auf Anderson, der hinter mir antrabt.

Der Mann in der Polizeiuniform ergreift meine Hand mit einem kräftigen Händedruck und schüttelt sie. »Sergeant Cliff Nadiquak. Ich bin der hiesige Polizeichef.«

Erst als er seinen Namen nennt, erkenne ich, dass der Polizist kein Weißer ist. Ich beurteile Menschen nicht nach ihrer Hautfarbe, aber es war mir vorher nicht aufgefallen. Seine Gesichtszüge und sein Name zeigen eindeutig, dass er zu den First Nations gehört, den kanadischen Ureinwohnern.

Sergeant Nadiquak wendet sich seiner Begleitung in zivil zu. »Das hier ist Dr. Jacques Varneaux, unser Arzt. Er ist derjenige, der die Bakterien entdeckt hat. Und in seiner Praxis befindet sich das einzige Labor der Stadt. Er hat sich freundlicherweise bereiterklärt, Ihnen die Arbeit dort zu ermöglichen.«

Ich strecke auch ihm meine Hand hin. Er ergreift sie und drückt zu, doch im Gegensatz zum Händedruck des Sergeants ist seiner schwach und fahrig. Er lächelt mich nicht freundlich an, wie es Nadiquak getan hat, sondern nickt nur kurz. In seinem Gesicht sehe ich rote Wangen und eine Menge geplatzter Äderchen.

Dr. Varneaux scheint ein Faible für gewisse Flüssigkeiten zu haben.

Anderson, der mittlerweile angekommen ist, sagt nichts und bietet den beiden auch nicht die Hand an. Stattdessen nickt er ihnen nur kurz zu.

Eingebildeter Fatzke, denke ich mir.

»Ich muss mich leider entschuldigen«, redet der Sergeant weiter. »Grizzly Creek bereitet sich auf den Winter vor. Wie Sie vielleicht wissen, heißt das bei uns ein bisschen was anderes als sonst wo.«

In der Tat habe ich gelesen, dass die Stadt im Winter oft einige Wochen oder gar Monate von der Außenwelt abgeschnitten und auf sich allein gestellt ist.

»Deshalb habe ich momentan viel zu tun«, fährt Nadiquak fort. »Aber unser guter Dr. Varneaux fährt Sie zu Ihrer Unterkunft und gibt Ihnen eine kleine Tour durch die Stadt. Wenn Sie sich frisch gemacht und Ihre Bleibe bezogen haben, fährt er sie heute noch zu dem See, an dem er den Schleim gefunden hat.« Nadiquak nickt uns zu. »Also dann.« Er tippt sich an den Hut, dreht sich um und geht.

Ich wende mich dem Arzt zu. »Danke für Ihre Mühen, Dr. Varneaux.«

»Kein Problem, wirklich nicht.« Seine Stimme klingt rau und er redet mit einem starken Akzent. »Folgen Sie mir, bitte.«

Dr. Varneauxs Auto, ein alter, aber rüstiger Dodge, riecht nach Rauch und Abgasen. Als er den Motor anlässt und der Auspuff sofort einen kräftigen Schwall schwarzen Qualms in die Luft pustet, erkenne ich, woran Letzteres liegt. Der Grund für Ersteres ist nicht schwer zu erraten: Kaum sitzen wir im Auto, zündet sich der Arzt eine Zigarette an, die er aus dem Seitenfach der Fahrertür herauskramt. Zwei Züge und ein rasselndes Husten später setzt Varneaux den Wagen zurück und lenkt ihn vom Parkplatz des Flughafens auf die Straße, die hier endet und wohl nur einen Zweck hat: um aus der Stadt zum Flugplatz zu kommen.

Varneaux fährt gesittet und ruhig, für meinen Geschmack ein bisschen zu ruhig. Er ist einer dieser Fahrer, hinter denen man festhängt, die man aber auch nicht überholen kann, weil sie nur knapp unterhalb der Geschwindigkeitsbegrenzung fahren.

Die Heizung des alten Dodge fängt an zu arbeiten. Scheinbar hatte Varneaux nicht lange auf dem Parkplatz gestanden, sodass der Motor halbwegs warm geblieben ist.

Ich genieße die Wärme, die sie im Innenraum verteilt. Während der Arzt den Wagen über eine halb befestigte Landstraße lenkt, beobachte ich die Lichter der kleinen Stadt Grizzly Creek, auf die wir uns zubewegen. Andere Sehenswürdigkeiten gibt es hier nicht – der Flughafen liegt am Ende einiger bestellter Felder, die wir nun durchqueren, dahinter Wald und nichts als Wald.

Nur vor uns tut sich etwas. Lichter von fahrenden Autos. Werbeanzeigen blinken ihre Botschaften. Wir fahren an einem riesigen Lagerhaus vorbei; das übergroße Außenteil einer Klimaanlage zeigt, dass es temperiert wird.

»Was bewahren Sie denn da auf? Bärenschinken?« Anderson ist baff.

»Das ist unser Kühlhaus«, antwortet Dr. Varneaux. »Im Winter sind wir darauf angewiesen. Alles, was wir hier nicht selbst jagen können, müssen wir uns anliefern lassen, bevor der Schnee die Straßen dichtmacht.«

Schon bald fahren wir an einem Ortsschild vorbei, das ankündigt: »Grizzly Creek. Bewohner: 450.«

»Hat die Stadt wirklich genau 450 Bewohner?«, frage ich von meinem Platz auf der Rückbank. Ganz das Alphatier, für das ich ihn von Anfang an gehalten habe, hat sich Dr. Anderson natürlich den Beifahrersitz gesichert und mich hinten Platz nehmen lassen.

»Plus/minus«, antwortet Dr. Varneaux. »Früher wurde die Zahl auf dem Schild einmal jährlich aktualisiert. Aber als kaum noch Leute dazukamen und immer mehr Alte starben, hat die Verwaltung wohl beschlossen, dass das zu deprimierend ist. Grizzly Creek ist hoffnungslos überaltert. Der Durchschnitt liegt irgendwo bei 50.« Er lacht humorlos. »Früher, als ich hierhergezogen bin, hatte die örtliche Schule zwei Klassen für jeden Jahrgang. Heute zählt der größte Jahrgang 17 Schüler, und eine neunte Klasse gibt es gar nicht.«

»Sie kommen also nicht von hier?« Damit versuche ich, das Gespräch auf ein anderes Thema zu lenken. Auch wenn ich Dr. Varneaux gerne beim Erzählen zuhöre, habe ich keine Lust auf das pessimistische »Früher war alles besser« eines alten Mannes.

»Nein«, antwortet Dr. Varneaux. »Ich komme aus der Nähe von Montreal. Bin erst vor rund zwanzig Jahren hergekommen.«

»Was waren denn Ihre Gründe, in ein verdammtes Nest wie dieses zu ziehen?«, fragt Dr. Anderson. Wenig diplomatisch. Irgendeine Laus scheint ihm über die Leber gelaufen zu sein.

»Geht Sie nichts an«, grummelt Varneaux zurück.

Super, denke ich mir. Wenn das mit der Laune so weitergeht, werden das ja heitere drei Wochen.

Varneaux atmet einmal durch. »Schuldigung«, sagt er dann. »Hatte meine Gründe, herzukommen. Jeder hier hatte seine Gründe, an den Arsch der Welt zu ziehen. Es sei denn, man ist hier geboren.«

»Ziehen denn viele Leute hierher?«, frage ich. »Ich meine, ist das Verhältnis von hier Geborenen und Zugezogenen so ausgeglichen?«

»Liegt ungefähr bei zwei Dritteln zu einem Drittel, schätze ich. Ein Ort wie Grizzly Creek ist perfekt, um sich zu verstecken. An zwei, drei Monaten im Jahr kommt keiner raus und keiner rein. Wenn Sie jemand sucht, kommt er mit allergrößter Wahrscheinlichkeit nicht auf die Idee, ausgerechnet in Grizzly Creek nach Ihnen zu gucken. Und weil hier so viele Leute ihre kleinen und größeren Geheimnisse haben, fragt im Normalfall keiner danach, welche Leichen Sie im Keller haben.«

Wir fahren auf eine T-Kreuzung zu. Geradeaus scheint die Straße um die Stadt herumzuführen, links sehe ich die ausladenden Fassaden von Geschäftsgebäuden, die in so ziemlich jeder Stadt der Welt den Ortskern markieren.

Dr. Varneaux setzt den Blinker und biegt links ab.

»Zu ihrer Unterkunft für die drei Wochen geht es geradeaus, aber ich wollte Ihnen vorher meine Praxis und das Labor zeigen, in dem Sie arbeiten werden. Außerdem lernen Sie so unsere kleine Stadt kennen. Das hier ist übrigens die Hauptstraße.«

Ich weiß nicht, was ich erwartet habe, aber Grizzly Creek bietet mehr als gedacht. Ich sehe einen Supermarkt, einen Laden für Videospiele, ein Kino, ein Schwimmbad und eine Oben-ohne-Bar. Ich überschlage, was davon eine Stadt vergleichbarer Einwohnerzahl in Deutschland hätte. Wahrscheinlich gar nichts. Mit einer Tankstelle und einem Kiosk kann man sich in einem deutschen 450-Seelen-Nest glücklich schätzen.

Wir fahren weiter die Hauptstraße entlang. Ich beobachte, woran wir vorbeikommen. Ein Bekleidungsgeschäft. Ein großes Lagerhaus. Mehrere Bars. Eine Metzgerei. Ein Jagdwaffengeschäft.

»Lohnt sich das alles denn für 450 Einwohner?«, frage ich.

Varneaux zuckt mit den Schultern. »Eigentlich nicht. Aber wie Sie wissen, sind wir hier jeden Winter von der Außenwelt abgeschnitten. Da braucht es Ablenkung oder die Leute drehen durch. Außerdem kommen im Sommer und im frühen Herbst viele Touristen zu uns, um zu jagen oder weiter im Norden im Eis zu angeln. Die bringen immer eine Menge Geld mit.« Er seufzt. »Aber ich schätze, Sie haben recht. Auf Dauer lohnt sich das alles nicht. Ich gebe Grizzly Creek noch zwanzig Jahre, bevor es ausstirbt. Und damit gehöre ich zu den Optimisten.«

Wir fahren auf eine Kreuzung zu. Die vordere rechte Ecke beherbergt ein Geschäft für Anglerbedarf, auf der linken Seite wirbt eine Videothek mit »Angebot für den Winter: 2 Filme ausleihen, einen bezahlen«. Dabei habe ich gedacht, Videotheken wären in Zeiten von Streamingdiensten längst ausgestorben. Dann fällt mir ein, dass hier im Winter möglicherweise auch die Telekommunikation zusammenbricht, wenn es hart auf hart kommt.

Ohne Umschweife schießt mir das Bild eines Videothekenbesitzers in den Kopf, der mit einem Beil einen Telefonmasten zerlegt, um für Umsatz in seinem Laden zu sorgen.

Ich kichere. Anderson irritiert das, wie ich in seinem Gesicht erkenne, obwohl ich nur sein Profil sehen kann. Varneaux scheint hingegen zu glauben, dass ich über seinen Witz mit den Optimisten gekichert habe, und wirkt zufrieden.

»Da wären wir auch schon«, sagt der Arzt. Er deutet auf das Gebäude an der linken hinteren Ecke der Kreuzung. »Das ist meine Praxis. Im Anbau links davon sind mein Labor und meine Leichenhalle.«

»Ihre Leichenhalle?«, fragt Anderson.

»Was denken Sie denn, wer zuständig ist, wenn hier jemand ins Gras beißt?« Er lacht trocken auf, so trocken, dass sich das Lachen mit Raucherhusten vermischt. »Ich bin hier im Umkreis von achtzig Meilen der einzige Mensch mit medizinischer Ausbildung.«

»Scheint ein härterer Job zu sein, als ich erst angenommen habe«, sage ich.

»Geht so. Mal ist viel los, mal gar nichts. Hält sich die Waage.«

»Ich meinte auch eher, dass sie gleichzeitig Allgemeinmediziner, Pathologe, Rechtsmediziner und Laborant der Region sind.«

»Was soll ich machen? Außerdem mag ich die Abwechslung. Wenn man in einem Loch wie Grizzly Creek feststeckt, ist man um alles froh, was ein bisschen vom Alltag abweicht. Deshalb habe ich auch den Schleim untersucht.«

Er parkt seinen Wagen auf einem Platz, der mit »Reserviert für den Arzt« gekennzeichnet ist. Scheinbar ist es selbst hier notwendig, das Revier zu markieren, um nicht fünf Meter mehr gehen zu müssen.

Wir steigen aus und Dr. Varneaux weist uns den Weg in die Praxis, die wir über eine Seitentür betreten. Er macht das Licht an und ich sehe, dass die Praxis mindestens genauso gut ausgestattet ist wie eine durchschnittliche deutsche Notaufnahme.

Klar, sage ich mir. *Geht hier ja nicht anders.*

Ich frage mich, ob Dr. Varneaux von der Stadt Zuwendungen bekommt, um die Praxis so gut auszustatten. Wahrscheinlich ja, aber ich spreche es nicht laut aus. Mittlerweile habe ich mitbekommen, dass der Hase hier in Richtung Ignoranz läuft. Lieber nicht nachfragen, bevor jemand anders nach dir fragt.

Das ist mir nur recht. Schließlich habe ich wohl ähnliche Beweggründe wie die meisten Zugezogenen, obwohl mein Aufenthalt nur für drei Wochen geplant ist.

Er geleitet uns in den hinteren Teil des Gebäudes und öffnet eine Tür, an der »Labor« steht. Auch hier knipst er das Licht an und führt uns hinein.

Ich sehe mich um. Das Labor ist gut genug sortiert, um den ersten gröbsten Teil der Arbeit zu erledigen. Alles Weitere würde dann in Bremen beziehungsweise Vancouver geschehen müssen. Aber es gibt Mikroskope, Analysewerkzeuge, Zentrifugen und einen Computer. Das ist mehr, als ich erwartet habe.

Anderson seufzt. »Für den Anfang sollte es reichen.«

Ich überlege, wie lange es wohl dauern wird, bis ich ihn verprügeln möchte. Ich stöhne innerlich. Drei harte Wochen stehen mir bevor.

KAPITEL 2

Ich betrete die obere, kleinere Wohnung des Blockhauses am Stadtrand, zu der uns Dr. Varneaux nach der Labor-Besichtigung gefahren hat. Er hat uns zwei Schlüsselbünde ausgehändigt, an denen jeweils ein Schlüssel zu seiner Praxis baumelt. Immerhin haben wir beide einen bekommen. So bin ich nicht rund um die Uhr auf Anderson und seine Launen angewiesen.

Natürlich hat sich Anderson die untere Wohnung geschnappt – direkt nachdem Dr. Varneaux gesagt hat, dass sie etwas größer sei als die obere.

Das ärgert mich, aber ich sage nichts. Ich komme mit wenig Platz aus und stelle fest, dass die Wohnung gemütlich aussieht.

Ich beeile mich, meine Tasche und meinen Rucksack im Schlafzimmer abzustellen und meinen Kulturbeutel herauszukramen. Varneaux wartet unten auf uns, während wir flink unsere Bleiben beziehen und uns frisch machen. Danach will er mit uns zum See rausfahren, an dem er den Schleim gefunden hat.

Trotzdem lasse ich es mir nicht nehmen, meine Wohnung der nächsten drei Wochen einen Moment auf mich wirken zu lassen. Sie ist rustikal eingerichtet – die meisten Möbel bestehen aus dunklem Holz. Zwar scheint nicht viel Licht hinein, aber der offene Raum, in dem Küche, Wohn- und Esszimmer ineinander übergehen, wirkt, als wäre er bei Sonnenschein hell und warm. In der hinteren rechten Ecke, vom Eingang aus betrachtet, liegt die Tür zum Schlafzimmer, auf das ich jetzt zusteuere. Außerdem gibt es ein Badezimmer, das geräumiger ist als mein eigenes in Bremen.

Ich komme zu dem Schluss, dass es sich hier drei Wochen lang gut leben lässt.

Ich schaue auf die Uhr. Fünf Minuten habe ich noch.

Mit immer noch klammen Fingern ziehe ich mein Handy aus der Tasche. Für den Flug habe ich es ausgeschaltet und bisher gar nicht daran gedacht, es wieder anzumachen.

Ich halte den »On«-Button gedrückt, um das Gerät einzuschalten. Währenddessen gehe ich zur Fensterwand auf der anderen Seite des großen Zimmers. Ich schlängele mich zwischen Esstisch und Küchenzeile hindurch, anschließend durch zwei Sessel, die gemütlich aussehen und dazu einladen, es sich mit einem Buch und einer Tasse Tee bequem zu machen. Ich bin zuversichtlich, dass ich in den drei Wochen Zeit dafür finden werde. Schließlich wird es sowas wie Feierabende geben … hoffe ich.

Ich schaue aus dem Fenster und genieße den Blick auf den Garten hinter dem Haus. Das Blockhaus, in dem wir untergebracht sind, liegt am Ende von Grizzly Creek, wo sich die Stadtgrenze mit dem Waldrand vermischt. So bietet sich mir ein Ausblick auf ein kleines Rasenstück, bevor der für diese Gegend typische Nadelwald übernimmt und die Landschaft dominiert. Die Baumkronen sind zu hoch, als dass ich den Wald überblicken könnte, aber ich gehe davon aus, dass in meiner Blickrichtung etliche Meilen zwischen mir und dem nächsten Menschen liegen.

Mein Smartphone ist hochgefahren. Ich entsperre das Gerät und es sucht eine Weile nach Netz. Dann heißt mich mein Mobilfunkanbieter in Kanada willkommen und erklärt mir die üblichen Zusatzkosten fürs Ausland.

Ich habe noch eine zweite SMS bekommen und erwarte eine Nachricht von klugen Mobilfunk-Konzernen, die mich dazu überreden wollen, für die Dauer meines Aufenthalts einen Extravertrag abzuschließen; natürlich supergünstig und ganz auf mich zugeschnitten. Arglos öffne ich mit dem Daumen das Briefsymbol ... und erstarre.

Ein Schauer läuft mir den Rücken hinunter. Mein Atem stockt, kalter Schweiß tritt mir auf die Stirn. Ich habe die Nummer doch gesperrt! Ich habe doch eine gerichtliche Verfügung erwirkt, die ihm verbietet, mich zu kontaktieren!

Trotzdem kommt die Nachricht zweifellos von Tobi. Ich lese die Zeilen, in denen so wenig steht, die aber so viel bedeuten: »Hallo Schatz«, schreibt Tobi. »Du kannst wegrennen. Aber du kannst dich nicht ewig verstecken. Ich werde dich finden, und je länger ich brauche, desto schlimmer wird es für dich! Meld dich bei mir oder du kannst was erleben, wenn wir uns sehen!«

Ich zwinge mich, tief durchzuatmen, ein und aus, ein und aus. Ein bisschen hilft das, aber nicht viel. Immerhin, der kalte Schweiß trocknet ab, das Gefühl von Übelkeit verzieht sich. Genauso der Schwindel. Jetzt erst merke ich, dass ich mich mit der freien Hand an der Fensterbank festklammere, um nicht umzukippen.

Ich muss überlegen. Logisch bleiben, kühl und distanziert. Ich bin Wissenschaftlerin, das sollte ich können. Trotzdem schafft es Tobi immer wieder, mich aus der Fassung zu bringen, mich von meinen Emotionen übermannen zu lassen. Das fing damals an, als ich ihn an der Uni kennenlernte, zog sich durch all die Jahre unserer Beziehung ... und ist immer noch so.

Ruhig bleiben, sage ich mir. *Analysiere die Situation! Kühl. Überlegt. Rational.*

Tobi scheint nicht zu ahnen, wo ich bin. Nur wenige Leute wissen, was ich gerade mache: meine Mutter, meine beste Freundin und natürlich die Verwaltung der Uni sowie ein paar Kollegen. Darüber könnte er etwas von meinem Aufenthaltsort erfahren.

Aber selbst dann hätte er nicht genug Geld, um sich Flugtickets nach Kanada zu kaufen. Und wenn er meine Mutter bequatscht, die immer ein weiches Herz für ihn hatte, wird er nur erfahren, dass ich »in der Pampa in Kanada« bin. Die Orte »Yukon« oder gar »Grizzly Creek« habe ich ihr gegenüber nie genannt. Davon wissen nur Leute an der Uni – und die werden hoffentlich den Datenschutz beachten und nichts über mich und die Expedition verraten.

Langsam beruhigt sich auch mein Atem. Klar zu denken hilft mir oft – klares Denken war es, das mich dazu gebracht hat, ihn zu verlassen und die Schwangerschaft abzubrechen. Emotional hätte ich das nie und nimmer zustande gebracht.

Ich schaue mir den Absender der SMS an und sehe, warum die Nachricht durchgekommen ist, obwohl ich Tobis Nummer blockiert habe: Die Nummer ist nicht im Adressbuch meines Telefons gespeichert. Er hat sich eine Neue besorgt. Hat er das nur getan, weil er ahnt, dass ich seine Nachrichten nicht lese? Für einen kurzen Moment bin ich mir unsicher, ob es nicht paranoid wäre, davon auszugehen. Dann lese ich erneut, was er geschrieben hat: »Du kannst dich nicht ewig verstecken.« »Ich werde dich finden.« »Du kannst was erleben, wenn wir uns sehen.«

Wohl doch nicht paranoid. Aber davon lasse ich mich nicht aus der Bahn werfen. Nicht jetzt. Nicht hier. Ich habe einen weiten Weg auf mich genommen, um mein Leben wieder in den Griff zu kriegen. Habe mich auf die Stelle bei der Expedition beworben – und sie bekommen. Womöglich nur, weil sie die internationale Kooperation fördern wollen. Oder weil ich eine Frau bin. Aber ich habe sie bekommen.

Ich kann mich jetzt nicht von Tobi vom Kurs abbringen lassen. Das ist meine Chance, meine Karriere zu retten. Daran wird er mich nicht hindern.

Ich öffne das Menü des Smartphones, blockiere Tobis neue Nummer und lösche seine Nachricht.

Dabei fällt mein Blick auf die Uhr im Display und ich stelle erschrocken fest, dass ich spät dran bin. Vor zwei Minuten sollte ich Varneaux und Anderson vor dem Haus treffen.

Ich suche die Sachen zusammen, die ich draußen am See brauchen könnte. Meine Kamera lasse ich hier, erstmal wird mein Smartphone ausreichen. Zumal die Lichtverhältnisse sowieso nicht optimal sind – professionelle Fotos müssen bis morgen warten. Auf meinen Notizblock und meinen Bleistift verzichte ich im Feld allerdings nie.

Anschließend ziehe ich meine Outdoor-Klamotten an und eile aus der Wohnungstür, die Treppe herunter und auf die Veranda.

Anderson und Varneaux stehen schon da und warten auf mich. Demonstrativ schaut mein Kollege auf seine teure goldene, aber gleichzeitig dezente Armbanduhr.

»Natürlich müssen wir auf die Frau warten«, sagt er. »Sitzt das Make-up, Dr. Meier?«

Meinen verärgerten Blick sieht er nicht, weil er sich schon zu Dr. Varneauxs Dodge umgedreht hat. Wieder geht er schnurstracks auf den Beifahrersitz zu.

Bisher hatte ich nicht den Eindruck, dass Varneaux ein feinfühliger Mann ist. Trotzdem schaut er genervt zu mir hinüber. Ist das Mitleid in seinem Blick?

Dafür, dass Dr. Anderson als Talent in diplomatischen Dingen, als aalglatter Politiker gilt, stößt er erstaunlich vielen Menschen gleich bei der ersten Begegnung vor den Kopf. Diplomatie hin oder her, er ist vor allem ein Karrierist.

Der See erstreckt sich in länglicher Form ausladend durch den Wald. Kurz genieße ich die kühle, klare Luft und den Geruch von Fichtennadeln, als wir aus Dr. Varneauxs Dodge aussteigen. Er scheint allgegenwärtig und steigt so konzentriert in meine Nase, als hätte jemand Parfum mit Waldaroma versprüht.

Anderson kann es nicht abwarten, endlich zu den Bakterien zu kommen. Kaum ist er ausgestiegen, drängelt er Varneaux, ohne einen Blick auf die malerische Landschaft zu werfen.

»Wo geht's lang?«, fragt er den Arzt.

»Die Bakterien finden Sie hier überall, schätze ich«, sagt er. »Aber das schleimige Zeug ist mir vor allem da hinten in höherer Konzentration aufgefallen.«

Er deutet auf eine Biegung des Ufers, an der sich der Wald so weit an den See herangetraut hat, dass die niedrig hängenden Äste der Fichten, Kiefern und Tannen über dem Wasser baumeln.

»Dann nichts wie los«, sagt Anderson und stiefelt voraus.

»Passen Sie auf, dass Sie nicht in das Zeug reintreten«, warnt ihn Varneaux.

»Ach, ätzen sich Ihre neuen Bakterien etwa durch Klamotten?«
Anderson lacht auf. »Womöglich sind es ja Monsterbakterien, die
Menschen fressen?«

Varneaux ist mittlerweile sichtlich wütend. Was weiß ich, was
Anderson hat, aber er verhält sich nicht annähernd so, wie es sein Ruf
nahelegt.

»Dr. Anderson«, versuche ich zu schlichten, obwohl ich Gefahr
wittere. »Dr. Varneaux hat recht. Wir sollten den Fundort möglichst
nicht kontaminieren.«

Anderson dreht sich um und hebt die Arme, als würde er mich auf
die Umgebung aufmerksam machen. Ein bisschen wie ein Lehrer, der
einem Kind die Wunder des Regenbogens erklärt. In diesem Moment
fange ich an, ihn zu hassen.

»Dr. Meier«, sagt er. »Schauen Sie sich um. Was soll ich hier denn
noch kontaminieren, wo mit Sicherheit jeden Tag Angler
vorbeikommen?«

Ich weiß, dass er recht hat. Trotzdem gilt es als Gebot der korrekten
Forschung, einen Fundort vorsichtig zu betreten und möglichst nichts
zu beeinflussen.

»Außerdem«, fährt Anderson fort, »erklären Sie mir doch bitte nicht,
wie ich meinen Job zu erledigen habe. Nach allem, was man hört, sind
Sie es schließlich, die solche Erklärungen nötig hätten.«

Ich möchte ihn schlagen. Nicht einfach nur mit der flachen Hand,
nein, ich habe die Phantasie, wie ich ihm meine Faust tief in den Magen
ramme.

Anderson geht voran, Varneaux folgt ihm, ich trotte hinter den
beiden her.

Nach einer Weile merkt mein Kollege, dass er nur grob weiß, wo Dr.
Varneaux die Bakterien entdeckt hat. Er steht an der Uferbiegung, die
der Arzt uns gezeigt hat, und blickt zu Boden.

»Sagten Sie nicht, hier könnten wir den Schleim finden, Dr.
Varneaux?«, fragt er.

»Ja, da vorne.« Varneaux geht sichtlich zufrieden an Anderson vorbei
und hin zu den tief ins Wasser hängenden Zweigen.

Ich folge ihm und drücke mich ebenfalls an Anderson vorbei. Er ist schließlich nicht der Einzige mit Karriereansprüchen. Außerdem bin ich mindestens genauso neugierig wie er.

Wahrscheinlich bist du noch viel neugieriger, denke ich. Zwar habe ich ihn erst vor ein paar Stunden kennengelernt, aber alles, was ich vorab im Internet über ihn herausfinden konnte, und nicht zuletzt sein Verhalten Dr. Varneaux und mir gegenüber, deutet für mich auf einen Kotzbrocken, dem es vor allem um seinen eigenen Arsch geht.

Ich sehe seinen Blick nicht, als ich mich an ihm vorbeidrängele und Dr. Varneaux folge. Dafür höre ich, wie er sich räuspert.

Ich überhöre es demonstrativ. Er ist nicht mein Vorgesetzter, mir in keiner Weise höhergestellt.

Dr. Varneaux ist inzwischen an seinem Ziel angekommen. Er stellt einen Fuß ins Wasser und geht in die Hocke. Mit seiner rechten Hand hebt er die Tannenzweige, die in den See hängen, nach oben, mit der anderen Hand deutet er auf die Oberfläche.

»Da«, sagt er.

Ich stelle meinen Blick scharf und versuche zu erkennen, worauf er zeigt. Es gelingt mir nicht. Ich sehe nur die sich leicht kräuselnde Oberfläche des Sees.

»Nicht auf die Oberfläche gucken«, sagt Varneaux, »sondern darunter. Sie bewegen sich auch mal hoch, aber meistens im Wasser.«

»Sie bewegen sich?«, frage ich. »Sichtbar?« Ich bin verwundert. Dass sich die Bewegung von Kleinstlebewesen mit bloßem Auge erkennen lässt, ist äußerst selten.

»Nein, ich glaube nicht, dass die Bewegung von den Bakterien selbst ausgeht. Es ist eher ein Schwimmen mit dem Strom, sozusagen. Nur …« Er zögert. »Nur glaube ich, dass sie … irgendwie anfälliger für die Bewegungen des Wassers sind. Was auch immer das bedeutet.«

»Das klingt ja nach Quatsch«, schaltet sich Anderson ein.

Ich erschrecke, als ich merke, dass er dicht hinter mir steht.

»Sehen Sie endlich was?«, fragt Anderson weiter. Seine Stimme drängelt.

Tatsächlich sehe ich jetzt, worauf Dr. Varneaux deutet. Unter der Oberfläche – wirklich nur knapp darunter – bewegt sich ein schwammiges, farbloses Gebilde durch das Wasser. Ich erkenne, was der Arzt gemeint hat: Es sieht tatsächlich so aus, als bewege sich die Masse selbstständig, in Wirklichkeit tanzt sie aber nur mit den Bewegungen der leichten Wellen.

Dr. Anderson hat das schleimige Etwas mittlerweile auch gesehen. »Das verhält sich ja total seltsam«, sagt er.

Was für ein Kotzbrocken du bist, denke ich mir.

Ich ziehe zwei Latexhandschuhe aus meiner Tasche und streife sie über.

»Was haben Sie vor?«

»Was wohl?«, gifte ich. »Ich will die Masse genauer untersuchen.«

»Sollten wir nicht methodischer vorgehen?«

»Ach, auf einmal?«

Scheinbar hat das gesessen.

Ich weiß, dass ich recht habe, und er weiß es auch. Entweder hätten wir das Gebiet um die Fundstelle herum absperren und von A bis Z durchkämmen, kartographieren und abzeichnen oder uns zuerst einen Eindruck vom Fundobjekt machen müssen. Darunter muss die methodische Erschließung des Befunds leiden, also die geografischen und geologischen Umstände, in denen der Fund liegt.

Anderson hat uns die Entscheidung abgenommen, indem er einfach drauflosmarschiert ist, und kann sich jetzt nicht beschweren, dass ich auf seine Art weitermache.

Vorsichtig lasse ich meine Hand ins Wasser herab. Schon die bloße Berührung der Oberfläche wirkt sich auf die schleimige Masse aus, die sich durch die Verdrängung zusammenzieht und ein Stück von meiner Hand wegtreiben lässt.

Das ändert nichts an meinem Vorhaben. Die ganze zusammenhängende Masse aus dem Wasser zu heben, wäre ohne Netz oder Sieb unmöglich. Einen Teil der Masse mit den Fingern aus dem Wasser zu holen, sollte hingegen einfach funktionieren.

Ich berühre die schleimige Substanz mit zwei Fingern. Die bakterielle Masse ist flüchtig, aber ich bin schneller.

Ich ziehe meine Hand heraus, von der Wasser tropft ... und das Gallert. Dr. Varneaux hat recht: Es gibt nur eine Möglichkeit, diese Konsistenz zu beschreiben. Und die lautet »Bakterienschleim«.

Vorausgesetzt natürlich, dass es sich dabei wirklich um Bakterien handelt. Da Varneaux seine Untersuchungsergebnisse an die Universität in Vancouver gesendet hat, als er sie von seinem Fund unterrichtete, gehe ich aber davon aus, dass irgendein kluger Kopf das schon bestätigt hat.

Meine tropfenden Finger noch immer ausgestreckt, richte ich mich auf. Anderson steht sofort neben mir und schaut sich an, was ich zu Tage befördert habe. Auch Varneaux ist neugierig und versucht, etwas zu sehen.

Die Masse ist farblos und riecht seltsam nach Kunststoff, soweit es das Urteil ohne Laborbedingungen zulässt. Die träge Konsistenz erinnert mich an medizinische Implantate oder Aufsätze aus Silikon.

»Was für eine seltsame Masse«, sagt Anderson.

Blitzmerker!

Ich ermahne mich, nicht jede seiner Bemerkungen in Gedanken zu bewerten. Dieses Verhalten kenne ich noch von früher. Irgendwann wird es mir immer schwerer fallen, diese Kommentare für mich zu behalten und nicht laut auszusprechen. Das sollte ich vermeiden, wenn ich es auf eine gute Zusammenarbeit anlege. So schwer mir das bei Anderson auch fällt.

Davon abgesehen hat er diesmal recht. Die Konsistenz der Masse ist seltsam, und kombiniert man diese Erkenntnis mit dem merkwürdigen Geruch nach Plastik …

»Riechen Sie bitte einmal daran«, sage ich und halte ihm meine Finger auf Nasenhöhe.

Ich rechne schon mit einem abweisenden Spruch, doch es kommt keiner. Stattdessen beugt er sich leicht vor und riecht an meinen Fingern.

»Aber …« Er zögert. »Kann das sein?«

»Dachte ich mir auch.«

»Was denn?«, fragt Dr. Varneaux.

»Die Masse riecht nach Plastik«, erklärt Dr. Anderson. Er schaut Varneaux an. »Und Sie sind sich wirklich sicher, dass es sich dabei um Bakterien handelt?«

»Ja, absolut. Es sei denn, es gab auf dem Feld der Bakteriologie seit meinem Medizinstudium erstaunliche Durchbrüche und

Kleinstlebewesen mit Nucleoid und Thylakoid werden mittlerweile anders genannt.« Varneaux klingt eingeschnappt.

Dr. Anderson sieht mich an. »Haben Sie so etwas schon mal gesehen … beziehungsweise gerochen?«, fragt er.

»Nein«, sage ich. »Plastik heißt deshalb so, weil es so weit von der Natur entfernt ist, wie es nur irgendwie geht. Kein natürliches Lebewesen sollte nach Kunststoff riechen.«

»Eben.«

Anderson richtet sich auf, als hätte er etwas Wichtiges zu verkünden. Jetzt ist er wieder ganz der Politiker, der es sich nicht nehmen lässt, große Dinge selbst zu sagen.

»Dr. Varneaux«, sagt er, »wir müssen ihre Angaben natürlich noch im Labor bestätigen, um sicher zu sein, dass es sich bei diesem … Schleim … tatsächlich um Bakterien handelt. Aber wenn das zutrifft, gratuliere ich Ihnen schon mal im Voraus. Dann haben Sie eine neue Art von Bakterien entdeckt.« Anderson wirkt kurz nachdenklich. »Und vielleicht mehr: Bakterien mit dem Geruch von Kunststoff. Kaufen Sie sich noch keinen Porsche, aber möglicherweise haben Sie eine gänzlich neue *Lebensform* entdeckt.«

Ich beobachte Dr. Varneaux. Er wirkt zufrieden. Wie leicht doch persönliche Reibereien verfliegen, wenn man jemandem den Bauch pinselt und sich dabei wichtig anhört.

Menschen!

Etwas Weißes landet auf meiner immer noch ausgestreckten Hand, als ich in meiner Tasche nach einem Probenröhrchen krame. Zunächst erschrecke ich, doch dann sehe ich, dass es sich nur um eine Schneeflocke handelt.

Dr. Varneaux schaut besorgt zu meiner Hand, auf der sich die Schneeflocke in einen Wassertropfen verwandelt. Anschließend wendet er sein Gesicht dem Himmel zu.

Auch ich blicke mich jetzt um. Der Schnee fällt langsam in kleinen Flocken, und prompt legt sich jene winterliche Stille auf die Landschaft, die jedes Kind der Welt liebt.

»Verdammt«, sagt Dr. Varneaux, immer noch die Wolken am Himmel beobachtend, »das ist ein Problem.«

KAPITEL 3

Ich sitze wieder auf der Rückbank von Varneauxs Dodge, den der Arzt nun vom See zurück nach Grizzly Creek steuert.

Mich wundert es, wie panisch der Mann auf den Schnee reagiert hat.

»Ich dachte, Grizzly Creek wäre auf harte Winter eingestellt?«, frage ich.

»Das stimmt auch«, antwortet Varneaux.

Er tritt das Gaspedal weiter durch und der Wagen macht einen spürbaren Satz nach vorne. So schnell sollte man auf diesen halb befestigten Straßen nicht fahren, fürchte ich. Da war mir seine gemütliche Fahrweise lieber. Ich sage mir aber, dass er als jemand, der seit mehr als zwanzig Jahren in dieser Gegend lebt, wissen wird, was er tut.

»Aber der Schnee kommt normalerweise später«, spricht Varneaux weiter. »Im Oktober erst. In den nächsten Tagen hätte noch einmal ein Lastwagen mit Lebensmitteln und anderen notwendigen Dingen kommen sollen, damit das Kühlhaus voll ist. Wenn der Winter jetzt schon kommt, weiß keiner, ob der Truck es noch schafft, bevor die Straße zum Alaska Highway unpassierbar ist.«

Ich krame in meinem Kopf. Der Begriff »Alaska Highway« kommt mir bekannt vor.

Anderson nimmt mir das Grübeln ab. »Alaska Highway ... das ist doch die Straße, die vom US-Festland nach Alaska führt, oder?«

»Richtig. Die einzige winterfeste Straße weit und breit.«

»Es gibt sonst keine andere Möglichkeit, nach Grizzly Creek zu kommen?«

»Was glauben Sie denn, warum wir hier im Winter abgeschnitten sind?«

Er lenkt den Wagen über eine Bergkuppe und in der Windschutzscheibe taucht fernab die Stadt auf. Wir fahren jetzt von einer anderen Seite auf die Ortschaft zu. Trotzdem erinnert mich der Anblick an vorhin, als ich Grizzly Creek das erste Mal gesehen habe.

»Nein, es gibt genau eine Straße, die aus diesem gottverdammten Kaff herausführt, und die wird am Winteranfang regelmäßig unpassierbar«, fährt Dr. Varneaux fort. »Fragen Sie mich nicht, warum der Staat das nicht irgendwann mal befestigt hat. Wir sind hier wohl vergessen genug, dass kein Geld für unsere Straße da ist.«

Wir passieren das Ortsschild. Noch ein paar hundert Meter lang führt die Straße durch den Wald, dann werden wir an den ersten Häusern der Stadt vorbeikommen.

»Die Straße führt etwa achtzig Meilen durch die Wälder, bevor sie auf den Alaska Highway trifft. Einmal können Sie nach links abbiegen, dann kommen Sie nach Dawson. Aber das sind nochmal zwanzig Meilen mehr, und auch die Straße ist im Winter nicht passierbar. Wenn Sie schon so weit gekommen sind und nach Dawson wollen, können Sie besser zum Highway durchfahren und den Umweg in Kauf nehmen.«

Wir kommen auf eine Kreuzung zu. Unsere Ampel steht auf Rot. Varneaux tritt auf die Bremse, schlitternd kommt der Wagen zum Stehen. Ich werfe einen Blick aus dem Fenster und sehe, dass sich bereits ein dünner, weißer Schleier auf der Straße gebildet hat.

»Was ist mit dem Flugplatz?«, fragt Anderson.

»Richtig«, ergänze ich. »Und habe ich nicht Schilder zu einem Bahnhof gesehen?«

»Ja, den Flughafen gibt es. Aber es gibt hier keine Flugzeuge. Wir haben nur den Helikopter für Notfälle bei uns stationiert, alles andere fliegt wieder zurück, sobald hier alles erledigt ist. Die könnte man anfunken, damit sie herkommen … aber wenn das Wetter nicht mitspielt, können die hier nicht landen. Dasselbe gilt für den Helikopter. Bei gutem Wetter und guter Sicht – klar, kein Problem. Aber im Winter haben wir selten gutes Wetter und gute Sicht. Allein schon, weil wir hier so nah am Polarkreis sind, dass wir nur wenige Stunden Licht haben.«

Das leuchtet ein. Ich hatte mich schon gewundert, warum es so schnell dunkel geworden ist. Am See war es noch hell, die Dämmerung konnte man allenfalls erahnen. Binnen einer Viertelstunde ist die Nacht eingebrochen, mittlerweile ist es stockdunkel.

Die Ampel schaltet auf Grün und Varneaux gibt wieder Gas. Mit durchdrehenden Reifen steht der Dodge einen Moment auf der Stelle, doch dann finden sie Grip und die Beschleunigung drückt mich in die Rückenlehne.

»Und was die Eisenbahnlinie angeht … hier kommt zweimal die Woche ein Zug an und fährt wieder, richtig«, fährt Varneaux fort. »Aber im Winter ist auch das fraglich. Wenn irgendwas auf dem Gleis liegt, kann es Monate dauern, bis die Bahn das Problem behebt.«

Mit einem Affenzahn braust der Arzt über eine weitere Kreuzung, diesmal ohne Ampel. Ich rede mir abermals ein, dass der Mann weiß, was er tut. Wenn in dem Moment ein anderes Auto aus der kreuzenden Straße gekommen wäre …

Ich bemerke, dass Varneaux nicht zu unserer Unterkunft fährt. Zumindest glaube ich, dass er dafür an der letzten Kreuzung links hätte abbiegen müssen. Das wäre dann die Straße gewesen, die wir vom Flughafen gekommen sind. Von dort geht die Umgehung des Ortskerns ab, an der das Ferienhaus mit unseren Wohnungen liegt. Aber vielleicht irre ich mich auch.

»Wo fahren Sie eigentlich hin?«, fragt Anderson. »Ich würde gerne in meine Wohnung. Die Anreise war anstrengend.«

Ich habe mich also nicht geirrt. Auch ich möchte endlich in meine Wohnung, eine Nacht schlafen und morgen ausgeruht mit der Arbeit beginnen.

»Ich fahre zur Wache«, sagt Varneaux. »Ist Tradition. Jedes Jahr bei Wintereinbruch versammeln sich alle dort und Chief Nadiquak gibt bekannt, dass es keinen Grund zur Sorge gibt.« Er seufzt, bevor er weiterspricht. »Ich fürchte nur, dass wir uns diesmal sehr wohl Sorgen machen müssen, wenn der Schnee jetzt schon einsetzt.«

Varneaux steuert seinen Dodge auf den reservierten Parkplatz vor seiner Praxis und steigt zügig aus. Anderson und ich klettern ebenfalls aus dem Wagen, können dem Arzt aber nur noch hinterherschauen. Der ist bereits auf dem Weg zur Polizeiwache gegenüber, vor der sich eine ansehnliche Menschentraube versammelt.

»Sieht so aus, als wären wir mitten in das örtliche Volksfest geplatzt«, raunt Anderson.

Ich schlage die Hintertür des Wagens zu. So zynisch das klingen mag, er hat recht. Die Meute wirkt wie Menschen, die vor der Bühne eines Straßenfests darauf warten, dass die örtliche Coverband ihre Versionen von AC/DC und den Rolling Stones spielt.

»Gehen wir rüber, um die Festrede des Bürgermeisters zu hören?«, frage ich. Vielleicht taut er mir gegenüber auf, wenn ich seinen Humor gelegentlich mitspiele.

Er schaut mich schmunzelnd an. »Dr. Meier, wie böse!«

Ich zucke mit den Schultern. »Ich frage mich, ob wir vielleicht auch ein Problem mit dem Winter bekommen.«

»Habe ich mir auch schon gedacht. Aber abwarten. Ich meine, das ist ein bisschen Schnee. Sowas gibt's auch in Vancouver manchmal schon im September. Ich gehe davon aus, dass die Panik übertrieben ist. Wir werden unsere drei Wochen hier absitzen und erforschen, was es zu erforschen gibt, und dann geht es für uns zurück in die Zivilisation. Wetten?«

»Ich hoffe, Sie haben recht, Dr. Anderson.« Ich seufze und deute ihm mit einem Nicken an, dass ich rüber möchte. »Kommen Sie, gehen wir«, sage ich.

Er antwortet nicht, folgt mir aber. Ich achte peinlich genau darauf, nach links und nach rechts zu sehen, bevor ich meinen Fuß auf die Straße setze … falls sich noch andere Autofahrer wie Dr. Varneaux von der Schneepanik ergreifen lassen.

Als wir uns der Menschentraube vor dem Polizeirevier anschließen, treffen uns einige interessierte, aber nicht fragende Blicke. Schon klar, wir sind Fremde in dieser eingeschworenen Gemeinde, die einige Monate im Jahr nur mit sich selbst klarkommen muss. Aber genau deshalb weiß natürlich jeder, wer wir sind.

Aus den vorderen Reihen dringt Gemurmel. Mittlerweile habe ich mich zwar daran gewöhnt, Englisch zu hören und zu sprechen, trotzdem fällt es mir schwer, aus dem Wirrwarr an Stimmen einzelne Wörter herauszuhören. Ich meine allerdings, Äußerungen wie »Hat uns ja gerade noch gefehlt« und »Eierköpfe« zu verstehen.

Na super. Wir sind sehr willkommen.

Sergeant Nadiquak tritt durch die Tür vor die Wache und das Gemurmel verstummt. Er steigt auf eine Sitzbank, die neben einem Zigaretteneimer steht, und überschaut die Menschenmenge.

»Hallo, Leute«, sagt er. »Schön, euch zu sehen.« Murmelnd erwidern einige den Gruß, andere warten ab. »Auch wenn der Umstand uns natürlich allen Sorgen bereitet.«

Nadiquak hebt seine Hände und macht eine beschwichtigende Geste. »Um es gleich vorwegzunehmen«, redet er weiter, »wir werden keine lebensbedrohlichen Probleme bekommen.«

Erleichtertes Raunen geht durch die Menge.

»Allerdings müssen wir uns darüber im Klaren sein, dass die Lage ernst ist. Wenn der Winter uns jetzt einen Strich durch die Rechnung macht und der Truck es nicht rechtzeitig hierher schafft, wird es kritisch.«

Ich beobachte sein Gesicht und sehe ernsthafte Sorgen. Das schauspielert er nicht.

»Trotzdem«, fährt er fort, »ist unser Kühllagerhaus zu rund 85 Prozent gefüllt. Das bedeutet, dass wir auf jeden Fall über den Winter kommen, wenn wir jetzt abgeschnitten werden. Sogar mit unseren beiden Gästen, die wir zusätzlich ernähren müssen.«

Er hat wohl nicht gesehen, dass wir auch zuhören. Das erklärt aber die Zurückhaltung, die die Einheimischen uns teilweise entgegengebracht haben.

»Aber sollte es dazu kommen, müssen wir alle den Gürtel etwas enger schnallen und die Vorräte rationieren. Ich möchte euch bitten, in den nächsten Tagen auf der Wache vorbeizukommen und uns aufzulisten, was ihr an haltbaren Lebensmitteln bei euch gelagert habt. Es kann passieren, dass wir jede Konservendose extra gebrauchen können, wenn der verdammte Schnee anhält.«

Er ist kurz still und lässt seinen Blick über die Leute gleiten. Ich bilde mir ein, dass er dabei kurz bei Dr. Anderson und mir hängenbleibt.

»Um es kurz zu machen, Leute: Die Lage ist ernst, aber nicht hoffnungslos. Hoffen wir, dass morgen der Truck kommt oder der Schnee wieder aufhört. Dann werden wir keine Probleme bekommen.«

Der Schnee fällt im Laufe der Nacht immer stärker. Als ich am nächsten Morgen aufwache, ist der gestern noch grüne Garten vor meinem Küchenfenster dickem, glattem Weiß bedeckt.

Einen Moment lang macht sich Freude in mir breit. Ich bin ein Winterkind, schon immer gewesen. Ich mag Eis, Schnee und Kälte viel lieber als sommerliche Hitze und Sonnenschein. Gegen Kälte kann man sich schließlich wappnen. Bei Hitze ist es schwerer – weniger Kleidung geht nur so lange, bis man nackt ist.

Dann regt sich mein Gewissen und mir wird bewusst, was der Winter für die Menschen hier in Grizzly Creek bedeutet: Sie sind abgeschnitten von der Außenwelt und auf sich gestellt. Wenn es ganz schlecht läuft, könnte es sogar zu Hunger und rationierten Lebensmitteln kommen. Außerdem ist noch nicht klar, ob Anderson und ich unseren Forschungsauftrag ausführen können, bevor die Stadt eingeschneit wird.

Das wäre in vielerlei Hinsicht unangenehm. Einerseits bin ich nicht gerne eingeschlossen. Andererseits würde unsere Anwesenheit die Situation der Stadt noch verschlimmern.

Meine kindliche Freude über den Wintereinbruch ist wie weggeblasen. Trotzdem lasse ich es mir nicht nehmen, mich vor dem Frühstück dick einzupacken und mit einer heißen Tasse Kaffee in der Hand durch den Garten hinter dem Haus zu spazieren.

Ich öffne die Tür und sofort schlägt mir eine Kälte entgegen, die sich selbst durch meine Daunenjacke beißt. Über Nacht muss es noch ein paar Grad abgekühlt sein.

Ich laufe einige Schritte und erfreue mich am Geräusch des knirschenden Schnees unter meinen Füßen. Ich atme tief durch die Nase ein, die kalte Luft schneidet in meine Schleimhäute. Es ist nicht so, dass ich Schmerzen mag, aber mit diesem einen speziellen Gefühl sind zu viele angenehme Erinnerungen aus meiner Kindheit verknüpft, als dass ich ihn nicht gernhaben könnte.

Ich führe die Tasse an meinen Mund und nippe am Kaffee, der sich bei der Kälte noch heißer im Mund anfühlt. Prompt verbrenne ich mir die Zunge und Lippen.

Scheiße!

Trotzdem: Ich mag die Szenerie. Gleich werde ich wieder reingehen, frühstücken und mich für den Arbeitstag fertigmachen. Vorher lasse ich meinen Blick aber noch einmal über den weißgetünchten Garten schweifen.

An der hinteren Seite entdecke ich die Spuren eines Tieres. Sie müssen noch frisch sein, denn sie sind nicht zugeschneit. Ich laufe durch den Schnee, um nachzuschauen, ob ich das Tier identifizieren kann, das sich zu uns verirrt hat.

Als ich näherkomme, stutze ich. Die Spuren sind … seltsam. Ich kann das Tier, das sie hinterlassen hat, nicht einordnen. Erwartet habe ich Pfotenspuren – von einem Fuchs, einem Hirsch oder vielleicht einem Bären. Was in den Wäldern um Grizzly Creek so lebt.

Das hier sind jedoch Fußspuren, die beinahe menschlich aussehen. Ich laufe durch den Schnee, doch das Knirschen meiner Schritte bereitet mir keine Freude mehr. Ich höre es nicht einmal.

Meine wissenschaftliche Neugier ist geweckt … und noch etwas anderes.

Ein ungutes Gefühl macht sich in mir breit und ein Schauer läuft mir über den Rücken. Eine Mischung aus Unsicherheit, Angst und Unwohlsein schleicht durch meine Nervenbahnen.

Ich hocke mich neben den Spuren hin und betrachte sie aus der Nähe. Mein Eindruck hat mich getäuscht: Die Spuren wirken nur so lange menschlich, bis ich genauer hinsehe. Die Wölbung des Fußes ist keinesfalls menschlich. Zumindest würde eine solche Wölbung bei einem Menschen als starke Fehlbildung gelten. Außerdem würde niemand bei Minusgraden barfuß durch den Schnee laufen.

Der deutlichste Unterschied zu einem menschlichen Fuß zeigt sich aber, als ich die Abdrücke der Zehen betrachte: Was auch immer die Spur hinterlassen hat, es hat sechs Zehen pro Fuß.

Mit einem Mal fühle ich mich beobachtet. Es ist kein spezifisches Gefühl, sondern eher eine diffuse Gewissheit, das ich nicht allein im Garten bin.

Ich krame in meinem Hinterkopf nach Tieren mit annähernd menschlichen Gliedmaßen und sechs Zehen. Mir will nichts einfallen, aber ich bin auch keine Expertin in Zoologie – erst recht nicht so nahe am Polarkreis. Möglicherweise gibt es hier oben Säugetiere, die ich nicht kenne.

Der Gedanke beruhigt mich ein wenig, mehr aber auch nicht. Missbildungen kommen in der Natur immer wieder vor, auch beim Menschen. Die naheliegendste Antwort wäre also, dass es in Grizzly Creek einen Menschen mit extrem missgebildeten Füßen gibt.

Einen Menschen, der gerne nachts oder sehr früh morgens barfuß durch Schnee schleicht … in fremden Gärten.

Auch nicht gerade wahrscheinlich, aber die beste Erklärung, die ich parat habe. Ich lasse es darauf beruhen. Immerhin bin ich als Mikrobiologin hier, um eine neue Art von Bakterien zu untersuchen. Nicht als Kryptozoologin oder Humanbiologin mit Spezialisierung auf Mutationen und Missbildungen.

Ich stehe auf und gehe zurück ins Haus. Mein Kaffee ist während meiner Beobachtung etwas abgekühlt; zumindest dampft es weniger aus der Tasse.

Ich probiere einen Schluck. Tatsächlich besser. Fast schon ein wenig zu kalt für Kaffee, aber ich bin gleich oben und kann mir einen neuen machen.

Hinter mir knackt es, als wäre jemand auf einen Zweig getreten.

Beinahe wäre ich vor Schreck hochgesprungen. Ich drehe mich um. Niemand ist zu sehen, doch das heißt nichts. Obwohl ich mich hier am Waldrand befinde, stehen die Bäume sehr dicht. Man müsste keine zwei Meter darin verschwinden, um für mich unsichtbar zu sein.

Ich will wissen, wer mich beobachtet. Oder vorbeigegangen ist, während ich ihm den Rücken zugedreht habe.

Offenbar gibt es in Grizzly Creek Leute, die uns hier nicht haben wollen. Angesichts der knappen Vorräte könnte ich es den Menschen nicht verübeln. Dass sich jemand im Garten herumtreibt und mich beobachtet, überschreitet aber eine Grenze.

»Hallo?«, rufe ich in den Wald.

Es kommt keine Antwort.

Natürlich nicht, sage ich mir. Was habe ich denn erwartet? Wer auch immer mich beobachtet, wird sich nicht plötzlich äußern.

Ich halte es nicht mehr aus und eile zurück ins Warme, ohne mich noch einmal umzusehen. Oben in meiner Wohnung nehme ich mir eine heiße Tasse Kaffee und mache mich daran, mein Frühstück zuzubereiten. Von der Küchenzeile aus habe ich einen guten Blick in den Garten. Draußen regt sich nichts und das flaue Gefühl in mir ist schon beinahe verschwunden.

Dann beobachte ich aus dem Augenwinkel, dass sich hinten am Waldrand etwas bewegt. Ich schaue genauer hin ... und lasse das Messer fallen, mit dem ich mein Brot schmiere. Ich unterdrücke einen Schrei.

Was ich beobachtet habe, war nur ein Schemen – nicht wirklich menschlich, aber auch nicht vierbeinig genug, um ein Tier zu sein. Und zu schlaksig für einen Bären auf den Hinterbeinen.

Etwas hat wirklich im Wald gestanden und mich beobachtet, als ich draußen war.

Und zwar nicht in freundlicher Absicht. Das erkenne ich an dem blutigen Etwas, das das Ding in den Schnee geworfen hat. Dort bildet das tiefdunkle Rot einen krassen Kontrast zum winterlichen Weiß.

Kein Zweifel: Aus dem roten Etwas tropft Blut. Und als ich genau hinsehe, erkenne ich, dass es sich um den Kopf eines Rehs handelt.

Ich wende mich vom Fenster ab. Übelkeit übermannt mich und ich beuge mich vorsichtshalber über das Waschbecken. Nur mit Mühe kann ich meinen spärlichen Mageninhalt bei mir behalten.

Erneut werfe ich mir die Jacke über, ziehe meine Pantoffeln an und eile nach unten. Ich stoße die Tür zum Garten regelrecht auf und renne zu dem Kopf, aus dem sich immer noch Rot ins Weiß ergießt.

Der blutige Rehkopf ist sauber abgetrennt. Man muss keine Zoologin sein, um zu erkennen, dass ein Raubtier einen Kopf niemals so sauber abtrennen, sondern eher abreißen würde. Das hier trägt eine menschliche Handschrift.

Es dampft an der Öffnung am Halsansatz – das Tier ist noch nicht lange tot.

Ich gehe um den Kopf und die Blutlache herum und stelle mich an den Rand des Gartens. Dort kneife ich meine Augen zusammen und versuche, am Waldrand weitere Fußspuren oder etwas anderes zu erkennen. Der Wald ist aber zu dicht, um Details zu sehen.

Ich schrecke auf, als ich merke, dass etwas hinter mir steht und mir auf die Schulter tippt.

Ich schnelle herum und habe meine Hand bereits zu einem Schlag erhoben, als ich Anderson erkenne. Er ist frisch rasiert, geduscht und sieht wie geschniegelt aus. Seine Hand hält er zur Abwehr vor das Gesicht.

»Himmel«, stoße ich aus. Ich senke meine Faust.

»Dr. Meier«, sagt Anderson. »Ich wusste gar nicht, dass Sie sich Ihr Frühstück selbst erlegen.«

»Witzbold«, schleudere ich ihm entgegen. »Ich bin gerade wirklich nicht in der Stimmung.«

»Schon gut, schon gut.« Auf seinem Gesicht sehe ich so etwas wie Sorge.

Ich kann es kaum fassen: menschliche Gefühle? Sorgen um jemanden, der nicht er selbst ist? Bei diesem Typen?

Das ist ja fast unheimlich!

»Was ist denn passiert?«, fragt Anderson.

»Was passiert ist?« Ich kann kaum an mir halten. Innerlich zähle ich bis fünf, bevor ich weiterspreche. »Sehen Sie das nicht?« Ich deute auf den Kopf des Rehs und die Lache, die sein Blut im Schnee gebildet hat. Mittlerweile ist der Kopf ausgeblutet und abgekühlt.

»Doch, natürlich.« Anderson greift sich an die Stirn. »Entschuldigen Sie bitte, Dr. Meier. Ich … habe den Ernst der Situation nicht erkannt, als ich Sie angesprochen habe.«

Das wird ja immer unheimlicher.

»Schon okay«, murmele ich.

»Haben Sie gesehen, wer das war?«

»Ja. Ich meine, nein. Ich habe oben aus dem Augenwinkel eine Bewegung im Fenster gesehen. Mehr einen Schemen. Der war hier am

Waldrand und hat ... das da in den Schnee geworfen. Dann ist er abgehauen.«

Anderson beugt sich hinunter und sieht sich die Schnittstelle am Halsansatz des Rehkopfes an. »Sie haben aber nicht erkannt, wer das war?«

Ständig fragt er nach einem »Wer«, fällt mir auf. Ich vermute, dass er bezüglich des Schnitts, mit dem der Kopf abgetrennt wurde, dieselben Schlüsse zieht.

»Nun«, antworte ich, »zunächst habe ich an ein Tier gedacht. Auch wegen der Spuren da.« Ich deute auf die Fußspuren, die ich heute Morgen bei meinem ersten Ausflug im Schnee gefunden habe. »Aber dann habe ich den sauberen Schnitt gesehen. Für ein Tier wirkt mir das sehr gerade.«

Anderson schüttelt den Kopf. »Das war garantiert kein Tier, darauf wette ich.«

Er folgt meinem Fingerzeig und schaut sich die Fußspuren eine Weile mit Kennerblick an.

Währenddessen korrigiere ich den Eindruck, den ich von ihm habe. Nicht den, dass Anderson ein Arschloch ist – nein, das ist er ganz bestimmt. Für seinen eigenen Vorteil würde er über Leichen gehen. Aber es scheint, als habe er doch Ahnung davon, wie man mit einem Fund umgeht. Und als kenne er tatsächlich so etwas wie wissenschaftliche Neugier. Das bedeutet immerhin, dass er nicht nur der Chancen wegen mit auf die Expedition gekommen, sondern doch für unsere Forschung zu begeistern ist.

»Seltsame Spuren«, meint er, nachdem er die Fußabdrücke inspiziert hat. »Sehen menschlich aus, aber ... die Füße müssten grotesk verunstaltet sein.«

Ich nicke und gehe zu ihm.

»Ich bin mir sicher, dass das kein Tier war.«

Er nickt. »Ziemlich sicher, ja. Kein bekanntes Tier zumindest. Für Aussagen über Bigfoot übernehme ich keine Haftung.«

Wow. Ich glaube es nicht. Ein Witz von Dr. Anderson, der mir nicht auf den Keks geht. Im Gegenteil: Ich finde ihn fast lustig.

Die Betonung liegt auf »fast«. Denn lustig wäre der Witz nur, wenn Anderson damit nicht ansprechen würde, was schon die ganze Zeit in meinem Unterbewusstsein drängt, endlich Aufmerksamkeit zu bekommen und vom bewussten Teil meiner Selbst beachtet zu werden: dass das hier nicht mit rechten Dingen vor sich geht.

Ich bin Wissenschaftlerin aus Überzeugung, mit einem durch und durch rationalen Weltbild, und weise jeden Anflug von Aberglauben normalerweise von mir. Aber wie heißt es doch bei Sherlock Holmes? »Wenn Du das Unmögliche ausgeschlossen hast, dann ist das, was übrig bleibt, die Wahrheit, wie unwahrscheinlich sie auch ist.«

Die Sherlock-Holmes-Geschichten sind natürlich Fiktion, das ist mir klar. Sogar die Wissenschaft hat aber über die letzten Jahrzehnte, seit Einstein, Schrödinger und ähnlichen Schwergewichten der modernen Physik, auch mehrmals bewiesen, dass Unmögliches manchmal nur scheinbar ausgeschlossen werden kann. Wer hätte vor Einstein schon geglaubt, dass Zeitreisen theoretisch möglich sein können?

Offenbar stehen Anderson und ich nun vor einem solchen Phänomen. Wir beide schließen aus, dass es sich um ein bekanntes Tier handelt. Wir beide sind uns darin einig, dass die Wölbungen der Fußspuren, die wir vor uns sehen, nicht von einem uns bekannten Menschen stammen können. Die Missbildungen, die die Fußspuren andeuten, sind viel zu stark, als dass sie jemand in Schuhen verstecken könnte.

Die offensichtliche Erklärung ist: Die Fußspuren stammen entweder von einem Tier, das wir noch nicht kennen, oder von einem Menschen, den wir noch nicht kennen. Ein Mensch hätte bei Minustemperaturen barfuß durch den Schnee gehen müssen. Gegen ein Tier spricht jedoch die Art, wie der Kopf des Rehs abgetrennt worden ist – und die Tatsache, dass der Eindringling uns den Kopf regelrecht vor die Füße geworfen hat. Wie ein Zeichen.

Entweder haben wir es mit dem parazoologischen Vorfall eines nicht näher untersuchten Tieres zu tun oder mit einem feindseligen missgebildeten Menschen. Beides gefällt mir überhaupt nicht.

Während ich überlege, fällt mir eine Schneeflocke in den Nacken. Die Kälte reißt mich aus meinem Gedankenfluss.

»Gehen wir rein«, sage ich zu Dr. Anderson. »Wir sollten frühstücken und uns auf den Weg zur Arbeit machen.« Ich schaue nach oben in die dicken, grauen Wolken. »Irgendwas sagt mir, dass es nicht mehr allzu lange dauert, bis Grizzly Creek abgeschnitten ist.«

»Sehe ich genauso«, sagt er. Auch er wirft einen besorgten Blick in den Himmel. »Und wir sollten dringend Dr. Varneaux oder Chief Nadiquak fragen, ob es in Grizzly Creek einen Menschen mit schrecklich missgebildeten Füßen gibt.«

KAPITEL 4

Im Laufe des Vormittags schneit es weiter – auch noch, als Dr. Anderson und ich uns einen Wagen leihen. Grizzly Creek hat keine Autovermietung, aber eine Werkstatt, bei der wir für wenig Geld einen Geländewagen bekommen. Mittlerweile sind die Straßen weiß; vom Grün der wenigen Wiesen, die uns auf dem Weg begegnen, ist nichts mehr zu sehen. Allein der Wald, durch den wir fahren, fügt dem dominierenden Weiß ein wenig Farbe hinzu.

Es schneit auch, als wir am See ankommen und dort Proben des bakteriellen Schleims entnehmen. Wir kommen noch rechtzeitig: Der See ist nicht zugefroren, aber er wird es bald sein. Mittlerweile rieseln keine kleinen Flöckchen mehr vom Himmel, es fallen dicke Schneeflocken. In Europa wäre das ein Zeichen dafür, dass es bald wieder aufhört. Das glaube ich zumindest. Mein Vater hat mir das als Kind so erzählt.

So nahe der Arktis gelten andere Gesetze. Ein Blick in den Himmel zeigt mir, dass sich die dunklen Wolken noch längst nicht verzogen.

Weder hört es auf, als Anderson und ich mit den sicher verpackten Proben im Kofferraum auf dem Weg zu Dr. Varneauxs Labor sind, noch hat es aufgehört, als ich um mittags vor die Tür der Arztpraxis trete, um meinen Nacken zu entspannen und etwas frische Luft zu schnappen.

Bisher habe ich die Bakterien nicht genauer untersucht. Das kommt später, vielleicht sogar erst morgen. Bei einem Fund wie diesem muss eine Menge Papierkram und Vorarbeit geleistet werden, bevor man sich endlich an ein Mikroskop stellen und mit der Untersuchung beginnen kann.

Dr. Anderson ist nirgendwo zu sehen. Er hat sich entschuldigt, dass er noch ein paar Telefonate führen muss. Seitdem ist er nicht mehr aufgetaucht.

Lediglich Dr. Varneaux und seine Patienten lenken mich zwischendurch von der Arbeit ab. Der Weg vom Wartezimmer in die weiteren Räume – in erster Linie ein Behandlungs- und ein Sprechzimmer, mehr ist in den öffentlichen Räumen der Praxis wohl nicht notwendig – führt am Labor vorbei, und so höre ich jedes Mal Schritte, wenn der Arzt in einem der Zimmer einen neuen Patienten empfängt.

Anderson ist nicht der Einzige, von dem ich meinen ersten Eindruck korrigieren muss. Gestern wurde ich das Gefühl nicht los, Varneaux sei ein verbitterter Alkoholiker, der sich bis zur Rente irgendwie über die Runden halten will. Dass er ein Alkoholiker ist oder sich zumindest zum Hochprozentigen hingezogen fühlt, bezweifele ich zwar nicht, aber er scheint einen guten Job zu machen. Das sehe ich daran, wie sauber, aufgeräumt und gut ausgestattet seine Praxis ist. Jemand muss all diese Geräte bedienen können, und die Geräte sehen nicht aus wie Staubfänger. Obendrein bekomme ich im Laufe des Vormittags hin und wieder mit, wie sich Varneaux im Umgang mit Patienten gibt.

Einmal war ich gerade auf dem Weg zur Toilette und traf den Arzt auf dem Gang, wie er einem circa achtjährigen Jungen Mut zuspricht, dass der Winter schon nicht so schlimm werde. Auf dem Rückweg von der Toilette an meinen Arbeitsplatz erzählte er einer Frau sehr einfühlsam, dass sie mit ihrem Blutzucker aufpassen solle.

Das sind nur kurze Episoden, aber ich habe einige Zeit mit Wissenschaftlern und anderen studierten Leuten verbracht, und vielen davon fehlt eine wichtige Eigenschaft: Mitmenschlichkeit. Dr. Varneaux gehört eindeutig zu denjenigen, die sich auf den Umgang mit Menschen verstehen.

Von Dr. Anderson kann ich das hingegen nicht behaupten. Nachdem er sich heute Morgen wie ein Mensch aufgeführt hat, dachte ich, er sei ganz okay. Doch sein Verhalten, als es darum ging, den Papierkram und die Vorarbeit zu leisten, hat mir schon wieder gereicht. Er ist wohl doch genau der Mistkerl, für den ich ihn halte. Einer, der mich die Drecksarbeit machen lässt, um später die Lorbeeren zu ernten, wenn es an die Veröffentlichung der Ergebnisse »unserer« – also meiner – Forschung geht.

Ich packe die Röhrchen mit den Proben des bakteriellen Schleims aus den Behältern aus und sortiere sie. Zur ordentlichen Forschung gehört es, verschiedene Proben eines Fundes zu entnehmen, wenn man diesen Fund an mehreren Orten macht. So haben wir den Schleim bei genauerer Betrachtung nicht nur im Wasser des Sees gefunden, sondern auch an den Zweigen einer Tanne – jener Tanne, die so nah am Ufer steht, dass sie ihre Äste ins Wasser hält. Außerdem am Waldrand, versteckt unter einem Findling, und sogar an einem schattigen Platz am Ufer im Kies.

Von all diesen Orten haben wir Proben entnommen, die wir am See aber nur hastig und vorübergehend beschriftet haben. Nun ist es meine Aufgabe, die Proben mit richtigen Labels zu versehen und sie in irgendeinem Ordnungssystem unterzubringen. Anschließend müssen die Proben getrennt voneinander unter dem Mikroskop auf Verunreinigungen geprüft werden. Wenn ich dafür gesorgt habe, dass sich in den Proben tatsächlich nur befindet, was ich untersuchen will, kann ich mich an die eigentliche Arbeit machen.

Zwischendurch bekomme ich eine Nachricht auf mein Smartphone. Zwar kann ich mich nicht erinnern, Anderson meine Nummer gegeben zu haben, aber die SMS stammt eindeutig von meinem Kollegen.

»Dr. Meier«, steht da, »entschuldigen Sie, dass ich Sie alleine lasse. Mir ist etwas dazwischengekommen, organisatorische Dinge, um die ich mich kümmern muss. Melden Sie sich bei mir, wenn wir mit der Untersuchung der Proben beginnen können oder wenn Sie Hilfe benötigen. Gruß, Marcus A.«

Ich könnte kotzen. Was er mir schreibt, ist: »Wenn Sie die lästige Arbeit erledigt haben, sagen Sie mir Bescheid, dann komme ich wieder dazu, um den interessanten Part zu übernehmen.« Es sei denn natürlich, dass ich kleines, unbeholfenes Mädchen die Hilfe eines starken Mannes brauche.

Vor Wut möchte ich schreien und mein Smartphone in eine Ecke des Labors pfeffern. Ich balle meine Fäuste. In dieser Sekunde wäre ich ihm mit den Füßen voran ins Gesicht gesprungen, wenn er sich in meiner Reichweite aufgehalten hätte.

Hat sich Anderson eine Antwort verdient?, überlege ich … und komme zum Schluss, dass das nicht der Fall ist. Ich schalte das Display aus und stecke mein Smartphone in die Tasche.

Es nützt ja nichts, also arbeite ich einfach weiter.

Die Arbeit nimmt den ganzen Nachmittag in Anspruch. Da ich kaum gestört werde, geht sie mir aber leicht von der Hand. Im Labor an meiner Uni gehen ständig Leute ein und aus. Manche sind an meiner Arbeit interessiert und andere kümmern sich um ihre eigenen Projekte, reden dabei aber laut mit Kollegen. Außerdem gibt es dort Kaffeeautomaten und Pausenräume.

Im Labor in Dr. Varneauxs Praxis gibt es weniger Gelegenheiten, sich ablenken zu lassen. Im Laufe des Tages gehe ich einige Male zur Toilette, und hin und wieder bekomme ich mit, wie Varneaux seine Patienten begrüßt, empfängt oder verabschiedet. Und als der Arzt spätnachmittags seine Praxis schließen möchte, kommt er kurz herein und gibt mir Bescheid, dass ich nun allein bin. Er reicht mir einen Schlüssel und bittet mich abzuschließen, wenn ich fertig bin.

Ansonsten kann ich mich komplett auf meine Arbeit konzentrieren und komme schon am frühen Abend zum Ende. Ich sehe zufrieden auf die Uhr. Morgen können Anderson und ich mit dem interessanten Teil der Arbeit anfangen.

Dabei spüre ich wieder die Wut über Andersons Verhalten. Ich schlucke den Ärger herunter … und zögere kurz. Muss ich ihn wirklich informieren, dass ich mit den Vorarbeiten fertig bin?

Ich bin hingerissen, ihm diese Retourkutsche zu verpassen. Natürlich werde ich nicht die ganze Arbeit allein machen. Das geht schon aus Gründen der Kapazität nicht. Die Expedition nach Grizzly Creek ist auf drei Wochen ausgelegt, und das schließt ein, dass der Winter uns nicht vorher so sehr einen Strich durch die Rechnung macht, dass wir sie abbrechen müssen.

Aber es wäre schön, mir zumindest einen kleinen Vorsprung vor Anderson herausarbeiten zu können.

Mein Entschluss steht. Anderson wird herausfinden, dass ich mit den Vorarbeiten fertig bin, wenn er mich danach fragt.

Ich räume noch ein wenig auf, säubere die benutzten Utensilien des Labors und packe meine Sachen zusammen.

Erst jetzt merke ich, dass ich hungrig bin. Kein Wunder – ich habe das Mittagessen ausgelassen, und mein Frühstück ist nach dem Erlebnis mit dem Rehkopf eher dürftig ausgefallen. Hunger habe ich danach keinen mehr gehabt, sondern mein Sandwich eher mechanisch gegessen.

Ich verlasse die Praxis, peinlich genau darauf bedacht, alle Türen abzuschließen, die laut Dr. Varneaux nachts abgeschlossen sein sollen. Vor der Praxis sehe ich, dass mir Anderson nicht einmal den geliehenen Geländewagen dagelassen hat und ich zu meiner Wohnung zurücklaufen muss.

Das ist kein großes Problem: Es ist zwar kalt, aber Varneaux hat mir eine Abkürzung erklärt, die man zu Fuß nehmen kann. Trotzdem ärgert es mich.

Ich seufze. Wenn ich mir nicht abgewöhne, bei jeder seiner Übertretungen wütend zu werden, endet die Expedition für mich in einem Herzinfarkt.

Ich stiefele los, gehe aber nicht sofort zur Wohnung. Als wir gestern vom See zurück in die Stadt gefahren sind, habe ich entlang der Hauptstraße von Grizzly Creek ein Steakhouse gesehen. Das ist mein Ziel. Wenn ich schon auf dem nordamerikanischen Kontinent bin, will ich auch ein richtiges Steak essen.

Mittlerweile ist die Nacht über die Stadt hereingebrochen, aber der dichte Schnee reflektiert das Licht des Mondes und der wenigen Laternen entlang der Hauptstraße, sodass es trotzdem hell ist. Ich genieße die Kälte und die Ruhe einer schneebedeckten Landschaft, die nur das Knirschen meiner Stiefel durchbricht. Die Luft schneidet, trotzdem sauge ich sie tief in mich ein.

Der Spaziergang zum Steakhouse dauert nur eine Viertelstunde. Ich setze mich an einen Tisch und bestelle ein Rumpsteak, medium, mit Homecut Fries und Cole Slaw, dazu ein großes Bier. Ich versuche, die teils neugierigen, teils verhaltenen, teils offen ablehnenden Blicke der Einheimischen zu ignorieren, während ich das Bier trinke.

Es dauert nicht lange, bis mein Essen kommt, und mit viel Appetit verspeise ich das Steak und meine Beilagen, bis kein Krümel und kein Fetttropfen übrig ist. Himmel, habe ich einen Hunger gehabt!

Ich trinke mein Bier aus, bezahle und mache mich auf den Weg zu meiner Wohnung. Dieser Spaziergang dauert etwas länger als der vom Labor zum Restaurant, aber das macht mir nichts aus. Ich mag die Atmosphäre des Städtchens, die winterliche Ruhe und die Bewegung in der Kälte.

Ich denke an nichts Schlimmes, Dunkles oder Bedrohliches, während ich nach Hause laufe. Keine finsteren Gedanken schießen mir durch den Kopf. Ich habe weder Angst noch fühle ich mich in irgendeiner anderen Weise schlecht.

Dieser Moment, diese halbe Stunde, in der ich friedlich durch die nächtlich-winterliche Ruhe der Seitengassen von Grizzly Creek stiefele, ist das vorerst letzte Mal, dass ich mich gut fühle. In der nächsten Nacht kommt der Schneesturm. Und die Leichen tauchen auf.

In der Nacht hat der Schneefall nicht aufgehört, stelle ich am nächsten Morgen fest. Schon als ich noch in Nachthemd und Unterhose und mit einer Kaffeetasse bewaffnet am Küchenfenster stehe, sehe ich, dass es nun endgültig Probleme mit den Straßen gibt, die aus Grizzly Creek herausführen.

Eigentlich wollte ich, einer finsteren Intuition folgend, nachschauen, ob ich wieder missgebildete Fußspuren oder den Kopf eines Rehs – oder eine andere beunruhigendes Warnung – im Garten finde. Erst bin ich beim Blick aus dem Fenster beruhigt, denn ich sehe nichts dergleichen. Keine Fußspuren. Kein abgetrennter Rehkopf. Auch nichts anderes.

Doch das ist nur ein kleiner Grund zum Jubeln. Über Nacht ist mindestens ein Meter Schnee gefallen, vielleicht mehr. Die Baumstämme am Waldrand sprechen diesbezüglich Bände – gestern war definitiv noch mehr von ihnen zu sehen.

Mit einem unguten Gefühl gehe ich duschen, ziehe mich an und genehmige mir ein hastig geschmiertes Sandwich mit einer zweiten Tasse Kaffee. Dann laufe ich los.

Der Weg unterstreicht meine Sorge, dass der Winter die Stadt nun endgültig im Griff haben könnte. Gestern Abend konnte ich noch problemlos durch den Schnee laufen, ohne dass es allzu anstrengend war. Jetzt ist der Spaziergang eine echte Konditionsprobe: Mit jedem Schritt sinke ich tief in den Schnee ein, mindestens bis über die Knöchel, an manchen Stellen tiefer. Zweimal passiert es mir, dass ich in einen Schneehaufen trete und so tief einsinke, dass der Schnee sich über den Rand meiner Stiefel in ihr Inneres ergießt. Also beginne ich den Tag mit nassen, kalten Füßen.

Super!

Ich brauche fünfzehn Minuten länger als gestern, um in den Stadtkern zu kommen. Als ich auf die Kreuzung zulaufe, an der Dr. Varneauxs Praxis liegt, bin ich völlig außer Atem und meine Waden brennen.

Auf einem der Parkplätze vor der Praxis sehe ich den geliehenen Geländewagen stehen. Anderson hat es aus dem Bett geschafft und ist sogar vor mir angekommen.

Vor der Polizeiwache stehen wieder etliche Einwohner von Grizzly Creek, die auf eine weitere Bekanntmachung von Sergeant Nadiquak warten. Obwohl ich meine Füße kaum noch spüre und auch der Rest von mir trotz dicker Klamotten ordentlich durchgefroren ist, stelle ich mich zu der Menschentraube.

Sergeant Nadiquak kommt heraus. Die Einheimischen hat er sich wohl gut erzogen. Keiner schmeißt ihm Fragen entgegen, kein Raunen geht durch die Menge, keine Unruhe. Die Leute warten geduldig auf das, was er zu sagen hat, sind ruhig und grüßen lediglich zurück, als er ein freundliches »Morgen, Leute« in die Runde schickt.

»Wie ihr sicher mitbekommen habt«, fängt er an, »hat der Schnee nicht aufgehört. Ich bin heute Morgen schon mit meinen Constables einige Meilen rausgefahren und muss leider verkünden: Der Winter ist da. Die Straße zum Alaska Highway ist völlig unpassierbar, und ich möchte jedem davon abraten, es zu probieren – schon gar nicht, wenn ihr keinen Allradantrieb habt! Aber selbst mit dem besten Geländewagen werdet ihr nicht weit kommen. Der Sturm heute Nacht hat diverse Bäume umgeweht und über die Straße gelegt.«

Ein hochgewachsener, stämmiger Mann mit Vollbart hebt seine Hand. Er erinnert mich an das Klischeebild eines Holzfällers.

»Ja, Stan?«, fragt Nadiquak und schaut ihn erwartungsvoll an.

»Was ist mit der Bahnlinie? Fährt die noch, oder hat's die auch zerlegt?«

»Kann ich dir noch nicht sagen. Wir stehen in Kontakt mit der Verwaltung der Bahn. Bisher wissen die nicht mehr als wir. Wir müssen wohl abwarten, ob der Zug morgen durchkommt oder nicht.«

Ein weiterer Mann hebt seine Hand: kleiner als der Holzfäller Stan, aber definitiv nicht weniger kräftig. Im Gegenteil, trotz seiner dicken Winterjacke zeichnen sich gut ausgebildete Muskeln am Oberkörper ab. Als ich ihn von hinten sehe, muss ich feststellen, dass er einen klasse Hintern in seiner Jeans hat.

»Hank?«, nimmt ihn Nadiquak dran.

»Was ist mit den anderen Straßen? Zum Flughafen und so?«

»Wir checken noch die Lage«, sagt Nadiquak. »Soweit kann ich dir nur sagen, dass man noch zum Flugplatz kommt, aber bitte nur mit Allradantrieb. Die Straßen in der Stadt sind unter der gegebenen Vorsicht befahrbar. Ich habe schon mit Lloyd telefoniert. Er setzt sich heute Nachmittag nach der Arbeit auf seinen Schneeflug und macht zumindest unsere Hauptstraßen frei.«

Nadiquak schaut in die Menge, als würde er auf weitere Meldungen und Fragen warten. Nichts kommt. Scheinbar ist alles gesagt.

Dann trifft sein Blick meinen. »Unsere Gäste von der Uni Vancouver möchte ich bitten zu überlegen, ob sie nicht vorzeitig abreisen wollen. Ich will Sie nicht vertreiben, Dr. Meier, aber ich kann Ihnen nicht garantieren, dass die Bahn noch lange fährt. Und wie lange Flugzeuge aus dem Süden es noch hierher schaffen, kann ich Ihnen auch nicht sagen. Wenn Sie nicht bei uns überwintern wollen, sollten Sie und Ihr Kollege die nächste Möglichkeit aus Grizzly Creek heraus nehmen.«

Er schaut nochmal in die Runde. »Wenn das alles war, entschuldigt mich bitte. Ich hab noch einiges zu tun.« Er tippt sich an den Hut und geht in die Station.

Ich drehe mich auch um und gehe über die Straße zur Praxis. Ich bin hin- und hergerissen. Einerseits habe ich keine Lust, den Winter hier zu verbringen. Andererseits kann ich es mir wohl kaum leisten, die Forschungsexpedition frühzeitig abzubrechen.

Ich muss also mit Anderson sprechen. Nur wenn wir beide einvernehmlich abbrechen, können wir das entsprechend darstellen. Alles andere würde den endgültigen Todesstoß für meine Karriere bedeuten.

Auf dem Weg zum Labor begegne ich Dr. Anderson.

»Ah, Dr. Meier«, sagt er und kommt auf mich zu. »Sie habe ich gesucht.«

Mir fällt ein, dass ich ihm verschwiegen habe, mit den Vorarbeiten bereits fertig zu sein. Auf seinem Gesicht suche ich nach Anzeichen, dass er es mitbekommen hat und sauer auf mich ist. Ich finde aber nichts dergleichen.

»Guten Morgen, Dr. Anderson«, sage ich. »Was kann ich für Sie tun?«

»Oh, es haben sich noch ein paar Dinge ergeben, die ich heute erledigen muss. Das würde ich gerne in meiner Wohnung tun, weil ich dort besseres WLAN habe. Sie wissen schon, Verwaltungskram.«

Erwartet er von mir, dass ich ihm zujubele, weil ich die gemeinsame Arbeit allein machen darf?

»Das ist dann wohl so«, sage ich kühl.

Vielleicht ist es gar nicht so doof, wenn er weiß, wie ich zu seinen »anderen Tätigkeiten« stehe. Wahrscheinlich bestehen die sowieso aus Internetpornos. Ich glaube, Anderson ist der Typ für jene Pornoseiten im Netz, die andere Menschen eher meiden.

»Gut«, sagt er. Meinen schnippischen Unterton hat er scheinbar nicht mitbekommen. »Dann bin ich wieder weg. Sagen Sie mir einfach Bescheid, wenn es an die komplizierteren Aufgaben geht. Ich helfe dann gerne.«

Arschloch, denke ich.

»Mache ich«, sage ich.

Dr. Anderson geht bereits weiter, da wende ich mich ihm noch einmal zu.

»Ach«, sage ich, »Dr. Anderson?«

»Was denn noch, Dr. Meier?«

»Ich habe eben bei der Polizeistation mitbekommen, dass die Straße zum Alaska Highway seit heute Nacht unpassierbar ist«, sage ich. »Sergeant Nadiquak hat uns geraten, mit der nächsten Möglichkeit die Stadt zu verlassen. Wie stehen Sie dazu?«

»Dr. Meier«, sagt Dr. Anderson und baut sich vor mir auf. »Wenn Sie tatsächlich ernsthaft daran denken, diese Chance einfach so liegen zu lassen und mit dem nächsten Zug abzuhauen, dann haben Sie diese Chance vielleicht einfach nicht verdient.«

Autsch! Das hat gesessen.

»Aber das trifft eigentlich nur das Bild, das man von Ihnen hat. Ist Ihnen die Erkenntnis, die wir aus den Bakterien ziehen können, wirklich so wenig wert, dass sie abhauen, bloß weil sie sonst den Winter über nicht nach Hause kommen?«

Ich muss mich zusammenreißen.

Cool bleiben, Jenny, sage ich mir. *Es bringt dich nicht weiter, wenn du ausrastest.*

Ich atme tief ein und wieder aus. In Gedanken zähle ich bis drei, bevor ich antworte.

»Nun, wie Sie vielleicht mitbekommen haben, geht es dabei nicht nur um uns, sondern auch darum, dass die Vorräte der Stadt knapp sind. Wir würden also auf Kosten der Einwohner bleiben. Außerdem haben wir doch Proben. Die könnten wir mit nach Vancouver nehmen und die Untersuchung dort weiterführen, oder nicht? Im nächsten Frühjahr könnten wir dann zurückkehren.«

»Und was ist, wenn wir die Bakterien noch einmal in ihrem natürlichen Umfeld untersuchen müssen? Was ist, wenn sie im nächsten Frühling mit dem Tauwetter davongespült werden? Haben Sie sich das überlegt?«

Nein, darüber habe ich mir tatsächlich noch keine Gedanken gemacht. Leider hat er ein Argument.

»Ich meine ja nur«, versuche ich, mich zu verteidigen. »Ich bin auch kein großer Fan von der Idee, einfach zu fahren. Aber den ganzen Winter hier eingeschlossen zu sein – meinen Sie nicht, dass uns das an unseren Fakultäten übelgenommen werden könnte?«

»Ach, Ihnen vielleicht, mir nicht. Dafür bin ich viel zu wichtig.«

Zumindest ist es das Bild, das du von dir hast, nicht wahr?

Wollte ich diese gehässigen Gedanken nicht abstellen?

Ja, wollte ich. Aber Anderson macht es mir einfach zu schwer.

»Hören Sie, Dr. Meier«, sagt er und seufzt dabei. »Wenn Sie verschwinden wollen, können Sie das gerne tun. Aber ich denke nicht daran, diese Gelegenheit einfach liegen zu lassen. Ich bleibe. Und wenn ich den ganzen Winter bleiben muss, dann ist das eben der Preis, den ich akzeptiere.«

Er dreht sich um und geht.

Ich stöhne und vergrabe mein Gesicht in meinen Händen.

Was soll ich nur tun?

Ich lasse die Hände wieder fallen und sehe, dass Mrs. Sigourn vor mir steht, Dr. Varneauxs Sprechstundenhilfe. Die betagte Dame wirft mir einen Blick zu, den ich als mitleidig interpretiere. Es ist wohl auch ihr aufgefallen, dass ich es mit diesem Mann nicht leicht habe.

»Komm mal mit, Liebes«, sagt sie und geht hinter ihren Empfang. Dort holt sie eine Dose aus einer Schublade und hält sie mir hin. Ich sehe typisch amerikanische Chocolate Chip Cookies.

Ich greife zu und bedanke mich aufrichtig.

»Nimm dir ruhig zwei, Liebes«, sagt Mrs. Sigourn. Sie zwinkert mir zu. Dem Klischee der älteren Kollegin, die sich rührend liebevoll um das leibliche Wohl ihrer Mitarbeiter kümmert, scheint sie voll und ganz zu entsprechen. Ich gehorche ihr, nehme mir einen zweiten Cookie und bedanke mich.

»Nichts zu danken. Dr. Varneaux ist ein guter Chef, aber glauben Sie mir, ich habe in meinem Leben schon mit so manchem Dummkopf arbeiten müssen.«

Ich habe den Eindruck, dass »Dummkopf« für sie ein durchaus harter Kraftausdruck ist.

»Nun aber raus mit der Sprache«, sagt sie und winkt mich zu einem Stuhl hinter ihrem Schreibtisch. Sie besorgt uns zwei Becher Kaffee aus ihrer Maschine und setzt sich zu mir. »Was treibt Sie hierher in die kanadische Einöde? Sollten Sie nicht lieber in einer Universitätsstadt das Leben genießen? Auf Männerjagd gehen?«

Bloß nicht!, denke ich.

»Ähm«, sage ich stattdessen und weiß nicht so recht, was ich der Frau antworten soll. Ich möchte nicht unhöflich erscheinen und es ist verlockend, mich ihr zu öffnen. Ältere Kolleginnen mit Cookies sollte man sich immer warmhalten! Aber will ich wirklich mit ihr über all den Mist mit Tobi sprechen?

»Ah, eine komplizierte Geschichte?«, fragt Mrs. Sigourn. »Das sehe ich Ihnen an der Nasenspitze an.« Sie zwinkert mir zu und dippt ihren Cookie in den Kaffee, den sie sich mit einem Extraschuss Sahne angerührt hat.

»Ja, ist wohl so. Oder eigentlich nicht. Ach, ich weiß nicht.« Ich werfe die Arme hoch, um Verzweiflung auszudrücken. Dabei lasse ich beinahe meinen Cookie fallen.

Nicht den Cookie, denke ich panisch. Der selbstgebackene Schokoladenkeks ist das Beste, was ich seit Längerem geschmeckt habe.

Ich seufze. Es hat ja doch keinen Sinn, nicht mehr jetzt.

»Sein Name ist Tobi«, fange ich an. »Wir haben uns relativ jung kennengelernt, in unserem ersten Jahr an der Uni. Das ganze Semester lang sind wir umeinander herumgetänzelt, bis sich in den Ferien schließlich ein Knoten zwischen uns gelöst hat.«

Ich beiße vom Cookie ab. Mrs. Sigourn nickt derweil verständnisvoll.

»Das erste Jahr war ganz wundervoll.«

»Und dann hat er die Fassade fallen gelassen?«

»Nein.« Ich schüttele den Kopf. »Ich glaube nicht, dass es anfangs eine Fassade war. Er war liebevoll und alles, aber er hatte Probleme mit sich selbst und mit dem Lernstoff. Das hat ihn verändert, er war nicht von Anfang an so. Er musste einige Klausuren wiederholen, fiel trotzdem in zwei Fächern durch und konnte den Rückstand nie wieder aufholen. Ich hingegen war zwar auch keine Einser-Studentin, kam aber gut zurecht.«

Ich trinke einen Schluck Kaffee, bevor ich weiterspreche. »Da hatte er zum ersten Mal eine Phase, in der er sich mir gegenüber aggressiv verhielt. Unsere Probleme gingen so weit, dass ich mich beinahe trennte, aber er fand einen Therapeuten und rang mir das Versprechen ab, ihm noch eine Chance zu geben. Warum auch nicht, dachte ich mir – immerhin wollte er allem Anschein nach tatsächlich an seinen Problemen arbeiten.«

Ich seufze. Mrs. Sigourn sagt nichts, sondern schaut mich nur erwartungsvoll an.

»Erst wurde es besser. Vielleicht lag das daran, dass er sich tatsächlich Mühe gab, vielleicht aber auch daran, dass ich durch den ganzen Trubel selbst ein Semester lang keine Kurse abgeschlossen habe. Unsere Beziehung kam nie wieder auf ihrem Höhepunkt an, es wurde nie wieder wie im ersten Jahr. Aber sie normalisierte sich und gab mir Stabilität.«

»Ich nehme an, dass sich das irgendwann wieder änderte?«, fragt Mrs. Sigourn.

»In der Tat«, gebe ich zu. »Und zwar als ich fertig wurde und anfing, mir eine Karriere in der Wissenschaft aufzubauen, er aber immer noch im Studium festhing.« Ich merke, dass ich nachdenklich werde. Vieles von dem, was ich ihr erzähle, verstehe ich selbst erst im Nachhinein. »Letztlich war der Tag, an dem ich meinen Vertrag für den Doktorandenplatz unterschrieb, der Tag, an dem unsere Beziehung unwiederbringlich kippte.«

»Was hat er Ihnen angetan?«

»Er hat mich zurückgehalten. Hat mich unter Druck gesetzt, alles Mögliche für ihn zu tun. Zum Beispiel schmiss er sein Studium und nahm einen schlechtbezahlten Quereinsteiger-Job an. Natürlich durfte ich mit meinem spärlichen Doktorandengehalt für Miete und so weiter aufkommen, sodass am Ende des Monats kein einziger Cent für mich selbst übrig blieb. Dann wollte er ständig viel Zeit mit mir verbringen und ist wütend geworden, wenn ich das wegen meiner Dissertation absagen musste. Ein paarmal hat er mich geschlagen.«

Mrs. Sigourn zieht die Luft ein. Sie ist sichtlich entsetzt. »Liebes«, sagt sie und hält sich eine Hand vor den offenen Mund, »warum hast du dich von diesem … diesem *Idioten* nicht getrennt?«

»Das war nicht so einfach«, sage ich. »Ich muss gestehen, dass ich mich selbst in eine gewisse Abhängigkeit manövriert habe. Psychisch meine ich. Er war mein erster fester Freund, nachdem die Jungs in der Schule nie viel von mir wissen wollten. Und er wäre ohne mich und das Geld, das ich nach Hause brachte, aufgeschmissen gewesen. Das wollte ich ihm trotz allem nicht antun.«

Nachdenklich trinke ich einen Schluck Kaffee und greife nach dem zweiten Cookie.

»Erst viel später, vor ein paar Monaten, habe ich begriffen, dass er mich die ganze Zeit nur ausgenutzt hat«, sage ich. »Aber es musste zum Super-GAU kommen, bis ich mich von ihm lösen konnte.« Ich schlucke. Was nun kommt, habe ich bisher nur sehr wenigen Menschen erzählt. »Ich wurde schwanger, und er sah nicht ein, dass wir Regelungen treffen mussten, wie wir das hinkriegen. Für ihn war klar, dass ich meine Karriere hinschmeiße und mit dem Kind zu Hause bleibe.«

Ich schüttele den Kopf. »Nie und nimmer wollte ich das tun. Sie können sich sicherlich vorstellen, was das für mich geheißen hätte. Also sagte ich ihm, dass wir eine Regelung finden müssen, wie ich weiter meine wissenschaftliche Laufbahn verfolgen kann. Oder ich würde das Kind abtreiben.«

Mrs. Sigourn verzieht das Gesicht. Ich dachte mir schon, dass sie nicht allzu gut auf das Wort mit »A« reagieren würde. Aber sie wollte die Geschichte hören, also muss sie damit klarkommen.

»Seine Reaktion werde ich nicht im Detail beschreiben, aber sie hatte mit blauen Flecken und einem gebrochenen Handgelenk zu tun.«

»So ein …« Ihr Repertoire an Kraftausdrücken scheint für Tobi nicht auszureichen.

Willkommen im Club!

»Er war es eben nicht gewohnt, von mir die Pistole auf die Brust gesetzt zu bekommen. Ich hatte ihm noch nie zuvor die Zügel aus der Hand gerissen. Wahrscheinlich hatte das noch nie *irgendeine* Frau getan.«

»Aber dann sind Sie doch hoffentlich gegangen?«, fragt sie.

»Ja, direkt am nächsten Tag.« Ich seufze und suche nach einem weiteren Cookie. Mrs. Sigourn liest meine Gedanken und hält mir die Dose hin. »Damit hörte es aber nicht auf«, sage ich zwischen zwei Keksbissen. »Natürlich konnte er sich nicht damit abfinden, von einer Frau verlassen zu werden. Also suchte er nach mir, stalkte mich regelrecht. Immer wieder ist er in meiner Nähe aufgetaucht, einmal auch vor meiner Tür. Als er sah, dass ich *tatsächlich* abgetrieben habe, hat er zugetreten. Ich wette, er hätte mich umgebracht, hätte ich es nicht im Fallen noch geschafft, die Tür zuzuknallen.«

»Wie haben Sie das beendet?«, fragt Mrs. Sigourn.

Ich zucke mit den Achseln. »Bisher gar nicht.« Ich krame mein Handy raus und zeige ihr Tobis letzte Nachricht. »Das hier hat er mir an dem Abend geschickt, an dem ich in Grizzly Creek angekommen bin.«

Am nächsten Morgen stehe ich am Bahnhof und warte auf den Zug. Da es in der Nacht wieder gestürmt und geschneit hat und keine Besserung in Sicht ist, steht für mich fest, dass dies meine letzte Gelegenheit ist, aus Grizzly Creek zu verschwinden. Der nächste Zug kommt erst am Donnerstag, also in drei Tagen. Was bis dahin passiert, ist offen. Einen Flug zurück nach Whitehorse hätte Anderson mir aus der Spesenkasse bezahlen müssen. Mein eigenes Geld reicht für einen solchen Flug nicht.

Aber darum möchte ich ihn nicht bitten. Auf keinen Fall.

Meine Taschen sind gepackt und stehen neben mir. Dabei weiß ich gar nicht, ob ich in den Zug einsteigen möchte, wenn er kommt. Wieder bin ich hin- und hergerissen. Ich will den Winter nicht in einem verschlafenen Kleinstadtnest wie Grizzly Creek verbringen. Das wäre okay, wenn Anderson nicht hier wäre, wenn ich mehr Bücher dabei hätte, wenn ich etwas zu tun hätte. Aber meine Arbeit an den Bakterien wird, selbst wenn ich mir Zeit lasse, nicht viel länger als bis Ende des Monats dauern.

Andererseits will ich das hier durchziehen. Ich will die Bakterien erforschen und meinen Namen auf dem Facharticle sehen, der später publiziert wird. Dass er die Lorbeeren dieser Expedition ernten möchte, hat Anderson klargemacht. Bevor ich ihm all das überlasse und selbst nichts vom Ruhm abbekomme, überwintere ich doch lieber hier. Immerhin kann Tobi auch nicht hierherkommen, wenn ich nicht wegkann.

Oder?

Verdammt, ich weiß es nicht. Ich werde einem Impuls folgen – entweder einsteigen, wenn der Zug kommt, oder zurück ins Labor gehen.

Letzte Nacht, während draußen der Schneesturm wütete und ich vor lauter Getöse und Gedanken, die mir durch den Kopf schossen, nicht einschlafen konnte, habe ich das Problem etliche Male durchgekaut.

Rational bin ich zu keiner Entscheidung gekommen. Als ich auch um drei Uhr nachts noch nicht schlafen konnte, habe ich meine Sachen gepackt und mir die Zeit mit einem Roman vertrieben. Dann bin ich gemütlich zum Bahnhof spaziert.

Planmäßig soll der Zug um 7:38 Uhr in Grizzly Creek ankommen und um 8:01 Uhr wieder abfahren. Jetzt ist es 7:40 Uhr. Unwohlsein macht sich in meiner Bauchregion breit. Nimmt mir der Winter die Entscheidung ab?

Nur zwei andere Personen – ein junges Mädchen mit Inuit-Gesichtszügen, das nach hipper Studentin aussieht, und eine ältere Frau – stehen mit mir am Bahnsteig. Die Studentin hat zwei schwere Koffer und einen Rucksack dabei. Wahrscheinlich will sie zurück zum College. Die ältere Frau hat nichts dabei. Offenbar wartet sie auf jemanden, der im Zug sitzt, der wiederum auf *sich* warten lässt. Sie schaut sich gemächlich in der Gegend um und beobachtet die rieselnden Schneeflocken. Das junge Mädchen tippt auf ihrem Smartphone herum und kaut Kaugummi. Zwischendurch bläst sie eine Blase. Sie sehen nicht besorgt aus.

Mittlerweile ist es 7:48 Uhr. Auch ich sage mir, dass es keinen Grund zur Sorge gibt. Bei dem Wetter kann es gut sein, dass sich ein Zug verspätet. Außerdem ist es eine sehr lange Strecke von Dawson nach Grizzly Creek.

Um 7:50 Uhr – immer noch keine Spur vom Zug – hält ein Polizeiwagen am Bahnsteig, den nur eine karge Hecke von der Hauptstraße abtrennt. Sergeant Nadiquak steigt aus und kommt auf uns zu.

Das Mädchen nimmt ihre Kopfhörer aus dem Ohr und verdreht genervt die Augen. »Hi, Dad«, sagt sie.

Aha.

»Hi, Schatz«, sagt er. »Mrs. Danvers«, nickt er der älteren Frau zu. Dann mir. »Dr. Meier.«

Die Frau und ich erwidern den Gruß.

»Es tut mir leid«, sagt Nadiquak dann, »aber ich habe eben einen Anruf von der Bahngesellschaft bekommen. Der Zug ist nicht durchgekommen.«

»Aber ... mein Sohn ...«, setzt Mrs. Danvers an.

Nadiquak schüttelt den Kopf, bevor sie weitersprechen kann. »Tut mir leid«, sagt er. »Bis auf Weiteres kein Durchkommen. Die Bahngesellschaft hält mich auf dem Laufenden, ob sie die Strecke für den Zug am Donnerstag freiräumen können.«

Er wendet sich mir zu. »Für Sie tut es mir besonders leid, Dr. Meier«, sagt er. »Ich fürchte, Sie sind erstmal mit uns eingesperrt.«

Ich weiß nicht, ob ich erleichtert oder niedergeschlagen bin. So viel zum Thema »Impuls folgen«. Keine Ahnung, was gerade mein Impuls ist.

Scheinbar sieht Nadiquak etwas in meinem Gesicht, denn er will mich beruhigen. »In der Sache ist noch nicht das letzte Wort gesprochen«, sagt er. »Es besteht die Möglichkeit, dass Donnerstag noch ein Zug kommt – aber ohne Gewähr, und nur wenn es endlich mal aufhört zu schneien. Und wenn es hart auf hart kommt, schafft es vielleicht zwischendurch noch ein Flugzeug.«

Er seufzt.

»Aber auch das ist alles ohne Gewähr. Es tut mir leid.«

Ich zucke die Schultern. »Schon okay«, sage ich. »Ich war mir eh nicht sicher, ob ich in den Zug steigen will.«

Nadiquak nickt, als verstünde er. Interessanter Typ. Menschlich.

»Machen Sie's gut«, sagt er. »Ich halte Sie auf dem Laufenden.«

Dann wendet er sich seiner kaugummikauenden Tochter zu. »Schatz, soll ich dich nach Hause fahren? Wie es aussieht, fällt der Semesterstart für dich aus.«

Das Mädchen wirkt wenig begeistert. Trotzdem nickt sie. Was soll sie auch tun? Das Schicksal hat für uns alle entschieden, dass wir vorerst hierbleiben.

KAPITEL 5

Da ich nichts anderes zu tun habe, gehe ich ins Labor und beginne meine Arbeit. Dr. Anderson ist natürlich nicht hier, und als ich Mrs. Sigourn nach ihm frage, sagt sie mir, sie habe ihn heute noch nicht gesehen.

»Tut mir leid für dich, Liebes«, sagt sie und hält mir ihre Dose hin. »Cookie?«

Dankbar nehme ich mir gleich zwei, bevor ich sie beleidige.

Sie seufzt und deutet auf einen Stapel Unterlagen vor sich. »Ich habe hier noch zu tun, aber wenn du später nochmal jemanden zum Reden brauchst, komm ruhig zu mir, Mädchen!«

Letzteres klingt wie ein Befehl.

»Danke, Maureen«, sage ich. Ihr Name kommt nicht ganz sauber heraus, dafür ist mein Mund zu voll.

Heute gibt es keine *Chocolate Chips*, sondern irgendwas mit Walnüssen und Vanille-Aroma. Es schmeckt nicht weniger wunderbar als ihre Schokokekse. »Ich werde darauf zurückkommen«, sage ich kauend.

Anschließend gehe ich wieder an die Arbeit. Gestern habe ich bereits mit der biochemischen Analyse angefangen, nachdem ich die Vorarbeit am Tag nach unserer Ankunft erledigt hatte.

Ich frage mich, wann sich Dr. Anderson bei mir melden und nachhaken wird, wie weit ich mit der Vorarbeit bin. Hält er tatsächlich so wenig von mir, dass er glaubt, ich bräuchte drei verdammte Tage für ein bisschen Reinigen und Sortieren?

Zwei Stunden lang arbeite ich konzentriert an den Bakterien. Es wird nicht mehr lange dauern, bis ich eine erste Bestimmung der chemischen Struktur und vielleicht eine genetische Einordnung vornehmen kann. Mit etwas Glück kann ich sogar analysieren, mit welchen bekannten Bakterien sie verwandt sind. Möglicherweise ergibt sich daraus schon eine Theorie, warum sie erst jetzt und ausgerechnet hier aufgetaucht sind, am Ende der Welt nahe des arktischen Polarkreises.

Aus reiner Gehässigkeit und weil ich finde, dass er sich keinerlei Lorbeeren mit diesem Teil der Arbeit verdient hat, hoffe ich, dass mir eine solche Theorie gelingt, bevor Anderson dazustößt.

Ich glaube nicht, dass er noch länger wegbleibt. Irgendwann riecht er den Braten. Ich muss mich eben beeilen.

Trotzdem zwinge ich mich, bei der Arbeit ruhig und konzentriert vorzugehen. In der Eile einer nahenden Frist habe ich mich schon einmal zu einem Fehler hinreißen lassen. Einen Schritt nach dem anderen. Kühl, methodisch, mit aller Sorgfalt.

Meine Konzentration wird unterbrochen, als jemand die Tür zum Labor aufreißt. Beinahe lasse ich das Probenröhrchen fallen, das ich gerade in der Hand halte.

Ich erwarte Dr. Anderson, der wissen müsste, dass man so nicht in ein Labor hereinplatzt. Wütend drehe ich mich um.

Ich kann mich gerade noch zurückhalten, nicht unfreundlich zu reagieren. Doch in der Tür steht nicht Anderson, sondern Sergeant Nadiquak. Hinter ihm sehe ich Dr. Varneaux, der in der einen Hand seine Arzttasche hält und mit der anderen versucht, den Reißverschluss seines Wintermantels zuzuziehen. Er wirkt nervös, und auch Nadiquak sieht gehetzt aus.

»Kann ich Ihnen helfen?«, frage ich verunsichert.

»Allerdings«, antwortet Nadiquak. »Ich weiß, dass Sie eigentlich zu tun haben. Da Sie jetzt aber wohl den ganzen Winter über Zeit haben, wäre es nett von Ihnen, wenn Sie uns begleiten könnten.«

»Was ist denn passiert?«

»Wir haben ein Problem, und Experten sind in Grizzly Creek momentan leider rar gesät.«

Ich sitze auf der Rückbank des schweren Geländewagens mit Allradantrieb, den die Polizei von Grizzly Creek als Dienstwagen benutzt. Nadiquak steuert das Auto vorsichtig, aber durchaus zügig aus der Stadt heraus in Richtung Alaska Highway. Varneaux auf dem Beifahrersitz sieht nicht glücklich aus.

Na super!

Ich bin in irgendwas hineingeraten, was selbst den erfahrenen Arzt nervös macht.

»Dürfte ich wissen, worum es hier überhaupt geht?«, frage ich. Das Schweigen macht mich ungeduldig. Außerdem helfe ich freiwillig. Ein paar Informationen und etwas weniger Geheimniskrämerei fände ich angebracht.

»Ich weiß selbst noch nichts Genaues«, sagt Nadiquak und biegt von der Hauptstraße ab, die hier draußen kaum als Waldweg durchgehen kann. Allmählich verstehe ich, warum man nicht mehr durchkommt, sobald der Winter einbricht. Wäre der Weg nicht kürzlich freigeräumt worden, hätte nichtmal der schwere, allradangetriebene Geländewagen des Polizeichefs eine Chance.

»Draußen im Wald wurden zwei Leichen gefunden«, rückt Nadiquak dann raus. »Wie mir Hank berichtet, sieht das alles nach einem gewaltsamen Tod aus.«

»Ein Mord?«, frage ich.

»Das weiß ich noch nicht. Kann laut Hank auch ein Tier gewesen sein.« Er scheint sich zu erinnern, dass ich nicht von hier bin. »Hank ist ein Jäger«, erklärt er. »Er wollte hier draußen Rotwild jagen. Nicht ganz legal natürlich, aber ich beschwere mich gerade nicht über zusätzliches Fleisch im Kühlhaus.«

Er denkt kurz nach.

»Wie dem auch sei, Hank sagt, dass die Leichen zu zwei Männern aus der Stadt gehören – James Ortwill und Stan Dechamps – und ziemlich böse aussehen. Unter anderem deshalb wollte ich Sie dabei haben, Dr. Meier. Sie als Biologin können Jacques vielleicht unterstützen. Wie gesagt, Experten sind bei uns gerade leider rar gesät.«

»Habe ich dich je im Stich gelassen, Cliff?«, fragt Varneaux von der Seite. Offensichtlich war es nicht seine Idee, dass ich mitkomme.

»Nein«, antwortet Nadiquak. Seine Stimme klingt gereizt. »Hast du schon an vielen Ermittlungen teilgenommen, die mit Mord zu tun haben könnten? Oder kannst du jedes Tier identifizieren?«

»Nein«, gibt Varneaux zu.

»Ähm«, melde ich mich von der Rückbank, »ich hatte aber auch noch nie mit Mordermittlungen zu tun, und jedes Tier kann ich auch nicht identifizieren. Ich meine, ich habe zwar Biologie studiert, aber mit den meisten Tieren aus der Gegend hier wird sich dieser Jäger viel besser auskennen.«

»Darum geht es mir nicht. Aber vier wissenschaftlich geschulte Augen sehen mehr als zwei, und Ihr Kollege Anderson scheint mir nicht unbedingt der Typ zu sein, der Extrameilen läuft.«

Wenn Sie wüssten, denke ich mir.

Nadiquak seufzt. »Hören Sie, ich möchte nur, dass Sie zusammen mit Jacques einen Blick auf die Leichen werfen und Ihre Meinung dazu abgeben. Nicht mehr.«

Er biegt in einen noch schmaleren Weg ab.

»Ich hätte mir wirklich was anderes gewünscht, als zwei Leichen … bei *diesem* Winter«, murmelt er.

Er steuert den Geländewagen so eilig durch die eng am Weg stehenden Baumreihen, dass mir unwohl ist. Tatsächlich rutschen die Reifen hin und wieder weg und ein Ruck geht durch den Wagen, bevor der Allradantrieb greift und das Auto in der Spur hält.

Ich werfe einen Blick zu Dr. Varneaux und versuche herauszufinden, ob auch ihm unwohl bei Nadiquaks Tempo ist. Seine Miene ist jedoch ausdruckslos; außerdem erinnere ich mich, mit welchem Affenzahn der Arzt am Tag unserer Ankunft in die Stadt zurückgefahren ist, sobald die ersten Schneeflocken zu sehen waren.

Nadiquak hält an. Vor uns auf dem Weg stehen auf einer Art improvisiertem Wendehammer zwei SUVs.

»Das sind die Wagen von Stan und James, den beiden Toten«, erzählt mir Nadiquak. »Hier kommen wir nicht weiter, den Rest müssen wir laufen. Ist aber nicht weit.«

Er nimmt seine Polizeimütze vom Armaturenbrett und öffnet die Fahrertür. Auch ich steige aus.

Mit zitternden Fingern schließe ich meine Jacke, setze mir eine Mütze auf und ziehe Lederhandschuhe an. Das kann nicht länger als zehn Sekunden gedauert haben, trotzdem schmerzen meine Hände und Ohren vor Kälte, bevor ich es schaffe, sie wintersicher zu verpacken.

Auf der Temperaturanzeige in Nadiquaks Wagen habe ich minus fünf Grad Fahrenheit gelesen. Ich rechne grob um, wie viel Grad Celsius das sind – ungefähr minus zwanzig, schätze ich. Keine Temperatur, in der man sich ungeschützt nach draußen begeben sollte.

Nadiquak geht voran. »Kommen Sie«, sagt er, »bringen wir es hinter uns.«

Vorbei an den Autos folge ich dem Sergeant hin zu einem schmalen, kaum erkennbaren Trampelpfad. Hätte es nicht geschneit, wäre der Weg wohl gar nicht erkennbar – doch im Schnee sind deutliche Fußspuren zu sehen. Der Schuhgröße nach zu urteilen stammen sie von drei verschiedenen Männern. Missbildungen kann ich nicht sehen.

Im Gebüsch bricht ein Ast mit lautem Krachen, kurz darauf höre ich das Knirschen von Schritten im Schnee.

Ich erschrecke und schreie auf.

Dann sehe ich ihn: Vom Trampelpfad kommt ein etwa 1,80 Meter großer Mann mit Vollbart und Flanellhemd auf uns zu.

Hank, erinnere ich mich. So hat Sergeant Nadiquak den Mann aufgerufen, als er vorgestern eine Frage zu den Vorräten hatte. Mir waren sein Oberkörper und sein Hintern aufgefallen.

»Da bist du ja, Hank«, sagt Nadiquak.

Blut steigt mir in die Wangen und Ohren. Ich bin froh, dass ich eine Mütze trage; ohne könnte man sehen, dass meine Ohren wie eine rote Ampel leuchten.

»Bitte um Verzeihung, Ma'am«, sagt Hank. Dabei tippt er sich an den nicht vorhandenen Hut.

Ein Cowboy der alten Schule, denke ich mir und reiße mich zusammen, um nicht zu kichern.

»Also«, sagt Nadiquak. »Geht's da lang, Hank?«

Ich bin froh, dass wir zur Tagesordnung übergehen. Gab es da eben eine peinliche Stille? Oder haben sich Hank und die anderen weiter unterhalten, während ich in Gedanken war?

Werde ich wohl nie erfahren.

»Richtig«, meint Hank. »Immer den Pfad entlang, bis ihr zu einer Lichtung kommt.«

»Könntest du vorausgehen?«

»Nur, wenn du drauf bestehst.« Hank spuckt aus und schüttelt bedauernd den Kopf. »Den Anblick tu ich mir nicht nochmal freiwillig an.«

Ich frage mich, wie die Leichen aussehen müssen, wenn ihr Anblick einen erfahrenen Jäger wie ihn aus der Fassung bringt.

»Es wäre wirklich nett, wenn du vorgehst«, sagt Nadiquak. »Ich brauche deine Aussage, und es wäre gut, wenn du mir das Ganze vor Ort schildern könntest.«

»Meinetwegen«, sagt Hank.

Glücklich sieht er aber ganz und gar nicht aus.

Hank führt uns den Trampelpfad entlang.

»Ich war … na ja«, sagt Hank zu Nadiquak. Da er vorausgeht, muss er sich im Gehen halb umdrehen, um den Sergeant ansprechen zu können. »Ich war eben im Wald unterwegs, Dinge tun, die man im Wald so tut.«

»Dinge, die auf keinen Fall mit Rotwild und einer Schrotflinte zu tun haben«, ergänzt Nadiquak mit Nachdruck.

»Richtig.« Hank ist hörbar erleichtert, dass der Polizeichef nicht vorhat, weiter darauf einzugehen. »Nun, ich war also im Wald unterwegs. Dabei habe ich die beiden Autos gesehen, die dort parken. Den von Stan hab ich erkannt. Den anderen nicht. Muss dann wohl der von James sein.«

»Muss wohl«, stimmt Nadiquak zu. Ich höre eine gewisse Ironie in seiner Stimme. Mein hübscher Hank hat wohl nicht den Ruf, die hellste Kerze auf der Torte zu sein.

Du brauchst ihn ja nicht zum Leuchten, denke ich.

Wieder muss ich ein Kichern unterdrücken. Meine Güte, ich komme mir schon vor, wie ein kleines Schulmädchen. Was ist bloß los mit mir?

Wahrscheinlich ist es die Anspannung. Vielleicht täte es mir wirklich gut, ein wenig loszulassen und … nun, und in Hanks kräftigen Armen einzuschlafen. Oder eben nicht einzuschlafen.

Hank zuckt mit den Schultern und dreht sich im Reden wieder zu Nadiquak um. »Ich hab mich dann umgesehen. Und hab diesen Pfad entdeckt. Ist ja wirklich nicht groß, aber im Schnee waren die Fußabdrücke eindeutig. Und halbwegs frisch.«

»Und dann?«, fragt der Sergeant.

»Dann … tja … dann hab ich das gesehen, was ich euch gleich zeige.«

Hank geht weiter voraus, und mit einem Mal öffnen sich die Bäume. Der Wald ist nun etwas weniger dicht, und als wir weiterlaufen, sehe ich, dass der Pfad in einer Lichtung mündet.

Nadiquak sieht zuerst, was Hank nicht noch einmal sehen wollte. Er dreht sich von dem Anblick weg, der mir noch verdeckt ist, und hält sich eine Hand vor den Mund. Würgend kämpft er damit, sein Frühstück bei sich zu behalten.

Ich wappne mich für das Schlimmste und gehe im Bogen um die anderen herum.

Auch mir wird sofort schlecht, als ich es sehe.

Mitten auf der Lichtung, etwa zwanzig Meter von uns entfernt, liegt das, was von den beiden Männern übrig ist. Beide Körper sind halb nackt, ihre Hosen hängen an den Knöcheln. Die Jacken sind aufgeschnitten. Rötlichbraune Dinge hängen aus den Leibern beider Männer, sowohl aus den Bäuchen als auch aus den Hälsen.

»Oh mein Gott«, bringt der Sergeant zwischen zwei Würgegeräuschen hervor. Mittlerweile hat er den Kampf gegen sein Frühstück verloren. »Wer zum Teufel macht denn sowas?«

Dr. Varneaux ist der Einzige, den der Anblick nicht übermannt. Er geht mit angewiderter Miene auf die beiden Leichen zu. Neben Abscheu lese ich in seinem Gesicht aber auch Neugier.

Im Laufe meines Biologiestudiums habe ich viel gesehen und auch ein paar Dinge seziert. Menschliche Leichen haben nie dazugehört, aber es hat mich einigermaßen abgehärtet.

Ich atme tief ein und aus – durch den Mund, nicht durch die Nase – und sage mir immer wieder, dass das, was vor mir liegt, keine Menschen sind. Es sind Leichen, die nichts mehr spüren. Tote Körper, die Hinweise geben. Diese Hinweise zu finden, zu analysieren und zu deuten, das ist mein Job – und das ist das einzig Gute, was ich den beiden Männern noch tun kann.

Diese Herangehensweise funktioniert für mich meistens. So auch in diesem Fall, also nähere ich mich den Leichen in der Mitte der Lichtung mit großen, selbstbewussten Schritten.

Dr. Varneaux ist mittlerweile dort, stellt seine Tasche im unbefleckten Schnee ab und zieht zwei Latexhandschuhe heraus.

»Hätten Sie auch welche für mich?«, frage ich. »Habe meine im Labor gelassen.«

Er kommt meiner Bitte nach. Ich ziehe meine Lederhandschuhe aus und stecke sie mir in die Jackentasche. Sofort spüre ich die eisige Kälte an meinen Fingern, bevor ich die Exemplare aus Latex überstreife.

Sie sind zu groß für mich. Klar, sie sind für Dr. Varneaux bestimmt. Zum Glück hat der keine allzu großen Hände für einen Mann, sodass ich bloß etwas nachjustieren muss, um damit arbeiten zu können.

Dann folge ich Varneauxs Beispiel und gehe in die Hocke, um die Leichen genauer betrachten zu können.

Erst jetzt, als ich versehentlich durch die Nase atme, merke ich, dass ich gar keine Angst vor Verwesungsgeruch haben muss.

Natürlich, denke ich.

Es sind etwa minus zwanzig Grad Celsius und die Leichen liegen im Schnee. Die beiden Männer verwesen genauso wenig wie ein Steak, das im Eisschrank liegt.

Ich bewerte, was ich sehe.

Die meisten Eindrücke, die ich vom Rand der Lichtung aus gesammelt habe, halten einer genaueren Betrachtung aus der Nähe stand.

Die beiden Männer sind nebeneinander drapiert, die Beine halb überschlagen. Das ähnelt fast einer sexuellen Darstellung. Beide Penisse hängen raus; schlaff, aber so, dass sie sich fast berühren. Ich bin mir nicht sicher, ob die beiden Männer hier gestorben sind oder absichtlich so hingelegt wurden, aber die Pose ist eindeutig.

Das ist etwas, was die Polizei später herausfinden muss. Ich notiere mir nur kurz in Gedanken, dass ich das jemandem gegenüber erwähnen muss. Ich glaube kaum, dass Dr. Varneaux eine homoerotische Komponente auffallen wird.

Ich sehe mir weiter den Tatort an, sofern es überhaupt einer ist.

Beim Kopf des Mannes, den Nadiquak und Varneaux James genannt haben, fange ich an. Mit meinem Blick arbeite ich mich langsam nach unten. Schon nach wenigen Zentimetern bleibe ich an seinen Augen hängen.

Vor seinem Tod hat er sie weit aufgerissen, in die gefrorene Mimik ist Schrecken eingraviert.

Einem Impuls folgend blicke ich hinüber zu dem anderen Mann: Stan. Ich kenne ihn von der Polizeiwache. Auch seine Augen sind vor Schreck weit aufgerissen. Was auch immer die Männer umgebracht hat, es hat sie zutiefst verängstigt.

Mein Blick wandert zurück zu James. Sein Mund erscheint mir ausdruckslos, allerdings sind die Lippen bläulich verfärbt, wie es bei diesen Temperaturen zu erwarten ist. Aus dem Mundwinkel ist Blut getropft, das auf seiner Wange zu einem bizarren Strang gefroren ist. Das erstarrte Blut und die blau gefärbten Lippen ergeben das Bild eines bizarren Clowns.

Ihm ist die Kehle durchgeschnitten worden, auch hier ist Blut herausgeflossen und anschließend an der Haut festgefroren. Ich bemerke, dass es kaum Spuren eines Reißens oder größerer Kraftanstrengung an der Schnittwunde gibt. Das deutet darauf hin, dass der Schnitt von einer sehr scharfen Klinge stammt. Die Kralle oder der Zahn eines Raubtieres hätte andere Spuren hinterlassen.

Unweigerlich muss ich an den abgetrennten Kopf des Rehs denken. Ich habe unverschämtes Glück gehabt, dem Täter nicht begegnet zu sein, fürchte ich. War das hier derselbe Typ? Hat mich jemand gestalkt, der zu *so etwas* fähig ist?

Reiß dich zusammen, befehle ich mir.

Ich muss klar bleiben.

Rational.

Ich lasse meinen Blick weiter nach unten schweifen. Der Brustbereich von James ist grotesk geöffnet. Es sieht aus, als hätte jemand eine Art Schere angesetzt, die Rippenbögen damit zerschnitten und schließlich nach außen gebogen. Ein wenig, wie man einen Truthahn sezieren würde.

Auch der Bauch der Leiche ist aufgeschnitten. Was ich von Weitem habe heraushängen sehen, sind seine Eingeweide, die aus dem Inneren herausgezogen wurden und in der Eiseskälte des Winters steifgefroren sind.

»Eingeweide« ist allerdings nicht richtig. Es sind die Überreste von Gedärmen. An den Darmschlingen sowie am Rest des Magens und des Herzens erkenne ich Bissspuren von scharfen, langen Zähnen. Sie sehen aus wie Nadelstiche, nur dicker.

Ein weiterer Schreck fährt mir durch die Glieder. Kalter Schweiß tritt mir auf die Stirn.

Ich wende mich ab, bevor ich mich auf die Beweise übergebe.

In der Bewegung sehe ich sie: Fußspuren.

Sie führen von den beiden Leichen in der Mitte der Lichtung hin zur anderen Seite. Dort, gegenüber der Stelle, an der wir die Lichtung betreten haben, verschwinden sie schließlich im Wald.

Sie sind seltsam.

Fast menschlich. Aber nicht wirklich.

Von einem Tier können sie eigentlich nicht stammen.

Aber wenn sie menschlich sind, müssten die Füße völlig missgebildet sein.

Mir wird schwindelig. Ohne Rücksicht auf einen nassen Hosenboden lasse ich mich auf den Hintern sinken. Die Kälte des Schnees frisst sich sofort durch den Stoff. Der ist zwar wintertauglich, schützt aber nicht gegen Nässe.

Das stört mich nicht im Geringsten.

Vorgestern Morgen bin ich fast jemandem begegnet, der nur zwei Nächte später zwei Männer umgebracht hat. Ob es sich um ein Tier oder einen Menschen handelt, steht nicht zur Debatte: Wer Menschen so gezielt und methodisch umbringt und drapiert, der kann kein Tier sein. Wer einen Menschen so ausweidet und sich an den Gedärmen der Leichen bedient, kann auch kein Mensch sein.

Nein, wer so etwas tut, der muss sich irgendwo dazwischen bewegen.

Am Waldrand entdecke ich eine Bewegung. Zweige wackeln, aber nicht im Wind, sondern gegen dessen Richtung. Dahinter sehe ich etwas Schwarzes, das sich deutlich von den Büschen und Bäumen abhebt.

Ich schreie auf. Alle drehen sich zu mir um.

Erst jetzt sehe ich meinen Fehler. Es ist kein Monster, halb Mensch, halb Tier, das beobachtet, was wir tun.

Am Waldrand stehen zwei Jungs im Teenager-Alter, fast noch Kinder. Ich schätze sie auf elf oder zwölf.

Mein Schrei hat sie gewarnt, dass sie entdeckt worden sind. Sie drehen sich flink um und verschwinden im Wald.

Sergeant Nadiquak setzt an, den beiden Jungs hinterherzusprinten. Nach wenigen Metern erkennt er aber, dass es aussichtslos ist. Die Kids sind längst im Wald verschwunden.

»Verdammt«, schreit Nadiquak und tritt wütend in einen Schneehaufen. Pulverschnee löst sich und rieselt durch die Luft, hebt sich vor dem Waldrand deutlich ab.

Ganz offensichtlich gehen die Geschehnisse auch dem Polizeichef an die Substanz. Wie sollte es auch anders sein?

Nadiquak hockt sich in den Schnee und verbirgt sein Gesicht kurz in den mit schwarzen Handschuhen bekleideten kräftigen Händen. »Oh Mann«, dringt es durch das Leder gedämpft an mein Ohr.

Dann richtet er sich wieder auf und schaut in die Runde. Dr. Varneaux und Hank wirken betreten. Irgendwas sagt mir, dass man diesen Mann nicht allzu oft derart aufgewühlt sieht.

»Tut mir leid«, entschuldigt sich der Sergeant, ohne jemanden direkt anzusehen. »Aber das war's dann wohl mit der Geheimhaltung.«

Er schaut auf seine Armbanduhr. »Ich gebe den Jungs eine Stunde, dann weiß die ganze Stadt von den Leichen.«

KAPITEL 6

Die beiden Jungs sind tatsächlich fix: Als Nadiquak seinen Dienstwagen auf den Parkplatz der Polizeistation lenkt, steht erneut eine Menschenmenge vor der Wache. Ich schätze die Menge so groß wie die ersten beiden Male. Scheinbar sind es immer dieselben Leute, die sich in Grizzly Creek um die Aufnahme und Weiterverbreitung der Neuigkeiten kümmern.

Wir steigen aus und werden sofort vom Pulk umlagert. Das erinnert an Filme, wenn Politiker aus einem Gebäude kommen und sich Scharen von Reportern um die besten Bilder und klarsten Aussagen streiten. Nur dass die Reporter in Grizzly Creek weder Presseausweise tragen noch für eine Zeitung schreiben.

Der Unterschied zu Hollywood: Die Leute respektieren Sergeant Nadiquak und hören auf ihn, als er um Ruhe bittet. »Einer nach dem anderen«, sagt er und die Menge beruhigt sich.

Die Bürger treten zurück, Nadiquak, Varneaux und ich haben etwas Luft, um hindurchzugehen. Der Sergeant geht schnurstracks zum dreistufigen Treppenaufgang vor der Eingangstür der Station.

Die kleine Treppe hat sich wohl als Podium des Sergeants etabliert.

»Okay«, setzt Nadiquak an, als er sich positioniert hat und das Gemurmel der Menge verstummt ist. Die Erwartungshaltung und Neugier der Leute ist so omnipräsent, dass sie förmlich in der Luft liegt.

»Eigentlich wollte ich die aufgeladene Stimmung in der Stadt nicht noch weiter anheizen«, sagt der Sergeant, »aber die Jungs haben ganze Arbeit geleistet, wie ich sehe.«

»Kyle und der Dawson-Junge haben was von einem Doppelmord erzählt?«, ruft einer der Anwesenden. Ich habe den Mann – Anfang vierzig, groß, dicklich, mit Dreitagebart – bereits ein paarmal auf der Straße gesehen, aber ich kenne seinen Namen nicht.

»Wirklich?«, fragt Nadiquak und wendet sich dem Zwischenrufer zu. »Danny, ich glaube kaum, dass zwei Elfjährige das Wort ‚Doppelmord‘ benutzt haben.«

»Komm schon«, ruft eine andere Frau. Auch ihren Namen kenne ich nicht, aber ihn kann sie zuordnen: Sie sitzt im Grocery Store der Stadt an der Kasse, dem nordamerikanischen Pendant zu einem Gemischtwarengeschäft auf halber Strecke zwischen Tante-Emma-Laden und Supermarkt. »Verkauf uns nicht für dumm«, spricht sie weiter. »Vielleicht haben die Jungs nicht genau das Wort benutzt. Aber das, was sie gesagt haben, war eindeutig.«

»War es das, ja?« Nadiquaks Stimme klingt entnervt.

Dem Polizeichef von Grizzly Creek ist anzumerken, dass die Geschehnisse seine Kompetenzen ein Stück weit übersteigen. Er fühlt sich überfordert.

»Nun rück mit der Sprache raus, Cliff!« Das kommt wiederum von dem Mann in Hemd und Jackett. Danny, wie Nadiquak ihn nannte. »Mein Junge denkt sich sowas nicht aus.«

»Ich habe nicht behauptet, dass dein Junge lügt, Danny. Aber wenn er einen Doppelmord beschrieben hat, hat er mehr gesehen als ich.«

Gemurmel in der Menge.

Ich frage mich, was Nadiquak mit dieser Hinhaltetaktik bezwecken will. Das ist potenziell gefährlich.

Ich hoffe, dass er noch die Kurve kriegt.

»Nun seid doch mal ruhig und lasst mich ausreden«, fordert der Sergeant.

Der vehemente Aufruf hat seine Wirkung, denn Ruhe kehrt ein. Die Leute hängen wieder an Nadiquaks Lippen.

»Okay, hier sind die Fakten«, sagt er. »Fakt eins: Auf einer Lichtung im Wald, keine halbe Stunde außerhalb der Stadt, wurden heute

Morgen zwei Leichen entdeckt. Die Leichen liegen dort vermutlich seit gestern Abend, wie Jacques sagt. Ganz sicher ist das aber nicht, weil die Leichen gefroren sind.«

Die Taktik, Fakten zu präsentieren, scheint zu funktionieren.

»Fakt zwei«, fährt er fort. »Ich nenne euch keine Namen, ich sage aber, dass es sich bei den Leichen um zwei männliche Einwohner von Grizzly Creek handelt. Ich bin mir völlig im Klaren darüber, dass ihr bald genauso gut wie ich wisst, wer es ist. Ich bitte euch trotzdem, mit dem Tratschen anderthalb Stunden zu warten. Damit gebt ihr mir die Zeit, die Angehörigen aus erster Hand zu informieren, bevor sie es aus dem Dorffunk erfahren. Können wir uns darauf einigen?«

Wenn Nadiquak ein klares »Ja« erwartet hat, dann enttäuscht ihn die Menge. Aber das vorsichtig zustimmende Gemurmel, das er erntet, ist wohl alles, worauf er hoffen konnte.

»Danke«, sagt er. »Fakt drei: Ja, die Leichen sehen schlimm aus. Das bedeutet aber nicht, dass es sich dabei um einen Doppelmord handelt. Im Moment können wir – das heißt Jacques, Dr. Meier und ich – weder einen Menschen noch ein Tier als Täter ausschließen.« Er legt eine kurze Pause ein und schaut in die Gesichter einiger Leute. »Damit jedem klar ist, was das heißt: Es kann ein Mensch gewesen sein. Wir wissen es noch nicht. Jacques und Dr. Meier werden das für uns untersuchen.«

»Kyle hat erzählt, den Leichen wären die Kehlen aufgeschlitzt worden«, meldet sich Danny wieder. »Nenn mir mal ein Tier, das sowas tut.«

Wieder provoziert Danny aufgeregtes Gemurmel unter den Anwesenden.

»Das«, währt Nadiquak ab, »wird sich in den nächsten Tagen zeigen. Ich danke euch für eure Aufmerksamkeit!«

Dann deutet er Varneaux und mir, ihm zu folgen, und geht in die Station. Ich setze mich hinter dem Arzt in Bewegung. Der schlägt eine Schneise in die Menge, durch die ich unbehelligt von der Schar an Bürgern in die Wache gelange.

Auf dem Weg geht mir der letzte Einwand des Typen namens Danny nicht aus dem Kopf. »Nenn mir mal ein Tier, das sowas tut«, hat er gesagt.

Er hat recht. Ein Tier würde eine Kehle nicht aufschlitzen. Nicht so glatt. Bei allem, was an der Sache komisch ist, gibt es *daran* nichts zu rütteln.

Ich stehe im Labor und arbeite weiter an der Analyse der Bakterien. Es sind ein paar Stunden vergangen, seitdem ich mit Varneaux und Nadiquak in die Stadt zurückgekehrt bin, und nur langsam tauen meine Füße, Hände und mein nasser Hintern wieder auf.

Während ich arbeite, drängt sich eine sonderbare Stille in mein Bewusstsein. Es fehlen Geräusche, es fehlt Lärm aus den Gängen und Fluren der Praxis.

Dr. Varneaux hat seine Praxis heute geschlossen. Er arbeitet nebenan in der Pathologie an den Leichen von James Ortwill und Stan Dechamps.

Umso mehr reißt es mich aus meiner Arbeit, als es laut an der Tür zur Praxis hämmert. Ich höre, wie Varneaux aus der Pathologie kommt und über den Flur läuft. Er öffnet die Eingangstür, und zwei Paar Schritte kommen zurück in Richtung Pathologie gelaufen. Als sich die beiden nähern, erkenne ich auch Sergeant Nadiquaks Stimme.

Ich überlege, ob ich mich dazugeselle. Einerseits halte ich das für mein Recht – schließlich habe ich am Tatort mitgeholfen und bin in den Fall involviert. Andererseits denke ich mir, dass mich Nadiquak wohl gefragt hätte, wenn er gewollt hätte, dass ich dabei bin.

Ich entschließe mich, die beiden Männer nicht zu stören. Außerdem verlagere ich meine Arbeit ein Stück nach links, sodass ich näher an der dünnen Wand zur Pathologie stehe.

»Bitte sag mir, dass du was für mich hast, Jacques«, sagt Nadiquak nebenan. Ich stehe richtig und kann ihn leise, aber deutlich hören.

»Noch nicht. Wieso so eilig?«

»Weil mir die Stadt verdammt nochmal durchdreht.« Irgendein Gegenstand aus leichtem Material fällt zu Boden. Ich schätze, dass Nadiquak seinen Hut oder etwas Ähnliches durch die Gegend gepfeffert hat. »Tut mir leid«, sagt Nadiquak. »Aber kannst du dich bitte beeilen?«

»Ich wüsste nicht, wie ich noch schneller arbeiten sollte. Du musst mir schon ein bisschen Zeit geben, Cliff. Ich tue, was ich kann.« Ein paar

Worte gehen unter. Dann: »Ich schätze, ich kann dir morgen Nachmittag oder Abend mehr sagen, wenn keine Notfälle reinkommen. Ansonsten bitte ich vielleicht Dr. Meier um Hilfe. Sie scheint mir kompetent zu sein.«

Danke für das Kompliment, Dr. Varneaux, denke ich.

Immerhin sind der Sergeant und er schon zwei in der Stadt, die mich nicht für völlig überflüssig halten.

»Tu das«, stimmt Nadiquak zu, »aber verbreite nicht zu viel. Dr. Meier ist okay und sie weiß schon, was es zu wissen gibt. Aber hüte dich vor ihrem Kollegen. Der ist mir nicht geheuer.«

»Mir auch nicht. Ein Arschloch sondergleichen«, sagt Varneaux.

Mir auch nicht.

»Ich sehe zu, dass dir alles vom Hals bleibt, was kein Notfall ist«, spricht Nadiquak weiter. »Aber beeil dich, bitte, so gut du kannst. Die Stimmung in der Stadt ist … aufgeladen.«

»Schlimmer als vorhin, Cliff?«

»Erinnerst du dich an die alte Geschichte von Don Senners? Weswegen er angeblich hergekommen ist?«

»War da nicht irgendwas à la Sex mit einer Minderjährigen?«

»So hieß es. Als er herkam, habe ich die Geschichte genau überprüft, um zu schauen, ob ich ein Auge auf die Kinder haben muss. Dabei kam nichts heraus. Er hat an einer Highschool in den USA unterrichtet und eine Schülerin hat ihn bezichtigt. Die Anklage wurde fallengelassen, weil die Schülerin unter Druck des Gerichts zugab, die Geschichte erfunden zu haben, weil Don ihr keine bessere Note geben wollte.«

»Und?«

»Das haben die Leute mir damals abgenommen. Don lebt seit Jahren ungeschoren in Grizzly Creek. Keiner hat je was gegen ihn gehabt, seitdem ich die Geschichte richtigstellen konnte. Aber heute …«

»Was ist passiert?«

Selbst durch die Wand höre ich, dass Dr. Varneaux ernsthaft besorgt klingt.

»Heute hat sich ein Mob von zwölf Leuten vor seinem Haus versammelt und ihn aufgefordert rauszukommen.«

»Bitte *was*?«

Ich bin so verblüfft wie der Arzt. Die Nerven der Leute in Grizzly Creek scheinen tatsächlich blank zu liegen, wenn es so schnell zu Lynchjustiz kommen kann.

»Und das ist noch nicht alles. Johnny Danton ist doch dein Patient?«

»Natürlich. Ist regelmäßig mit seinem kaputten Bein in meiner Praxis.«

»Zwei Leute waren heute auf der Polizeistation und haben meinen Constables erzählt, sie sollen Johnny genauer unter die Lupe nehmen. Immerhin müsse es doch einen Grund dafür geben, dass ein Mann wie er allein in den Wald zieht.«

»Oh mein Gott«, sagt Dr. Varneaux. Kurze Pause. »Verstehe, dass du schnelle Ergebnisse brauchst.«

»Am liebsten wäre es mir, wenn du mir bestätigen kannst, dass es sich um ein Tier handelt. Alles andere würde die Stimmung nur anheizen.«

»Ich tu mein Bestes, Cliff. Aber Dr. Meier hatte vorhin auf der Lichtung einen validen Punkt.«

»Was meinst du?«

»Die Fußspuren, die wir gefunden haben, stammen wohl kaum von einem Tier. Ich weiß, dass sie auch nicht menschlich aussehen … aber am ehesten suchen wir trotzdem nach einem Menschen mit klumpigen Füßen. Ich bin der einzige Arzt weit und breit und mir ist noch nie jemand untergekommen, dessen Füße infrage kämen. Und glaub mir: Wer solche Missbildungen hat, der braucht einen Arzt. Allein schon für die Schmerzmittel.«

»Gut. Wir kommen also wieder an den Punkt, dass wir nichts wissen und ganz am Anfang stehen.« Nadiquak atmet laut ein und aus. »Ich lass dich dann mal weiterarbeiten, Jacques.«

»Einen Moment noch«, hält Varneaux den Sergeant zurück.

»Ja?«

»Eine Sache habe ich herausgefunden, als ich nach DNA gesucht habe.«

»Es ist nicht die Zeit, mich auf die Folter zu spannen, Jacques.«

»In Stans Hintern habe ich Spermaspuren gefunden. Anscheinend haben sie sich auf der Lichtung getroffen, um … nun, sie hatten wohl was füreinander übrig.«

»Stan und James?« Nadiquak klingt verwundert. »Das kann ich kaum glauben.«

»Ist aber so. Stan hatte kurz vor seinem Tod Analverkehr. Ich muss noch das Sperma untersuchen, um sicher sein zu können. Aber der After ist einer der wenigen Teile von ihm, an dem ich keine Spuren von Gewaltanwendung gefunden habe. Wir sollten davon ausgehen, dass sie sich freiwillig … na ja, du weißt schon.«

Nadiquak seufzt. »Na, das wird ja ein schönes Gespräch mit Stans Witwe.«

Als ich am Abend durch die Straßen von Grizzly Creek nach Hause gehe, bemerke ich, dass sich die Stimmung in der Stadt noch deutlicher verändert hat. Nirgendwo sind Menschen auf der Straße, das Diner, in dem ich gestern noch zu Abend gegessen habe, ist heute geschlossen. Das stellt mich vor ein Problem, denn ich habe in der Ferienwohnung kaum noch etwas Essbares – bisher habe ich abends immer auswärts gegessen.

Ich schaue mich nach dem Gemischtwarenladen um, der schräg gegenüber vom Pub liegt. Doch auch hier ist das Licht aus, die Türen sind verschlossen.

Ich mache mir eine mentale Notiz, dass ich morgen einkaufen gehe, bevor ich im Labor anfange. Wenn Anderson ganze Tage wegbleiben kann, warum sollte ich dann nicht ein bisschen später bei der Arbeit erscheinen?

Auch sonst sind die Straßen leer und trostlos. Niemand kommt mir entgegen, kein Mensch, kein Hund, keine Katze. Niemand geht vor die Tür oder mutet es seinem Haustier zu, nach draußen zu müssen. Das ist vernünftig, denn der Sturm, der in den letzten Nächten regelmäßig über Grizzly Creek getobt hat, kündigt sich auch heute mit einigen kräftigen Böen an. Eisige Winde fegen durch die Straßen und treiben mir als der Verrückten, die gerade durch die Stadt läuft, Schnee ins Gesicht, Rotz in die Nase und Kälte in die Knochen.

Ein Auto fährt an mir vorbei. Es ist viel zu nah am Bürgersteig und für die Witterungsverhältnisse viel zu schnell unterwegs.

Aus Panik, dass der Fahrer die Kontrolle über seinen Wagen verlieren könnte, springe ich beiseite. Ich lande in der Hecke eines Einfamilienhauses und schaue mich um.

»Idiot«, schreie ich dem Fahrer hinterher.

Gerne würde ich es ihm nachsehen, mir denken, dass er mich im Dunkeln nicht gesehen hat, zumal ich eine schwarze Jacke und einen dunkelgrauen Rucksack trage.

Aber die Geste, die der Fahrer mir im Davonfahren zeigt, ist ein ausgestreckter Mittelfinger.

Jemand hat mich mit Absicht erschrocken. Aus Boshaftigkeit, wie es aussieht.

KAPITEL 7

Am nächsten Morgen stehe ich im Supermarkt zwischen den Regalen und kaufe das Notwendigste ein, um über die Runden zu kommen und mir abends etwas zu kochen.

Aus der Not mache ich eine Tugend: Schließlich weiß keiner, wie lange ich hier festsitzen werde. In einem kurzen Gespräch mit Sergeant Nadiquak gestern habe ich von der Möglichkeit erfahren, an einem ruhigen, sturmlosen Tag den Helikopter zu starten ... wenn es einen Notfall gibt, denn dafür ist der Hubschrauber da. Sollte es dazu kommen, könnten Dr. Anderson und ich noch mit an Bord und nach Whitehorse fliegen.

Ich weiß, dass es zynisch ist, aber ich wünsche mir, dass es zu einem Notfall kommt. Der letzte Tag war trist genug, hier nicht den ganzen Winter verbringen zu wollen. Obwohl ich herausgefunden habe, dass es in der Stadt eine Bibliothek gibt, die ich unter die Lupe nehmen muss.

Wenn ich den ganzen Winter hier verbringe, würde es aber massiv auf den Geldbeutel gehen, jeden Abend im Diner zu essen. Insofern ist es gut, dass mir der Besitzer gestern die Notwendigkeit demonstriert hat, mir ein paar Vorräte in die Ferienwohnung zu stellen.

Der Convenience Store ist größer als das, was man in Deutschland einen »Tante-Emma-Laden« nennt, aber auch kleiner als ein Supermarkt. Ich gehe durch die Gänge und fühle mich eingeengt. Alles ist auf effizienteste Belegung der Regale ausgelegt, alles ist hochgestapelt, kein Stückchen Platz ist vergeudet. So ist es oft schon eine Rangiermaßarbeit, wenn man, bewaffnet mit einem Einkaufswagen, auf einen anderen Kunden im Gang trifft und in die entgegengesetzte Richtung möchte.

Dabei beschränkt sich Miller's, so der Name des Ladens, auf das Nötigste, was die Einwohner von Grizzly Creek brauchen. Es gibt wenig Auswahl, maximal zwei Marken eines Produktes. Frische Artikel fehlen fast gänzlich. Ob Obst, Gemüse oder Käse, das meiste davon bekommt man nur abgepackt, eingemacht oder tiefgefroren. So weit ab vom Schuss ist das wohl normal.

Lediglich die Fleisch- und Wurstwaren werden frisch und in breiter Auswahl angeboten. Der größte Teil davon ist Wild, und kleine Schilder an der Theke, die ein »Local Product« verkünden, zeigen mir, dass das meiste von ansässigen Leuten erlegt wurde.

Ich decke mich reichlich mit Sandwichbrot, Aufstrich, abgepacktem Cheddarkäse sowie einer Auswahl an Fleisch- und Wurstwaren aus den hiesigen Wäldern ein. In meinem Einkaufswagen landet der Grundstock für eine Woche.

Das sollte reichen, hoffe ich.

Außer mir sind nicht viele Menschen im Miller's unterwegs, und die Enge im Markt begünstigt die Akustik. So bekomme ich ein Gespräch mit, als ich zur Kasse schlendere.

»Und was will Thea gehört haben?«

»Sie sagt, sie hat gehört, dass Stan und James … nun …« Kichern. Ich seufze innerlich.

»Komm schon, Irene«, sagt ein Mann. »Spuck's aus oder hör auf, mich hier festzuhalten.«

»Na ja«, setzt Irene an, wie die Kassiererin also heißt.

Piep, macht der Scanner, als sie ein Produkt darüber zieht.

»Dr. Varneaux«, tratscht Irene, »hat Cliff erzählt, dass Stan und James da draußen im Wald … was miteinander hatten.« Die letzten Worte sagt sie schnell und aufgeregt. Ganz so, als wäre sie froh, das endlich losgeworden zu sein. »Also, so sexuell, verstehst du?«

»Ach so«, meint der Mann. »Ich muss dich enttäuschen. Dass James was für Männer übrig hat, hat er mir am zweiten Abend erzählt, als er neu in der Stadt war. Ist also nicht die riesige Neuigkeit für mich. Sorry.«

Piep.

»Aber weißt du, was ich wirklich komisch finde?«, fragt Irene.

Ich bin gespannt, was jetzt kommt.

»Du wirst es mir sicherlich gleich erzählen.«

»Was ich wirklich komisch finde«, fährt Irene fort, »ist, dass zwei Wissenschaftler von sonst wo in die Stadt kommen, und zack, keine drei Tage später gibt es zwei Leichen. Kommt dir das nicht auch seltsam vor?«

Der Mann seufzt laut. »Vielleicht. Ich weiß nicht. Es sind halt Wissenschaftler. Da geht's doch um diese Bakterien, die Doc Varneaux gefunden hat. Was sollen die denn mit den Morden zu tun haben?«

»Ach Jeff, sei doch bitte nicht so naiv.« Irene klingt nun regelrecht empört. »Das sind Wissenschaftler, die irgendwas Geheimnisvolles untersuchen wollen. Wetten, dass Stan und James sie bei irgendwas überrascht haben, als sie sich einen Platz für ihr Techtelmechtel gesucht haben?« Irenes Stimme geht in ein Flüstern über und ich gehe so weit zur Kasse, wie mich die Regale gerade noch decken. »Wahrscheinlich sind sie im Auftrag der Regierung nach Grizzly Creek gekommen.«

»Sorry, Irene«, sagt der Mann namens Jeff, »Du redest Blödsinn!«

»Ach ja, tu ich das?«

»Ja. Die Frau von den Wissenschaftlern ist Ausländerin. Europäerin. Meinst du nicht, die Regierung würde Landsleute schicken, um ein Geheimnis bei uns zu erforschen?«

»Ach, als ob das unsere Regierung sein müsste«, fährt Irene in konspirativem Ton fort. »Das kann doch auch die US-amerikanische sein. Oder die Regierung der EU.«

»Der EU?«

»Na klar, die EU hat doch auch eine Regierung! Oder die Vereinten Nationen! Ich habe letztens auf Youtube eine Doku gesehen. Darin hieß es …«

Jeff stöhnt. Guter Mann. Selbiges fühle ich gerade.

»Sag mir nicht, dass du irgendeinem dahergelaufenen Youtuber solche Verschwörungstheorien abkaufst.«

»Doch, doch«, beharrt Irene. »Es ist wirklich wahr. Da gab's eine ganze Reihe von Beweisen. Es hieß sogar, dass die UN in Wahrheit hinter Hitler gesteckt hat.«

»Sorry, Irene«, sagt Jeff, »aber ich muss jetzt los. Was schulde ich dir?«

»43,69 Dollar.« Nun klingt Irenes Stimme wieder komplett geschäftsmäßig.

Ich trete hinter dem Regal hervor und stelle mich an. Jeff ist tatsächlich schon einen Tag älter, als ich ihn anhand seiner Stimme geschätzt habe. Seine lichten, grauen Haare deuten auf Anfang bis Mitte sechzig hin.

»Hallo«, sage ich trocken und räume meine Einkäufe auf das Band.

»Hallo«, grüßt mich Irene zurück. Röte steigt ihr in Wangen und Ohren, als sie mich erkennt. Immerhin ist es ihr peinlich.

Ich werfe einen kurzen Blick zu Jeff, der seine Einkäufe in einem Rucksack verstaut und nur innehält, um das Wechselgeld in sein Portemonnaie zu stecken, das Irene ihm gibt. Er unterdrückt ein Grinsen.

Der Mann ist mir sympathisch.

Trotzdem bin ich beunruhigt, und die stille Art, mit der mich Irene anschließend abfertigt, steigert diese Unruhe. Natürlich, was sie Jeff erzählt hat, ist grober Unfug. Aber in Grizzly Creek machen sich gerade Trauer, Sorge und Angst breit – und das ist ein gefährlicher Gefühlsmix, der schnell explodieren kann. Eine Geschichte wie die von Irene eignet sich wunderbar, die paranoide Lunte zu entzünden und für eine Menge Chaos und Wut zu sorgen.

Eine halbe Stunde später stehe ich im Labor und arbeite weiter an der chemischen Analyse der Bakterien. Bis zur Mittagspause arbeite ich ohne Unterbrechung, komme aber kaum voran und überlege sogar, ob ich Dr. Anderson einschalte. Das ist aber nur ein kurzer Moment der Schwäche.

Einen Teufel werde ich tun, ihn um Hilfe zu bitten!

Dennoch ist die Arbeit ermüdend, da ich keinen Fortschritt mache. Ich habe die Struktur des bakteriellen Schleims mittlerweile isoliert und muss jetzt die molekularen Einzelteile bestimmen. Das ist notwendig, um genau zu wissen, womit wir es zu tun haben.

Aber ich habe inzwischen jeden Test und jede Analyse der Algorithmen durch. Nichts hat ein Ergebnis gebracht. Es scheint, als wären die Bakterien nicht nur eine neue Art, sondern eine gänzlich neue Gattung. Das ist so gut wie unmöglich. So gut wie. Noch will ich keine radikalen Schlüsse ziehen.

Nach der Mittagspause werde ich wohl nicht darum herumkommen, jeden einzelnen Test nochmal durchzuführen. Zwar weiß ich nicht, wo ich beim ersten Durchlauf einen Fehler gemacht haben könnte, aber sicher ist sicher.

Ich habe meine Zweifel, dass ich Anderson noch einmal sehen werde. Bisher bin ich davon ausgegangen, dass er sich bei mir melden würde, wenn er Lunte riecht. Da er in den letzten Tagen keine Anstalten gemacht hat, mich zu fragen, wie weit ich bin, denke ich aber nicht, dass ihn das schert.

Ich glaube weiterhin, dass er hier ist, um die Lorbeeren einzusammeln, die ich erarbeite.

Wenn dem so ist, kann er sich auf etwas gefasst machen. Bestimmt werde ich meine Arbeit *nicht* mit ihm teilen. Ich hoffe nur, dass das auch die Fakultät an der Universität von Vancouver so sehen wird. Schließlich ist das Andersons Alma Mater und sie haben ihn losgeschickt.

Ich löse meinen Zopf und schüttele meine Haare aus. Diese Überlegungen bringen mich nicht weiter. Ich muss herausfinden, um was für Bakterien es sich genau handelt. Bisher bin ich nur so weit gekommen, dass es wahrscheinlich Extremophile sind. Sie halten sich also gerne an Orten mit extremen Temperaturen auf. Man findet sie in Vulkanen, überirdisch wie unterseeisch, aber auch in Polargebieten und Wüsten. Das würde passen.

Dennoch bin ich trotz umfassender Analysen keinen Schritt weitergekommen, auch nur eine Verwandtschaft zu bereits bekannten Bakterien nachzuweisen.

Frustriert lege ich meinen Stift und das Haargummi auf den Schreibtisch, setze mich auf und massiere mir den Nacken.

So hat das keinen Sinn. Ständig schweife ich ab. Ich sehe zur Uhr und merke, dass es Zeit für die Mittagspause ist. Danach kann ich die zweite Testreihe starten und weitersehen.

Während ich im Diner sitze und mein Steak mit Homecut Fries und Cole Slaw verspeise, sehe ich den gemieteten Geländewagen vorbeifahren. Anderson sitzt am Steuer und fährt in Richtung See.

Was will er da?

Mir kommt der Gedanke, dass ich nicht die Einzige bin, die beschlossen hat, auf eigene Faust loszulegen. Arbeitet Anderson allein am See weiter?

Während ich mein Steak verputze, überlege ich mir, dass ich im Vorteil bin. Ich bin im Labor und habe Zugang zu den wichtigen Geräten und Analysen. Anderson kann am See nichts herausfinden, was ich hier viel besser nachweisen kann. Zumindest nicht auf biochemischer Ebene – und um die geht es bei dieser Expedition.

Nach dem Essen gehe ich zurück ins Labor und arbeite weiter an den Bakterien. Ich starte den Testlauf ein zweites Mal und achte darauf, alles hochkonzentriert und genau nach Vorschrift zu erledigen.

Doch ein Test nach dem anderen fällt negativ aus. Es fehlen nicht mehr viele Versuche für die zweite Testreihe, da höre ich hinter mir ein Räuspern.

»Bitte nicht erschrecken«, sagt Dr. Varneaux.

Das zu sagen, nachdem man sich bereits hinter einer konzentriert arbeitenden Frau geräuspert hat, beinhaltet eine gewisse Ironie. Diesmal reagiere ich aber nicht so erschrocken wie beim letzten Mal.

Ich stelle die Petrischale ab und drehe mich um. In der Bewegung streife ich die Schutzbrille ab, anschließend auch den Mundschutz sowie die Latexhandschuhe. Solange ich nicht weiß, womit ich es zu tun habe, gelten hohe Vorsichtsmaßnahmen.

»Dr. Varneaux«, sage ich.

Ich versuche, freundlich zu sein und mir nicht anmerken zu lassen, dass er mich bei meiner Arbeit gestört hat. Hoffentlich wirkt mein Lächeln nicht zu gekünstelt. »Wie kann ich Ihnen behilflich sein?«

»Ach, ich wollte nur mal nach Ihnen sehen. Habe ja den ganzen Tag kaum was von Ihnen mitbekommen.«

»Danke, Dr. Varneaux. Mir geht es gut. Ich komme nur nicht so voran, wie ich es mir wünsche.«

»Kein Wunder.« Er zuckt mit den Schultern. »Ihre Forschungsarbeit ist ja auch für zwei Leute angelegt. Ihren Kollegen habe ich seit Tagen nicht gesehen.«

»Da sind wir schon zu zweit.«

»Verstehe.« Dr. Varneaux nickt. »Kann ich Ihnen denn vielleicht behilflich sein?«

Ich zögere.

Eigentlich wollte ich den zweiten Testlauf allein durchführen, bevor ich mir Hilfe suche. Aber was soll schon passieren? Vielleicht hat er ja tatsächlich die rettende Idee.

Außerdem hat er sich einen kleinen Vorschuss an Vertrauen verdient, also schildere ich ihm mein Problem.

»Nun bin ich fast am Ende des zweiten Testlaufes und habe immer noch kein eindeutiges Ergebnis«, schließe ich meine Ausführungen. Ich seufze. »Wenn das so weitergeht, stehe ich am Ende des Winters immer noch hier und habe keine Ahnung, was Sie da gefunden haben.«

Dr. Varneaux streicht sich über die Wangen, krault seine Bartstoppeln. Angesichts der Geste schätze ich, dass er einen guten Teil seines Lebens Vollbart getragen hat.

»Hm«, macht er. »Schwierige Situation.«

Er setzt an, weiterzusprechen, überlegt es sich aber anders und bleibt stumm.

»Ja?«, frage ich.

»Nun.« Er räuspert sich und wiegt seinen Kopf hin und her. »Ich hätte da eine Idee … aber die ist so weit hergeholt, dass ich befürchte, Sie könnten mich nicht ernst nehmen.«

»Ich werde Sie schon nicht auslachen, Dr. Varneaux«, sage ich freundlich. Hoffentlich kann ich dieses Versprechen auch einhalten.

»Das sagen Sie jetzt«, sagt er. Varneaux greift in seine Hosentasche und holt einen Flachmann heraus.

Ich möchte schreien: So viel Klischee auf einmal!

Er schraubt den Deckel des Flachmanns ab und trinkt. Dann hält er mir die kleine, dünne Flasche hin. »Auch einen Schluck?«

Ach, warum nicht?

Ich nicke und greife nach dem Flachmann.

Der Alkohol, ein Whiskey, verhält sich auf der Zunge ruhig und weich, brennt aber im Abgang. Ich schätze, dass eine Flasche dieses Getränks nicht ganz billig ist.

»Das schmeckt wie ein guter Tropfen.«

»Ist ein kanadischer Bourbon. Mein alter Herr hat in der Distillerie gearbeitet, als ich noch ein Junge war. Mittlerweile gehören die zu irgendeinem großen, internationalen Konzern, aber die Rezeptur ist dieselbe wie früher, als mein Daddy das Zeug noch mit zwanzig Kollegen hergestellt hat.« Er seufzt. »Ich liebe das Zeug. Erinnert mich an zu Hause.«

Ein Moment der Stille entsteht.

»Sie wollten mir von einer Idee berichten«, unterbreche ich sie.

»Ja, richtig.« Er nickt. »Nun, es fällt mir schwer, damit anzufangen.«

Ich schaue ihn aufmunternd an.

»Sagen wir mal so: Es gibt bei den First Nations eine alte Legende. Ich weiß nicht genau, was es damit auf sich hat … sowas müssten Sie Cliff Nadiquak fragen. Oder besser unseren Bibliothekar Armitagé. Die kennen sich mit solchen Dingen besser aus.«

Er nimmt einen weiteren Schluck aus seinem Flachmann und hält ihn mir wieder hin. Ich akzeptiere das Angebot.

Der zweite Schluck geht besser runter als der erste. Dafür merke ich, wie mir der Bourbon langsam zu Kopf steigt.

Ich deute ihm an, weiterzusprechen.

»Auf jeden Fall ist darin von riesigen Göttern aus dem Himmel die Rede. Ich will da gar nicht zu sehr drauf eingehen, aber einiges deutet darauf hin, dass vor ein paar Jahrhunderten – oder vielleicht auch Jahrtausenden – mal sowas wie ein Meteorit ins Eis des Yukon-Territoriums gestürzt ist.«

»Das ist ganz interessant, aber ich weiß nicht, was Sie damit in Bezug auf meine Arbeit sagen wollen.«

Er zuckt mit den Achseln. »Weiß ich auch nicht so genau. Aber Sie prüfen mit den Tests letztlich nichts anderes als Verwandtschaftsgrade der Bakterien zu bereits bekannten Arten. Da das kein Ergebnis bringt …« Er zögert. »Vielleicht sollten Sie die chemische Zusammensetzung ganz altmodisch per nasser Analyse bestimmen. Schauen, was dabei herauskommt. Vielleicht sind das ja Bakterien, die mit den bekannten Arten gar nichts zu tun haben, sondern viel ... exotischer sind.«

Das muss ich mir kurz durch den Kopf gehen lassen. Ich glaube zu verstehen, worauf Dr. Varneaux hinaus will. Es ist aber einfach zu unglaublich, um es in Betracht zu ziehen.

Dass Varneaux mich darauf aufmerksam macht, dass es noch die klassische Methode gibt, chemische Strukturen zu bestimmen, ist mir tatsächlich eine Hilfe. Mit der nassen Analyse macht man keine Testreihe, um zu schauen, welche Ähnlichkeiten zu bekannten Arten von Lebewesen bestehen, sondern geht vom Ursprung aus. Mit Hilfe verschiedener Lösungen, die auf bestimmte Weise verbrennen oder sich einfärben, kann man auf die grundlegenden Elemente einer chemischen Verbindung schließen.

Millionen von Chemikern und Biochemikern haben damit gearbeitet, bevor es die Spektroskopie gab. Ich schelte mich, dass ich nicht an diese einfachste aller Lösungen gedacht habe.

Dr. Varneaux will bereits zurück in seine Pathologie, als er sich noch einmal umdreht.

»Ach, Dr. Meier?«, sagt er. Zögerlicher Tonfall.

»Ja?«

»Passen Sie auf sich auf.«

Ich stutze. »Wie meinen Sie das?«

»Nun, ihr Kollege kommt mir seltsam vor. Ich weiß nicht, ob Sie es mitbekommen haben, aber er fährt immer wieder zum See raus. Manchmal ist er den ganzen Tag weg. Das hat mir Ihre Vermieterin erzählt, die ganz verwundert darüber war, dass er nicht ständig in meiner Praxis ist.«

»Was hat er da nur vor?«

Die Frage habe ich mir selbst gestellt. Trotzdem antwortet Varneaux.

»Vielleicht nimmt er nur einen anderen Zugang, um die Bakterien zu erforschen? Weiß ja nicht, ob da heutzutage was anderes möglich ist. Aber er lässt sich dabei nicht in die Karten gucken.«

Er nickt mir freundlich zu und lässt mich im Labor allein.

Er könnte recht damit haben, dass mein Kollege ein doppeltes Spiel spielt. Zumindest ist er mit seiner eigenen Agenda in den Yukon gereist.

Ich nehme mir vor, Anderson genauer im Auge zu behalten.

Dann mache ich mich wieder an die Arbeit, angestoßen von dem, was Varneaux mir erzählt hat. Ob seine Idee von irgendwelchen Meteoriten Hand und Fuß hat, ist gerade irrelevant. Aber er hat mich auf eine neue Idee gebracht.

Die Umsetzung kostet mich den ganzen Rest des Tages und als ich aufblicke, merke ich, dass es weit nach zehn Uhr abends ist. Mein Nacken ist steif und ich habe Kopfschmerzen.

Dr. Varneaux, dieser alte Haudegen, hat recht gehabt.

Ich habe die Bakterien sauber analysiert und dabei alle Standards eingehalten, habe konzentriert und fehlerfrei gearbeitet.

Und trotzdem liegt mir ein Ergebnis vor, das schlicht nicht wahr sein kann.

Jedes organische Material auf der Erde besteht aus Kohlenwasserstoffverbindungen. Es ist nicht ganz auszuschließen, dass irgendwo im Weltall auch anderes Leben existiert.

Doch es ist völlig unmöglich, dass es auf der Erde Lebewesen gibt, die nicht aus Kohlenwasserstoffverbindungen bestehen.

Trotzdem ist das Ergebnis eindeutig: Die Bakterien, die Dr. Varneaux im Wald entdeckt hat, bestehen in ihrer chemischen Grundstruktur aus Silicium-Verbindungen.

Was auch immer da vor mir liegt: Es scheint Leben zu sein, aber keines, das auf der Erde existieren oder entstanden sein kann.

Vor mir liegen, nach allen Regeln der Wissenschaft verbürgt, die Überreste von außerirdischem Leben.

Der Fund ist eine Sensation!

Ich bin außer mir. Als ich ins Yukon-Territorium gefahren bin, sollte das meiner Karriere einen Schub geben. Normale Bakterien wären aber kein so riesiges Ding gewesen, wie es vielleicht den Anschein hat. Sicher, unter Fachwissenschaftlern ist man etabliert, wenn man die Erste ist, die über eine neue Spezies publiziert. Letztlich werden aber jeden Tag neue Arten von Lebewesen entdeckt – Bakterien, Insekten, sogar bei den Fischen kommen immer wieder neue Arten dazu.

Ich hätte mir jedoch nie träumen lassen, dass ich ins nördliche Kanada fahre, um die Erste zu sein, die Forschung an einer außerirdischen Lebensform betreibt.

Ich zwinge mich, ruhig zu bleiben. Nun bloß nicht überstürzt handeln!

Nichts tun, was dafür sorgen könnte, dass ich am Ende so dumm dastehe wie schon einmal …

Im Kopf gehe ich meine nächsten Schritte durch. Das fällt mir schwer. Viel zu viele Gedanken schießen mir in den Sinn: von Konferenzen und Preisverleihungen. Von Forschungsaufträgen für Regierungen. Von einem Sachbuch auf den Bestsellerlisten. Von meinem Gesicht auf der Titelseite von Zeitungen – nicht irgendwelchen kleinen Regionalklitschen, sondern der Times, der Washington Post und solcher Schwergewichte.

Dieser Fund hat das Potenzial, dass mein Name in Zukunft in einem Atemzug mit Einstein, Newton, Darwin und Hawking genannt wird. Das hier ist nicht nur irgendeine Entdeckung, das hier ist eines Nobelpreises würdig. Es steht auf einer Ebene mit der Entwicklung des Buchdrucks, der Entdeckung der Elektrizität und der Formulierung der Relativitätstheorie.

Reiß dich zusammen, Jenny!, befehle ich mir. *Lass dich jetzt nicht gehen!*

Das stimmt. So schwer es mir auch fällt, als ich im Labor stehe und jubeln möchte, meine Arme hochreißen und losschreien: Ich sollte mir zunächst klarmachen, wie es jetzt konkret weitergeht. Danach ist immer noch Zeit zum Feiern. Nein, nicht nur zum Feiern: zum Feiern mit *Champagner.*

Die nächsten Schritte, Jenny!

Richtig. Die nächsten Schritte. Ich überlege.

Zunächst muss ich meine Tests wiederholen, um ein absolut sicheres Ergebnis zu haben. Anschließend werde ich recherchieren, was an Varneauxs Geschichte über einen urzeitlichen Meteoritenabsturz in der Gegend dran ist. Über ein solches Ereignis sollte sich im Internet etwas finden lassen, wenn es tatsächlich stattgefunden hat. Irgendwie müssen meine außerirdischen Bakterien ja auf die Erde gelangt sein.

Und dann muss ich mir Gedanken über Geheimhaltung machen. Ich bin mir sicher, dass ein solcher Fund Geheimdienste, Regierungsorganisationen und eine Menge Presse auf den Plan rufen wird. Das wäre zwar eine Möglichkeit, vor Ende des Winters aus Grizzly Creek herauszukommen – solche Leute kommen mit

Helikoptern, und zwar immer –, aber ich will mir nicht die Butter vom Brot nehmen lassen.

Es ist *meine* Entdeckung.

Nein, sage ich mir. *Das hier ist größer als du!*

Verdammtes Gewissen. Aber es hat recht. Wenigstens Sergeant Nadiquak muss ich einweihen: Ich kann in dieser brenzligen Lage nicht vor den örtlichen Behörden verbergen, dass in der Gegend die Überreste außerirdischen Lebens gefunden wurden.

Anderson hingegen werde ich aus der Sache raushalten, so lange es geht. Er hat in den letzten Tagen sowieso kein Interesse an der Arbeit gezeigt. Warum sollte ich ihn *jetzt* einweihen, da *ich* einen Sensationsfund gemacht habe?

Mein Gewissen regt sich wieder. Eigentlich ist auch das nicht mit den Prinzipien guter Forschung vereinbar. Die Uni hat uns zu zweit hierhergeschickt. Gerade, wenn es sich als Sensationsfund herausstellt, sollten wir unsere Kräfte bündeln.

Ich seufze.

Darüber kann ich mir später Gedanken machen. Zunächst muss ich mein Ergebnis verifizieren.

Als ich mich vorbeuge, um weiterzuarbeiten, schießt mir ein dumpfer Schmerz durch den Nacken in den Hinterkopf. Bei all der Faszination habe ich nicht bemerkt, dass ich völlig verspannt bin.

Ich gähne und ein Blick zur Uhr verrät mir, dass es auf elf Uhr nachts zugeht. Mit einem weiteren Test werde ich nicht vor ein Uhr fertig sein.

Trotzdem will ich nicht mit der Arbeit aufhören. Viel Schlaf werde ich heute Nacht sowieso nicht bekommen.

Also beschließe ich, weiterzumachen. Drei Stunden später schmerzt mir der Nacken noch stärker und meine Augen tränen. Trotzdem denke ich nicht daran, nach Hause zu gehen. Ich habe meine Ergebnisse verifiziert.

Ein Irrtum ist ausgeschlossen.

Vor mir liegt der Beweis für außerirdisches Leben.

Wieder schießen mir Bilder von der Verleihung des Nobelpreises und von Treffen mit hohen Staatsmännern und -frauen – Präsidenten, Bundeskanzler, die Queen – durch den Kopf. Und wieder regt sich in mir Widerstand dagegen, die Sache zu emotional zu betrachten.

Bleib ruhig, Jenny. Wirklich. Nicht nochmal so einen Fehler machen.

Eigentlich wäre es besser, jetzt ins Bett zu gehen und morgen weiterzumachen. Ich merke, wie mein Körper mir etliche Signale dafür gibt, dass ich eine Pause brauche. Ans Bett will ich jetzt trotzdem nicht denken. Meine Gefühle kochen viel zu hoch, ich bin viel zu aufgeregt.

Ich schaue mir die weiteren Punkte meiner To-do-Liste an: Recherche zum Meteoritenabsturz und Geheimhaltung.

Okay.

Den ersten Punkt kann ich heute noch erledigen. Und über den zweiten werde ich mir auf dem Heimweg Gedanken machen.

Ich packe meine Proben und die Notizzettel, auf denen ich die Testergebnisse dokumentiert habe, sicher weg und starte meinen Laptop.

Ungeduldig tippe ich auf der Tischplatte herum, während der Rechner hochfährt. Ich vertippe mich zweimal beim Eingeben des Passworts und ermahne mich wieder, ruhig zu bleiben.

Ich muss vorsichtig sein. Deshalb gehe ich nicht über den normalen Browser ins Netz, sondern über einen privaten. Als Suchmaschine wähle ich nicht den allseits bekannten Internetgiganten aus, sondern eine Non-Profit-Organisation. Bevor ich meine Suchanfrage eingebe, durchwühle ich die Einstellungen des Browsers, ob ich irgendwie dafür sorgen kann, noch ein Stück geheimer und anonymer unterwegs zu sein.

Zwei Minuten später gebe ich in das Suchfeld der Maschine die Schlagworte »Meteorit Yukon« ein und drücke die »Enter«-Taste.

Eine Weile sehe ich ein Symbol, das anzeigt, dass der Browser lädt. Dann zeigt er mir aber eine Fehlermeldung: »Keine Internetverbindung«.

Ich runzele die Stirn. Ausgerechnet jetzt kommt mir die Technik in die Quere. Ich schiele in den unteren rechten Bereich des Bildschirms, wo mir ein anderes Symbol anzeigen sollte, dass ich eine Verbindung zum Internet habe.

Doch es ist mit einem roten Strich durchzogen.

Ich klicke darauf, um mir die Liste der verfügbaren Netzwerke anzeigen zu lassen. Vielleicht hilft es ja, den Computer vom Netz zu trennen und die Verbindung wieder herzustellen. Doch die Liste zeigt keine verfügbaren Netzwerke an, in die ich mich einloggen oder von denen ich mich trennen könnte.

Ich gehe zum Eingangsbereich der Praxis. Dr. Varneaux hatte erwähnt, dass der Router hinter der Empfangstheke liegt und manchmal Probleme macht. Man müsse ihn dann neu starten.

Ich finde den Router und starte ihn neu. Während ich darauf warte, dass sich das Gerät wieder einwählt, vergehen zwei Minuten.

Doch es passiert nichts.

Der Router bekommt keine Verbindung, die Lämpchen an dem Gerät bleiben aus.

Ich ziehe mein Handy aus der Tasche und aktiviere die mobilen Daten. Das könnte mich ein Vermögen kosten, ich bin mir über die Modalitäten meines Vertrages nicht sicher. Im Moment ist mir das aber egal. Wenn sich meine Ergebnisse bewahrheiten, werde ich nie wieder Geldsorgen haben.

Auch das Handy loggt sich nicht ins Internet ein. Schlimmer noch: Es hat gar keinen Empfang, weder mobile Daten noch fürs bloße Telefonieren.

Eine Befürchtung regt sich in meinem Inneren. Ich hole schnell meine Jacke und renne zum Ausgang – ich muss zur Polizeistation.

Draußen tobt der Sturm.

Als ich vor die Tür der Praxis trete, packt mich der eisige Wind und schlägt mir die ganze Wucht der schneidenden Kälte, die er mit sich trägt, ins Gesicht. Nach nur zwei Schritten beginne ich zu frieren.

Schnell eile ich über die Straße zur Polizeiwache. Es sind nur dreißig Meter, wenn überhaupt, und trotzdem rutsche ich auf der kurzen Strecke zweimal aus und lege mich beinahe hin. Der Sturm hat nicht nur Wind und Kälte mit sich gebracht. Es liegt auch neuer Schnee, der die mühsam mit dem Schneepflug freigeschaufelte Straße zu einer glatten Fläche macht.

Ich drücke die Tür der Polizeistation auf und schlüpfe ins Warme.

Erleichtert atme ich durch und streife meine Kapuze vom Kopf.

»Dr. Meier«, höre ich eine vertraute Stimme. Ich sehe Sergeant Nadiquak auf mich zukommen. Er hält einen großen Kaffeebecher in der Hand. Krater unter seinen Augen zeugen von zu wenig Schlaf. »Sie sind also auch noch wach«, seufzt er. »Was kann ich für Sie tun?«

»Ähm«, stammele ich. Ich sehe mich um. Die Polizistin, die am Empfang sitzt, wirkt unbeteiligt und desinteressiert. Das heißt aber nichts. »Hätten Sie vielleicht ein paar Minuten unter vier Augen für mich, Sergeant?«

Nadiquak schaut auf seine Armbanduhr.

»Es dauert wirklich nicht lange«, schiebe ich schnell hinterher. »Bitte … oder könnten Sie mir sagen, ob ich bei Ihnen ins Internet kann? Drüben in der Praxis scheint was mit dem Netz nicht zu stimmen.«

Er schüttelt den Kopf und hebt abwehrend die Hand. »Tut mir leid, aber da muss ich sie enttäuschen.« Er streicht sich durchs Haar. Die Geste wirkt fahrig, erschöpft. »Das ist der Grund, warum ich noch hier bin. In der ganzen Stadt ist die komplette Telekommunikation zusammengebrochen. Internet, Handys, Festnetztelefone, nichts funktioniert mehr. Nur noch unser Satellitenfunk.«

Also hat sich meine Befürchtung bewahrheitet. Grizzly Creek ist fast gänzlich von der Außenwelt abgeschnitten.

Ich stöhne und reibe mir die Augen. Kaum auszuhalten, wie in dieser beschissenen Kleinstadt immer alles auf einmal kommt.

»Tut mir leid«, wiederholt Nadiquak. »Der Sturm muss irgendwo auf dem Weg in die Zivilisation einen Telefonmast umgelegt haben.«

»Haben Sie irgendeine Ahnung, wie lange Internet und Telefone ausfallen werden?«

»Keine Ahnung. Von hier aus können wir nichts machen. Ich versuche die ganze Zeit schon, über Funk die Nationalpolizei in Whitehorse zu erreichen, damit die jemanden losschicken. Aber bei dem Sturm und der Entfernung wäre es ein Wunder, wenn das Signal bis dorthin durchkommt.« Er zuckt mit den Schultern. »Solange sind wir hier auf uns gestellt.«

Ich lasse mich auf einen der harten Plastiksessel im Wartebereich sinken.

»Was ist denn so wichtig, wenn ich fragen darf?« Nadiquak hat mir meine Verzweiflung angemerkt.

»Das ist der zweite Grund, warum ich hier bin«, sage ich. »Aber wie gesagt: Das würde ich Ihnen lieber unter vier Augen erzählen.«

106

Mir fällt auf, dass mich die Polizistin am Schalter genervt anschaut. »Ist nicht böse gemeint«, füge ich in ihre Richtung hinzu. Sie zeigt mit keiner Miene, dass die Entschuldigung bei ihr ankommt.

Nadiquak zögert noch immer. Dann gibt er sich einen Ruck. »Na gut«, sagt er. Er dreht sich um und setzt sich in Bewegung. »Kommen Sie.«

Ich folge ihm in sein Büro. In der Ecke steht eine Sitzgarnitur aus einer gemütlichen Couch, einem noch gemütlicher aussehenden Sessel sowie einem Kaffeetisch dazwischen. In einem Bücherregal sind eine Menge nationale, territoriale und kommunale Gesetzbücher untergebracht, die nicht so wirken, als würden sie häufig aufgeschlagen.

Nadiquak nimmt hinter einem massiven, sehr aufgeräumten Schreibtisch Platz. Bis auf einen Monitor, eine Unterlage, einige Papiere und zwei Fotos findet sich darauf nichts. Das eine zeigt den Sergeant in Anglermontur mit einem dicken Hecht im Arm, auf dem anderen steht er mit seiner Tochter, die ich vom Bahnhof kenne.

Mir fällt auf, dass keine Ehefrau zu sehen ist.

»Bitte«, sagt Nadiquak und deutet auf einen Stuhl vor dem Schreibtisch.

»Also, Dr. Meier«, sagt der Sergeant. »Raus mit der Sprache. Was ist so dringend, dass sie es mir um elf Uhr nachts noch mitteilen müssen?«

Ich setze mich an die Kante des Stuhls, der weniger gemütlich ist, als der von Nadiquak aussieht. Mir wird siedend heiß bewusst, dass ich meine Gedanken hätte ordnen sollen, bevor ich hierhergekommen bin.

Dazu ist es jetzt zu spät. Trotzdem lege ich mir in Gedanken ein paar Stichworte zurecht, um meine Geschichte schlüssig und logisch wiederzugeben. Diese Vorgehensweise habe ich in unzähligen Seminaren an der Uni geübt – oh Studium, warst du doch zu etwas nütze!

»Nun«, gebe ich mir einen Ruck, »ich muss mein Ergebnis noch kontrollieren, aber ich glaube, dass ich einen ersten Fortschritt bei meiner Forschung gemacht habe. Einen ersten, aber *entscheidenden* Fortschritt.«

Nadiquak nickt. »Das freut mich, Dr. Meier, aber ich sehe nicht, was mich das so spät am Abend noch etwas angeht. Sollten Sie damit nicht zuerst mit Ihrem Kollegen sprechen?«

»Theoretisch schon.« Ich nicke. »Wenn er sich die letzten Tage mal bei der Arbeit hätte sehen lassen oder wenn die Telefone nicht ausgefallen wären, wäre das sicherlich meine erste Option gewesen.«

Ich versuche, nicht allzu verbittert zu klingen … und mir nicht anmerken zu lassen, dass ich dem Polizeichef eine glatte Lüge auftische. Dem Polizeichef ausgerechnet *der* Stadt, die mich in nächster Zeit – möglicherweise in den nächsten *Monaten* – gezwungenermaßen beherbergen wird.

Denn natürlich hätte ich selbst dann nicht daran gedacht, zuerst Anderson einzuweihen, wenn er direkt *neben* mir gestanden hätte. Nicht nach all den sarkastischen Bemerkungen über den Knick, den meine Karriere eingeschlagen hat.

»Bevor ich weiterspreche, Sergeant, würden Sie mir eine Frage beantworten?«

Er seufzt. Nein, er stöhnt. Das alles scheint ihm viel zu lange zu dauern.

»Na gut«, sagt er. »Wenn ich Ihre Frage beantworten kann, will ich das natürlich versuchen.«

Cool bleiben, denke ich. Was ich ihm zu sagen habe, wird sich schon für ihn lohnen.

»Ist Ihnen etwas über einen Meteoriteneinschlag in der Geschichte des Yukon bekannt?«

»Ein Meteoriteneinschlag?« Er klingt aufrichtig verwundert, aber ich sehe ihm auch an, dass ich seine Neugier geweckt habe. »Spontan wüsste ich darüber nichts, tut mir leid. Aber warum ist das wichtig?«

»Nun, es ist so … meine Arbeit hat was Seltsames ergeben. Zuerst konnte ich Dr. Varneaux Bakterien vom Waldsee nicht einordnen. Egal, was ich versucht habe, meine Tests ergaben kein Ergebnis – bei einem doppelten Durchlauf der Testreihe. Das bedeutet, dass es keinerlei Hinweise auf eine Verwandtschaft oder eine genetische Ähnlichkeit der neuen Art zu einer bereits bekannten Bakterie gibt.«

»Aber ist das denn so ungewöhnlich? Ich meine, wir sprechen doch von einer neuen Art.«

»Das schon. Es werden jeden Tag neue Arten von Bakterien oder auch von Viren und Insekten entdeckt und beschrieben, das ist nichts Ungewöhnliches. Dennoch sollte eine neue Art im Normalfall irgendeine Verwandtschaft zu bereits bekannten Arten aufweisen. Schließlich fallen auch neue Bakterienarten nicht vom Himmel, sondern sind Glieder einer langen Evolutionskette.«

»Ich verstehe. Aber Sie sagten, Sie hätten mittlerweile ein Ergebnis. Scheinbar hat sich das Problem also gelöst?«

»In gewisser Weise ja. Ich weiß, warum meine Testreihen keinerlei Ergebnisse gebracht haben. Das wiederum stellt mich – und ich fürchte auch Sie – vor ein ganz neues Problem.«

»Inwiefern?« Er sieht mich ernst an. »Was haben Sie herausgefunden, Dr. Meier?«, fragt er.

Ich wage kaum, es auszusprechen.

Was ich Nadiquak jetzt sagen werde, könnte das Leben in Grizzly Creek völlig umdrehen. Himmel, es ist möglich, dass hier bald nichts mehr so ist, wie es einmal war.

»Die Lösung ist, dass die Bakterienart nicht – wie jede andere bekannte – auf Kohlenstoffverbindungen basiert, sondern auf Silicium-Verbindungen.«

Ich lege eine Kunstpause ein.

»Das müssen Sie mir erklären.«

»Jedes bekannte Leben auf der Erde besteht aus Kohlenstoffverbindungen. Auf der Erde ist es völlig unmöglich, dass es nicht so ist. Wann auch immer wir von etwas Organischem sprechen, meinen wir mal mehr, mal weniger komplexe Kohlenstoff-Wasserstoff-Mischmasche.«

»Das bedeutet also, dass es die Bakterien, die Doc Varneaux draußen am See gefunden hat, gar nicht gibt?«

»Nein.«

Oh Mann.

Nadiquak macht es mir beileibe nicht einfach.

»Nein, das bedeutet es nicht«, wiederhole ich. »Die Bakterien gibt es. Ich habe sie analysiert. Sie sind definitiv organisch, und sie sind definitiv nicht aus Kohlenstoff. Sie bestehen aus Silicium-Wasserstoff-Verbindungen. Relativ langkettig, aber im Vergleich mit anderem Leben nicht allzu komplex.«

»Nun rücken Sie aber raus mit der Sprache! Leben die Bakterien oder leben sie nicht?«

»Sie sind tot. Aber sie haben mal gelebt, und zwar eindeutig. Nein, Sergeant, das Problem ist, dass sich die Bakterien auf keinen Fall auf der Erde entwickelt haben können.«

Sergeant Nadiquak schweigt, während er mir tief in die Augen schaut.

»Sagen Sie mir gerade, wovon ich glaube, dass Sie es mir sagen?«

»Ja«, antworte ich. »Die Bakterien sind außerirdisch. Herzlichen Glückwunsch, Sergeant: In Ihrer Stadt wurde der erste Beweis für außerirdisches Leben gefunden.«

Wir beobachten uns gegenseitig. Scheinbar wartet er auf ein Anzeichen von Unsicherheit, vielleicht von Humor. Das kann ich ihm nicht verdenken. Ich würde wahrscheinlich genauso reagieren.

Mit Unglauben.

Und der Annahme, ich würde verarscht.

Aber es ist nichts da, was er finden kann. Ich lüge nicht. Ich verarsche ihn nicht. Und ich bin mir meiner Sache sicher.

Es dauert eine ganze Weile, bis er sich räuspert.

»Es ist bedauerlich, dass die Telefone nicht funktionieren«, sagt Nadiquak.

Ich rätsele noch, wie er das meint, da spricht er weiter: »Sonst würde ich nämlich sofort Ihre Vorgesetzten in Vancouver anrufen und darum bitten, mir eine echte Wissenschaftlerin zu schicken, wenn ich schon zwei weitere Leute durch den Winter bringen muss.«

Bitte was?

Ich kann nicht glauben, dass er das gesagt hat.

»Hören Sie genau zu«, fordert Nadiquak und steht auf. Mit seiner ganzen Größe baut er sich vor mir auf und schaut auf mich herab. »Ich warne Sie nur einmal und werde mich nicht wiederholen: Wie auch immer Sie auf diesen Quatsch mit den Außerirdischen gekommen sind, Dr. Meier, Sie werden außerhalb dieses Büros kein Wort darüber verlieren. Haben wir uns verstanden?«

Ich bin platt. Was soll ich dazu sagen?

»Ich habe gefragt, ob wir uns verstanden haben?« Das kommt mit Nachdruck.

»Aber …«, wende ich ein, doch Nadiquak unterbricht mich.

»Kein Aber«, sagt er, »ich kann in der jetzigen Situation keinen solchen Blödsinn gebrauchen. Mir ist egal, ob Sie sich die Geschichte nur ausgedacht haben oder ob Sie den Blödsinn tatsächlich glauben. Mir kommt es darauf an, dass ich bei den erhitzten Gemütern, die wir gerade in Grizzly Creek haben, nicht noch mehr Angst brauche.«

Er atmet schwer ein und aus. Es kostet ihn Mühe, ruhig zu bleiben.

Auf einmal möchte ich nur noch hier raus. Raus aus dem Büro, verdammt nochmal, raus aus dieser beschissenen Kleinstadt.

»Wenn Ihnen Menschenleben auch nur irgendwas bedeuten, dann halten Sie Ihre Klappe, und zwar mindestens, bis der Schnee taut, haben Sie mich verstanden? Die Leute könnten den Mist nämlich glauben, verstehen Sie?«

»Entschuldigen Sie, aber …«, starte ich einen neuen Versuch.

»*Halten! Sie! Die! Klappe!*«

Ich bin still.

»Dr. Meier, das war keine Bitte, sondern ein Befehl. Ich weiß, dass ich damit meine Befugnisse überschreite, aber angesichts der Lage der Stadt ordne ich Ihnen hiermit an, kein Sterbenswort über die Sache zu verlieren, nicht hier, nicht im Labor, nicht in dieser Stadt. Sollte ich mitbekommen, dass sie in den nächsten Monaten das Wort ‚außerirdisch' auch nur denken, werde ich Sie verhaften und bis zur Schneeschmelze in Gewahrsam halten.«

Er schaut mich mit Nachdruck an. Starrt mir direkt in die Augen.

»Das ist keine leere Drohung, Dr. Meier«, sagt er. Er spricht jetzt ganz leise und betont. »Ich werde irgendeinen Vorwand finden. Sie können mich ja verklagen, sobald Sie mit Ihrem Handy einen Anwalt erreichen.«

Er steht auf.

»Und jetzt raus aus meinem Büro.«

Ich bin zu baff, um zu reagieren.

»*Raus!*«, brüllt er mich an und hebt eine Hand.

Ich zucke zusammen. Diese Geste in Verbindung mit verbalen Wutausbrüchen kenne ich von Tobi.

Nadiquak will mich aber nicht schlagen. Er hebt seine Hand, um seinen Worten gestisch Nachdruck zu verleihen und mir den Weg nach draußen zu zeigen.

Ich stehe auf und gehe. Auf dem Weg nach draußen drehe ich mich nochmal um.

»Sie machen einen Fehler, Sergeant.«

KAPITEL 8

Seitdem ich in Grizzly Creek bin, war ich mehr als einmal niedergeschlagen oder verängstigt. Nach meinem Gespräch mit Sergeant Nadiquak kämpfe ich mich durch die nächtlichen Straßen und den Sturm, der durch sie hindurchfegt, nach Hause und fühle neben der eisigen Kälte nur Schwärze und tiefste, dunkelste Hoffnungslosigkeit.

Als ich mich das letzte Mal so mies gefühlt habe, berichtete ich Tobi, dass ich ihn verlassen werde. Damals habe ich gewusst, dass er einen seiner Wutausbrüche bekommen würde. Heute habe ich eine bahnbrechende Entdeckung gemacht, befürchte aber, dass mir niemand glauben wird, wenn ich davon erzähle.

Schlimmer noch: In den nächsten Monaten bin ich in diesem Nest eingesperrt und habe von der höchsten Instanz unter Androhung einer Strafe angeordnet bekommen, kein Wort über meine Ergebnisse zu verlieren.

Kurz sympathisiere ich mit dem Gedanken, den Notfall-Hubschrauber zu kapern und nach Whitehorse zurückzukehren.

Der Plan scheitert daran, dass ich einen Helikopter nicht fliegen kann. Es ist trotzdem schön, diese Möglichkeit der Flucht kurz in Erwägung zu ziehen.

Eine Sturmböe kommt mir entgegen und ich muss mich dagegenstemmen, um nicht hintenüber zu fallen. Mit der Böe weht mir eisige Luft und eine Menge Schnee ins Gesicht. Ich schütze es mit der Hand und warte, dass der Sturm nachlässt.

Dann stapfe ich weiter durch den Schnee.

Ich habe es nicht mehr weit, vielleicht 500 Meter. In der Ferne kann ich sehen, dass Dr. Anderson noch wach ist. Zumindest brennt in seiner Wohnung Licht.

Kurz überlege ich, doch zu ihm zu gehen und ihm von meiner Entdeckung zu erzählen. Bin ich so verzweifelt? Bisher habe ich geglaubt, in Sergeant Nadiquak einen Verbündeten zu haben. Der Polizeichef ist mir gegenüber immer freundlich und zuvorkommend gewesen.

Nein, das kommt nicht infrage. Anderson ist mein letzter Ausweg, und das wird er bleiben. Wer weiß schließlich, wen ich in den nächsten Tagen noch in der Stadt treffe.

Ich ziehe Rotz in der Nase hoch. Das ist ein Fehler, denn dadurch ziehe ich auch eine Menge kalter Luft mit ein.

Tränen schießen mir in die Augen und ich bleibe einen Moment lang stehen. Sofort trockne ich mir mit den Handschuhen die Wangen ab, bevor meine Tränen gefrieren können.

Dieses verdammte Drecknest ist einfach zu kalt.

Einen Moment lang packen mich meine alten Verhaltensweisen. Ich möchte hier einfach stehenbleiben und in Selbstmitleid versinken. Möchte nicht weitergehen, kann nicht weitergehen, möchte am liebsten nach Hause … nach *Bremen*, nicht in die Ferienwohnung, in die mich der Winter zwangseinquartiert hat.

Ich will nicht weiter.

Ich kann nicht weiter.

Ich möchte alles hinschmeißen.

Aber mir bleibt nichts anderes übrig, als weiterzumachen. Diese Unfähigkeit, aufzugeben, übermannt mich kurz und lässt mich beinahe in der Kälte der stürmischen Nacht zusammenbrechen.

Hinter mir höre ich ein Knacken.

Der Weg zum Ferienhaus führt am Stadtrand zwischen den Gärten hindurch und schließlich in den Wald.

Aus ebendiesem Wald kam das Geräusch eines abknickenden Astes.

Es ist dasselbe Geräusch, das ich die Tage schon einmal gehört habe – kurz bevor mir jemand einen abgetrennten Rehkopf in den Garten geworfen hat.

Adrenalin schießt mir durch die Adern. Auf meine Stirn tritt kalter Schweiß. Meine Sinne schärfen sich. Reflexe, die Jahrhunderte und Jahrtausende der Evolution nicht aus dem menschlichen Körper herausentwickeln konnten.

Unwillkürlich spanne ich meine Muskeln an. Ich möchte losrennen und nicht zurückschauen. Ein uralter Fluchtreflex ergreift mich, der Reflex eines Steinzeitmenschen, der vor einem Fressfeind davonkommen muss.

Mit Mühe kämpfe ich den Impuls nieder. Der Autofahrer kommt mir in den Sinn, viel zu schnell und viel zu nahe, der mir den Mittelfinger ausstreckt, nachdem er mir einen Schrecken eingejagt hat. Was mich beobachtet, muss kein Monster sein. Ich weiß mit Sicherheit, dass sich jemand Scherze mit mir erlaubt. Mir Angst machen will.

Und ich habe nicht vor, es ihm länger zu erlauben.

Ich drehe mich auf der Stelle im Kreis, lasse meinen Blick dabei über die Bäume und Büsche am Waldrand wandern.

Ich finde nichts.

Deine Einbildung spielt dir Streiche, beruhige ich mich. *Da ist nichts.*

Ich setze an, weiterzugehen, nach Hause. Es sind nur noch ein paar hundert Meter.

Plötzlich ertönt hinter mir ein Schnauben. Es klingt unmenschlich, unirdisch, wie mehrere Stimmen übereinander, die schreien und sich zur kakophonischen Erregung eines Jägers zusammentun.

Der Fluchtimpuls ergreift die Kontrolle über mich. Mein Verstand ist nicht stark genug, um gegen Millionen Jahre Instinkt anzukommen.

Ich spurte los.

Der Sturm peitscht mir ins Gesicht, ganz so, als wollte er meinem Verfolger helfen, indem er mich aufhält. Ich kämpfe gegen den Drang an, mich umzudrehen. Zu gefährlich ist der rutschige Weg, der frisch gefallene Schnee bietet mir wenig Halt. Ich weiß nicht, wer oder was mich verfolgt, aber ich habe nicht vor, es ihm zu erleichtern, indem ich mich hinpacke.

Das Schnauben will mir nicht aus dem Kopf gehen. Ich meine, es hinter mir zu hören, versteckt in jedem Knirschen, das meine Schritte im Schnee verursachen; glaube, es in jedem keuchenden Atemzug zu hören, den ich ein- und wieder aushechele.

Das Schnauben klang überirdisch. Außerweltlich. Kein irdisches Wesen erzeugt solche Geräusche. Kein irdisches Wesen bringt mit nur einem Paar Stimmbändern ein solch kehliges, mehrstimmiges Hecheln zustande.

Der Gedanke feuert mich an; ich renne und renne. Schier endlos scheint mir meine Flucht, nur langsam sehe ich die Lichter aus Andersons Wohnung auf mich zukommen.

In der Tasche meiner Jacke krame ich nach meinem Schlüssel und bekomme ihn zu fassen. Jetzt muss ich nur noch den richtigen finden, bis ich beim Haus ankomme. Am besten, ohne den Bund fallen zu lassen.

Ich bin kein sportlicher Mensch und schon lange nicht mehr so weit und so schnell gerannt. Völlig außer Atem komme ich beim Haus an und biege in die Einfahrt ein.

Beim Abbiegen bekomme ich die Gelegenheit, einen kurzen Blick nach hinten zu werfen, und sehe … ein Ding.

Ich kann seine Konturen nicht ausmachen, kein genaues Bild erfassen. Das Wesen bewegt sich so nah am Waldrand, dass ich seine flinken Bewegungen sehen kann, aber nicht, wie es aussieht.

Ich erkenne aber ein metallisch schillerndes Glimmen, wo Haut sein sollte, eine Mischung aus menschlicher Haut und Metallic-Lackierung.

Sieht so ein Wesen aus, das sich auf Silicium-Basis entwickelt hat?

Blöde Kuh, schreie ich mich in Gedanken an. So sieht ein Mensch aus, der sich verkleidet hat, um dir Angst einzujagen!

Ich komme an der Tür an und stecke den Schlüssel in das Schloss. Vor Aufregung, Angst und Erschöpfung zittern meine Finger. Erst nach Sekunden treffe ich das Schlüsselloch. Hoffend, dass nichts schiefgeht, nichts klemmt, sich bei der Scheißkälte nichts verzogen hat, drehe ich den Schlüssel um.

Die Tür öffnet sich.

Gott sei Dank!

Ich hetze in den Hausflur und drehe mich um, schaue raus, will nur einen kurzen Blick auf meinen Verfolger erhaschen, bevor ich die Tür zuschlage. Ich sehe … nichts.

Wer oder was mich verfolgt hat, ist verschwunden. Trotzdem schlage ich die Tür zu, um schweres, massives Holz mit Metallornamenten zwischen mich und die Welt da draußen zu bringen.

Ich lehne meine Stirn gegen die Tür und schließe die Augen. So fühlt es sich also an, um sein Leben zu rennen.

Diese Erfahrung ist neu für mich.

Ich bleibe einen Moment lang so stehen, wie ich reingekommen bin, zur geschlossenen Tür gewandt, daran angelehnt, schwer atmend. Trotz der Kälte bin ich ins Schwitzen geraten, eine Mischung aus natürlichem und Angstschweiß.

Mein Körper verlangt nach meinem Bett. Stattdessen bleibe ich einfach stehen. Ich will die Ruhe hier drinnen genießen. Die Sicherheit des Hauses. Und seine Wärme.

Der Moment des Friedens währt nicht lange.

Ich schrecke zusammen, als mich etwas an der Schulter packt.

Mein Schrei ist laut und durchdringt das ganze Haus.

»Ruhig«, sagt eine mir bekannte Stimme. »Ich bin's nur.«

Ich drehe mich um und sehe Anderson.

Mein Puls beruhigt sich nur langsam, aber ich bekomme mich wieder unter Kontrolle.

»Oh mein Gott«, stammele ich. »Sie sind es.«

»Wer sollte es denn sonst sein?« Er nuschelt beim Sprechen. In seinem Atem rieche ich Alkohol.

»Ich … ich weiß nicht. Ich dachte, ich hätte draußen etwas gesehen.«

Ich habe *wirklich* keine Lust, ihm von dem Wesen zu erzählen.

»Muss Sie ja richtig erschreckt haben, so nassgeschwitzt, wie Sie sind.«

»Äh, ja. Ziemlich.«

Er zieht die Augenbrauen zusammen. »Sieht Ihnen gar nicht ähnlich, sich von irgendwem erschrecken zu lassen.« Ein Grinsen umspielt seine Lippen. Offensichtlich hat er sich im Suff gehen lassen und ist nur noch bedingt Herr seiner Sinne.

Ich atme tief durch. »Hätten Sie gesehen, was ich gesehen habe, wären Sie auch etwas zittrig«, bringe ich hervor.

Nun wirkt Anderson wacher. Er sieht mich mit durchdringendem Blick an. Ist er wirklich betrunken? Oder spielt er mir etwas vor?

Einen Moment lang hält er den Blick. Dann wendet er sich ab. »Was ich Sie noch fragen wollte«, lallt er.

Ich horche auf Anzeichen, dass er den Suff vortäuscht. Wenn das der Fall ist, ist er ein verdammt guter Schauspieler.

»Sie sind doch wohl nicht immer noch mit den Vorbereitungen beschäftigt«, nuschelt er. »Wollen den Ruhm wohl für sich, wie?« Das Grinsen auf seinen Lippen wird breiter. »Kann ich Ihnen nicht verdenken. Hatte ich genauso vor.«

Er dreht sich zur Tür seiner Wohnung um. »Haben Sie Lust, reinzukommen? Sie könnten mir bei einem Drink erzählen, was Sie herausgefunden haben.« Er bekommt einen Schluckauf. Sein Grinsen wird jetzt breiter. »Vielleicht wollen Sie sich ja auch Ihrer nassen Klamotten entledigen.«

Mir wird schlecht.

Oh! Mein! Gott!

Das ist nicht sein Ernst.

Bleib ruhig, sage ich mir. Er ist wohl doch besoffen, und es besteht die Chance, dass ihm morgen früh peinlich sein wird, was er eben gesagt hat. Das macht es nicht besser, aber erträglicher für mich. Ich hoffe, dass seine Reue morgen von einem massiven Kater begleitet wird.

»Das halte ich für keine gute Idee, Dr. Anderson.«

Er zuckt mit den Schultern. »Wie Sie meinen.« Er lehnt sich an den Türrahmen – nicht lasziv, sondern um sich abzustützen. »Tut mir leid. War nur so ein Gedanke.«

Er stößt auf.

»Sie sollten mir trotzdem erzählen, was Sie herausgefunden haben, finde ich.«

Ja, das fürchte ich leider auch. Jetzt, da er mich darauf anspricht, führt wohl kein Weg mehr daran vorbei. Wenn ich ihm jetzt nicht die Wahrheit sage, muss ich ihn anlügen. Damit würde ich mein eigenes Grab schaufeln, sollte es jemals herauskommen.

»Schon«, antworte ich. »Aber ich glaube, wir sollten damit bis morgen warten. Sie sind ziemlich betrunken, Dr. Anderson.«

Ich wende mich zur Treppe, um in meine Wohnung hochzugehen.

»Dr. Meier«, ruft mir Anderson hinterher.

Ich bleibe auf der Treppe stehen und drehe mich zu ihm um.

»Ja?«

Anderson schaut mich nun ernst an. Er lehnt nicht mehr an der Tür, sondern steht breitbeinig im Flur und hat die Arme verschränkt. Sein Blick ist so durchdringend wie immer.

»Sie sagen mir besser jetzt, was Sie herausgefunden haben, oder ich sorge dafür, dass Sie nie wieder einen Job im akademischen Bereich bekommen.«

Anderson ist wieder ganz der Typ, für den ich ihn halte. Der Typ, der auch seine Mutter verraten würde, damit sein Name auf einem wichtigen Artikel steht.

Ich sehe ihm direkt in die Augen und halte den Blickkontakt.

»Ich kann die Bakterien nicht einordnen. Sie passen zu keiner bisher bekannten Art, als gäbe es keinerlei Verwandtschaft«, sage ich. Das ist nicht die ganze Wahrheit, aber auch nicht gelogen. Wenigstens verschaffe ich mir so ein bisschen Bedenkzeit.

Anderson sieht fassungslos aus. »Was?«, fragt er. »Das können Sie doch nicht ernst meinen. Dr. Meier, Sie arbeiten seit *Tagen* daran und haben *immer noch keine* Fortschritte gemacht?«

»Es ist so. Ich habe die Bakterien analysiert, bin die Algorithmen mehrmals durchgegangen.« Ich muss wohl wagen, einen Schritt weiterzugehen. »Es ist fast so, als hätte Dr. Varneaux nicht nur eine neue *Art*, sondern eine gänzlich neue *Gattung* entdeckt.«

Fassungslos schaut Anderson mich an. Ich merke, wie er in meiner Mimik nach Anzeichen von Humor sucht.

Nun friss doch, was ich dir hinlege, feuere ich ihn innerlich an.

Er lacht laut auf, schallend bricht sein Gelächter über das nächtliche Haus herein. Ich bin hin- und hergerissen. Einerseits zeigt er mir einmal mehr, was für ein riesiges Arschloch er ist, indem er mich so schallend auslacht. Andererseits scheint er meinen Köder zu fressen.

Brav, denke ich.

Er braucht einige Sekunden, bis er wieder reden kann. »Dr. Meier …
es ist Ihr Glück, dass ich Sie nicht von hier verschwinden lassen kann.
Ansonsten hätte ich jetzt in Vancouver angerufen und um Ersatz
gebeten«, sagt er.

Das höre ich heute nicht zum ersten Mal. Langsam wird es albern,
finde ich.

»Oh Mann, Dr. Meier. Sie sollten es sich nochmal mit der
Wissenschaft überlegen.«

Immer noch lachend dreht er sich um und schließt hinter sich die Tür.
Sofort bricht das Lachen ab.

Damit bestätigt Anderson einen Eindruck, den ich eben hatte: Er
wollte mir nur weismachen, dass er lächerlich findet, was ich sage. Seine
Augen sahen aber bierernst aus und wirkten sorgenvoll.

Ist er etwa zu ähnlichen Schlüssen gekommen wie ich und sorgt sich
nun, dass ich schneller sein könnte?

Ich drehe mich um, gehe hoch in meine Wohnung und überlege
dabei, ob ich mir über Andersons Miene sicher bin.

Ja, bin ich, merke ich. Seine Augen, sein Mund und das abrupt
stoppende Lachen waren eindeutig.

Anderson wollte mich *glauben* lassen, dass er mich nicht ernst nimmt.
In Wahrheit findet er aber interessant, vermutlich sogar
besorgniserregend, was ich ihm erzählt habe.

Das stellt mich vor eine ganze Reihe weiterer Probleme.

KAPITEL 9

Am nächsten Morgen sitze ich ratlos am Frühstückstisch und überlege, was ich tun kann. Ich bin mir nicht sicher, ob Sergeant Nadiquaks Drohung einschließt, dass ich nicht weiter an den Bakterien arbeiten soll, oder ob er nur nicht möchte, dass ich darüber rede.

Sehr sicher bin ich mir hingegen darin, dass Anderson sich *heute* im Labor sehen lassen wird. Mir geht nicht aus dem Kopf, wie er mich gestern angeschaut hat, während er mich auslachte.

Damit ist für mich klar, dass ich heute auf keinen Fall in die Praxis gehe. Ich will nicht riskieren, dass Nadiquak mich für den Rest meines Aufenthalts in Grizzly Creek einlocht. Ob er so weit gehen würde, weiß ich nicht, aber die Drohung steht im Raum. Außerdem möchte ich Anderson nicht im Labor begegnen.

Ich überlege, was ich stattdessen tun könnte.

Aufgeben und alles hinschmeißen? Soll Anderson doch seine Tests machen, dasselbe herausfinden wie ich und selbst mit Nadiquak aneinandergeraten. Ich könnte in die Bibliothek gehen, mir einen Ausweis aushändigen lassen und mich mit ausreichend Büchern eindecken, um mir einen gemütlichen Winterurlaub am Ende der Welt zu machen.

Die Bibliothek, bleibe ich an dem Gedanken hängen.

Natürlich!

Bisher konnte mir niemand bestätigen oder widerlegen, dass in der Vergangenheit ein Meteorit im Gebiet um Grizzly Creek eingeschlagen ist. Das wäre ein Ansatzpunkt, den ich untersuchen könnte, ohne ins Labor zu gehen.

Eilig beende ich mein Frühstück und stelle das Geschirr in die Spüle. Während ich den Kaffee hinunterstürze, vermisse ich zum ersten Mal seit Jahren mein altes Ritual, zum Morgenkaffee die erste Zigarette des Tages zu rauchen. Ich habe vor Jahren damit aufgehört, Tobi hat es gehasst. Eines der wenigen guten Dinge, zu denen er mich getrieben hat.

Ich finde allerdings, dass ich hier in Grizzly Creek guten Grund habe, eine schlechte Angewohnheit wieder aufzunehmen. Auf dem Weg zur Bibliothek werde ich mir eine Packung Zigaretten kaufen.

Ich ziehe mich warm an und denke, dass ich mir vielleicht eine zweite Garnitur Winterklamotten besorgen sollte. Meine Jacke und meine Stiefel sind immer noch nass von gestern Nacht.

Diese Gedanken kommen mir, als ich in meiner Wohnung stehe und zum ersten Mal keinen Zeitdruck verspüre, seitdem ich hier bin. Ich habe Zeit, mich um mich selbst zu kümmern und ein paar Dinge für mich selbst zu erledigen.

Trotzdem spukt mir die ganze Zeit die seltsame Begegnung von letzter Nacht im Kopf herum. Ich bin mir nicht mehr sicher, was ich gesehen habe. Gestern wirkte das alles so echt. So gefährlich. So unmenschlich.

So monströs.

Heute Morgen, bei Tageslicht, weiß ich nicht mehr, ob meine Einbildung einfach rumgesponnen hat. Immerhin stand ich gestern den ganzen Tag im Labor und habe den Beweis für die Existenz außerirdischen Lebens erbracht.

Falls nicht: Was für ein Wesen ist mir da begegnet?

Ich schiebe die Gedanken beiseite. Es ist nicht die Zeit für Angst. Ich will jetzt los. Bibliothek. Auf dem Hinweg Zigaretten holen. Auf dem Rückweg eine zweite Reihe Winterklamotten kaufen. Dinge tun, die mein Leben in Grizzly Creek besser machen. Dinge, die *mich* weiterbringen.

Wenn ich in der Bibliothek etwas finden sollte, zum Beispiel Indizien dafür, wie außerirdische Archaeen in das nordwestliche Yukon-Territorium gekommen sein könnten – dann *muss* mir doch jemand zuhören!

Aber darum kann ich mich später kümmern, sollte ich tatsächlich etwas herausfinden. Erstmal brauche ich das Gefühl, etwas Sinnvolles zu tun, wenn ich schon nicht weiter an den Bakterien selbst arbeite.

Während ich darüber nachdenke, stiefele ich die Treppe herunter. Ich gehe aus dem Haus und werfe aus dem Augenwinkel einen kurzen Blick dorthin, wo ich gestern glaubte, das seltsame Wesen zu sehen.

Dort ist nichts außer Bäume und noch mehr Bäume und hier und da ein buschiger Strauch.

Ich laufe zum Waldrand. Kurz muss ich mich orientieren, dann finde ich die richtige Stelle. Hier durchsuche ich den Schnee nach Spuren.

Einfach ist das nicht, denn es schneit noch immer. Trotzdem finde ich neben einem Baumstamm einen Fleck, der ein Stück weit vorm Wetter geschützt ist.

Ich schaue ihn mir an und finde, was ich suche: einen Fußabdruck, irgendwie menschlich, aber mit seltsamen Auswülstungen.

Ich bin mir bewusst, dass das nichts zu heißen hat. Auch das ließe sich faken, wenn das Ganze ein elaborierter Plan wäre, um mir einen Schrecken einzujagen.

Trotzdem bin ich mir jetzt sicher, dass letzte Nacht etwas hier war. Etwas, das mich verfolgt und aus dem Waldrand heraus beobachtet hat.

Bevor meine Gedanken das verarbeiten und mir zu viel Angst machen können, laufe ich los. Ich setze einen Schritt vor den anderen und versuche, nicht daran zu denken, was mein Fund impliziert: dass ich auch hier, im Yukon-Territorium, an einem der entlegensten Flecken der Welt, einen Stalker habe.

Ich dränge diese Gedanken beiseite, während ich weiter einen Fuß vor den anderen setze, Schritt für Schritt, Meter für Meter. Trotzdem kommen die Gedanken immer wieder.

Der Weg in die Stadt ist entsprechend anstrengend. Nicht nur, dass ich mich ständig meinem wirbelnden Kopf erwehren muss, obendrein ist es kälter geworden. Es sind mittlerweile sicherlich minus 20 Grad Celsius.

Als ich im Stadtkern von Grizzly Creek ankomme, bin ich bis auf die Knochen durchgefroren, zittere und brauche erstmal einen heißen Kakao. Den hole ich mir in einem Café an der Hauptstraße, das praktischerweise direkt neben dem Tabakstore liegt, in dem ich mir Zigaretten kaufe.

Mit einer Kippe in der einen und meinem Kakao in der anderen Hand stiefele ich weiter.

Eine Viertelstunde später stehe ich vor der Bibliothek, die in einem zweistöckigen Gebäude untergebracht ist. Das rote Backsteinhaus ist größer als die meisten hier in der Stadt, trotzdem wirkt es für mich viel zu klein, um eine Bibliothek zu beherbergen.

Erst jetzt fällt mir ein Fehler in meinem Plan auf: Die Bibliothek wird kaum viele Fachbücher beherbergen. Was hier gebraucht wird, ist Trivialliteratur. Krimis, Liebesromane, Jugendbücher. Sowas werde ich hier in erster Linie finden. Dagegen habe ich prinzipiell nichts einzuwenden, schließlich werde ich einiges an Lesestoff benötigen, wenn ich bis Februar oder März in Grizzly Creek bleiben muss. Trotzdem ist Belletristik nicht das, wonach ich suche.

Ich trinke meinen Kakao aus und werfe den Becher in einen Mülleimer, der neben der Treppe zum Haupteingang postiert ist. Ein paarmal ziehe ich an meiner Zigarette, der zweiten, seitdem ich die Packung gekauft habe. Anschließend drücke ich sie am selben Mülleimer aus und betrete das Gebäude.

Ich glaube, dass alle Bibliotheken der Welt gleich riechen – dieser unverwechselbare Geruch von Büchern und Papier. Selbst hier, in Grizzly Creek, am Ende der Welt.

Ich betrete das Foyer und fühle mich direkt heimisch. Neugierig sehe ich mich um. Die Bibliothek scheint besser sortiert zu sein, als ich von außen vermutet habe. Meine Hoffnung steigt.

Es ist nicht viel los, ich sehe nur einen Menschen. Der sitzt hinter dem Tresen und ist vertieft in ein zerlesenes, dickes Taschenbuch, dessen Umschlag den Eindruck eines Klassikers macht.

Ich gehe zu dem Pult, hinter dem der Mitarbeiter sitzt und liest. Er trägt eine Brille mit dickem Rand und dicken Gläsern. Sein Haar ist schwarz, fängt aber an zu ergrauen. Ich bewundere seinen Kapuzenpulli mit einer Schrift in elfischen Buchstaben.

»Hallo«, sage ich mit gedämpfter Stimme.

Er schaut von seinem Buch auf, einem Lyrikband von Walt Whitman, und betrachtet mich eine Sekunde lang. Dann grunzt er etwas

Unverständliches und richtet seine Augen wieder auf die Seiten des Taschenbuches.

Das ist nicht gerade freundlich.

Ich versuche, mir nichts anmerken zu lassen. »Ähm«, sage ich, »könnten Sie mir behilflich sein?«

Er stöhnt demonstrativ auf und legt seinen Lyrikband beiseite.

»Worum geht es denn?«

»Haben Sie ein Archiv?«

»Nein.«

Nein?

Sollte eine Stadt wie Grizzly Creek nicht seine Geschichte hegen?

»Oder können Sie mir sagen, wo ich etwas zur Geschichte der Gegend hier herausfinden kann?«

»Heimatkunde, Gang drei.«

Er sieht mich an, als forderte er mich heraus, es zu wagen, noch eine Frage zu stellen.

Super, denke ich mir. *Noch ein Mensch in dieser Kackstadt, der mir feindlich gesinnt ist.*

»Danke«, murmele ich und gehe zu Gang drei.

Auf dem Weg kann ich das Gefühl nicht abstellen, dass mich der Bibliothekar beobachtet. Ich verschwinde zwischen zwei Regalen in Gang drei und versuche, beim Abbiegen einen Blick zurück zu erhaschen.

Tatsächlich sieht er mir nach. Ist das der Mann, von dem Dr. Varneaux die Tage gesprochen hat? Er wisse über die hiesigen Sagen und Legenden bescheid, hatte er mir verraten. Wie war doch gleich der Name?

Ich hoffe, dass ich in den Bücherregalen fündig werde. Große Lust, dem Mann fragen stellen zu müssen, spüre ich zumindest nicht.

Interessiert gehe ich durch die Heimatkunde-Abteilung. Mein Blick streift die Rücken der Wälzer und Editionen, die jemand fein säuberlich nach Jahr eingeordnet hat.

Doch bald macht sich Enttäuschung in mir breit. Ich bin den Gang mittlerweile zweimal rauf- und wieder runtergegangen, habe mir jeden der Buchrücken angeschaut. Nichts ist mir ins Auge gesprungen.

Den Großteil der Reihe macht eine vielbändige Enzyklopädie über das Yukon-Territorium aus. Die meisten Jahrgänge sind jüngeren Datums. Scheinbar verlegt jemand die Edition seit den 1980er-Jahren und updatet sie jährlich. Vor 1982 finde ich darunter aber nichts.

Weiter gibt es einige Bände über den Goldrausch am Klondike. Die Geschichte der Goldsucher, die binnen weniger Jahre massenhaft ins Land strömten, Städte gründeten, aber auch bald wieder gingen und so eine Menge Geistersiedlungen um den namensgebenden Fluss Yukon hinterließen, ist definitiv interessant. Hätte ich nichts Wichtigeres zu tun, könnte ich mir gut vorstellen, mich mit einer Monographie über den Klondike-Goldrausch in meiner Ferienwohnung zu vergraben.

Ich brauche aber älteres Material, das sich am ehesten in den Sagen und Legenden der Inuit findet, welche die Region schon viel länger besiedeln als Weiße.

Hätte mir Sergeant Nadiquak gestern nicht so deutlich zu verstehen gegeben, dass er nichts von meiner Theorie hält, wäre er der beste Ansprechpartner. Diese Tür ist nun verschlossen. Nicht einfach nur ins Schloss gefallen, sondern mit einem lauten Knall zugeschlagen.

Also bleibt mir nichts anderes übrig, als mich auf die Welt der Bücher zu verlassen. Dummerweise finde ich in keinem Regal der Heimatkunde-Abteilung etwas dazu. Ein Kinderbuch, das wohl aus dem 19. Jahrhundert stammt, trägt den wenig korrekten Titel »Das sind die Eskimos«.

Das ist alles, was ich zu dem Thema finde.

Ich stelle das Buch wieder an seinen Ort und drehe mich um. Direkt vor mir steht ein Mann. Beinahe hätte ich vor Schreck aufgeschrien. Dann erkenne ich ihn aber.

»Hier sind Sie, Dr. Meier«, sagt Dr. Varneaux. Der alte Mann ist außer Atem, als wäre er gerannt. »Ich habe Sie schon überall gesucht.«

»Mich? Wieso?«

»Haben Sie Zeit, mit in die Praxis zu kommen?«, unterbricht er mich. In seiner Stimme schwingt Unsicherheit mit. Und … Angst? »Ich brauche Ihre Hilfe.« Er schluckt schwer. »Bitte!«

Ich bin ebenso außer Atem wie Dr. Varneaux, als wir bei seiner Praxis ankommen. Der alte Mann ist mit einem Affentempo zurückgerannt, sodass ich mich ranhalten musste, hinterherzukommen. Dass er so schnell ist, sieht man ihm nicht an.

Ich folge Varneaux in die Praxis. Mir wird flau im Magen, als ich sehe, auf welches Zimmer er zusteuert: Dr. Varneaux geht zu der Tür, an der in dicken, schnörkellosen Lettern »Pathologie« steht.

»Dr. Varneaux«, sage ich.

»Ja?« Er dreht sich um, die Tür bereits einen Spalt geöffnet, die Klinke noch in der Hand. Aus der Pathologie strömt der Geruch von Verwesung in den Flur. »Bitte, Dr. Meier. Ich weiß, dass weder Pathologie noch die menschliche Anatomie Ihr Spezialgebiet sind. Ich brauche Sie trotzdem.«

Ohne auf meine Antwort zu warten, geht er durch die Tür und lässt sie für mich offen.

»Pathologie« ist eigentlich geprahlt. Wie das Labor ist die Abteilung so gut eingerichtet, wie man es von einer Arztpraxis erwarten kann, sogar darüber hinaus. Der Raum ist trotzdem kein Teil eines Instituts, das sich auf die Pathologie spezialisiert hat. Dafür bräuchte es andere Gerätschaften, professionelleres Equipment. Letztlich ist diese Pathologie nicht mehr als drei Rollkühlschränke an den Wänden und zwei Seziertische in der Mitte des Zimmers.

Auf den Tischen liegt je eine Leiche – Stan Dechamps und James Ortwill. Die beiden Männer von der Lichtung.

Beide Leichen liegen mit professionell aufgeschnittenen Bäuchen auf dem Rücken, Klemmen halten die Ränder auseinander und ermöglichen einen Blick ins Innere.

Die Klimaanlage kühlt den Raum konstant runter. Trotzdem hat der Verwesungsprozess begonnen. Das sollte eigentlich nicht möglich sein.

Ich halte mir die Nase zu und bläue mir ein, nur durch den Mund zu atmen. »Dr. Varneaux«, sage ich, »wieso verwesen die Leichen so stark?«

»Ich habe keine Ahnung«, sagt der Arzt. Es scheint, als hätte er sich bereits an den Gestank gewöhnt. »Aber eine Idee habe ich. Kommen Sie mit.«

Er schließt die Tür zum Flur hinter sich und winkt mich zu dem Seziertisch, auf dem die Leiche von Stan Dechamps liegt.

»Was sehen Sie, Dr. Meier?«

Eine seltsame Frage.

Ich sehe einen männlichen Körper, Anfang 40. Vollbartträger. Die Kehle aufgeschlitzt, genauso den Bauch. Dort hat Dr. Varneaux nachträglich einen Y-Schnitt hinzugefügt, damit er die Leiche fachmännisch begutachten kann.

Unter den beiden Armen des »Y« schaut der Brustkorb hervor, unter dem langen senkrechten Schnitt im Bauchbereich sehe ich nichts als Blutkruste. Die Organe, die auf der Lichtung noch halb angefressen aus dem Bauch herausragten, sind nicht mehr zu sehen. Entweder hat Varneaux sie entnommen oder vorläufig in den Bauchraum zurückgeführt.

Ich beschreibe ihm, was ich sehe.

Er nickt. »Richtig«, sagt er. »Und was fehlt?«

Ich lasse meinen Blick abermals über Mr. Dechamps' Leiche gleiten.

»Keine Ahnung«, sage ich. Dann fällt es mir auf.

Das. Kann. Doch. Nicht. Wahr. Sein!

»Ah, jetzt sehen Sie es, nicht wahr?« Dr. Varneaux fragt mich das mit einem Lächeln auf den Lippen. Ich möchte mir nicht vorstellen, was der Mann in seinem Leben alles mitgemacht und erlebt hat, dass er bei diesem Geruch lächeln kann.

»Ja«, murmele ich. »Es gibt keinerlei Anzeichen von Verwesung.«

Er nickt. »Richtig. Aber den Gestank von Verwesung.«

Jetzt nicke ich. Eine merkwürdige Sache.

Varneaux fährt fort: »Also habe ich mir gedacht: Gut, das muss dann ja von innen kommen.«

Wieder nicke ich. So weit, so logisch: Wenn es stinkt, aber außen nichts zu sehen ist, sollte man innen nachschauen.

»Also habe ich mir die restlichen Organe der Leichen angesehen. Und … nun ja …« Er zögert. »Es ist schwer zu erklären«, sagt er dann. »Am besten, Sie sehen selbst. Seien Sie doch so freundlich und ziehen sich einen Handschuh an.«

Ich greife nach der Packung mit den Latexhandschuhen, fische einen heraus und streife ihn über meine rechte Hand. Wie schon am See ist der Handschuh zu groß. Ich ziehe ihn zurecht, sodass er trotzdem einigermaßen sitzt. Anschließend schaue ich Dr. Varneaux erwartungsvoll an.

»Und nun?«

»Nun greifen Sie in den Bauchraum.«

Ich habe mich leider nicht verhört. Alles in mir sträubt sich dagegen, meine Hand … da reinzustecken.

Trotzdem siegt meine Neugier. Zügig, aber durchaus mit Vorsicht, lasse ich meine Hand in den Bauch der Leiche gleiten. Ich spüre Glibber, aber auf den ersten Zentimetern keine Widerstände.

»Worauf soll ich achten?«, frage ich?

»Greifen Sie rein, bis Sie auf einen knochigen Widerstand stoßen. Das ist das Rückgrat. Anschließend lassen Sie Ihre Hand ein paar Zentimeter nach oben gleiten.«

Ich gehorche. Dr. Varneaux verfolgt meine Bewegungen. Ich komme zu dem Punkt, zu dem er mich angeleitet hat, und schaue ihn fragend an.

»Spüren Sie nun die glibberige Masse am Boden des Bauches?«

Ich fühle nach. Tatsächlich spüre ich, was er meint. Ich nicke.

»Gut. Nehmen Sie etwas davon mit den Fingern auf und ziehen Sie vorsichtig Ihre Hand raus.«

Wieder gehorche ich, lasse meine Finger ein wenig durch den Körper fahren und versuche, etwas von der Masse aufzunehmen. Anschließend ziehe ich meine Hand aus dem Bauch des Leichnams heraus.

An meinen Fingern befindet sich roter Schleim. Das Ganze erinnert von der Konsistenz an eine blutige Gallertmasse. Mir wird schlecht und ich muss mich zusammenreißen, mich nicht zu übergeben.

»Was ist denn das?«, frage ich angewidert.

»Das, wofür ich Ihre Hilfe brauche, Dr. Meier«, sagt Varneaux. »Kommt Ihnen der Schleim nicht bekannt vor?«

Ich betrachte den Glibber an meinen Fingern. »Hätten Sie eine Petrischale für mich?«

»Einen Moment.«

Dr. Varneaux öffnet eine Schublade in einer Regalreihe am anderen Ende der Pathologie. Nach wenigen Sekunden kommt er zurück, in seiner Hand die Schale, um die ich ihn gebeten habe.

Ich nehme sie mit meiner freien Hand und streife den blutigen Glibber vom Finger der anderen hinein. In dickflüssigen Pfützen sammelt sich der Schleim darin.

»Verdammt«, sage ich, »ich glaube, Sie haben recht.«

Ich stelle die Schale weg und streife mir den Handschuh ab. Was auch immer das Zeug ist, ich will nicht mehr Kontakt damit als unbedingt nötig, selbst durch Latex. Dann nehme ich die Petrischale wieder auf und deute Dr. Varneaux, mir zu folgen.

Ich gehe mit dem Arzt ins Labor. Es ist leer, offensichtlich ist Anderson heute doch nicht hier. Oder nicht mehr.

Ich stelle mich an die Arbeitsfläche und bereite das Elektronenmikroskop vor.

Ich setze mich auf den Hocker. Er ist immer noch auf meine Höhe eingestellt – wenn ich darauf sitze, kann ich ohne Probleme in das Mikroskop schauen. Hier hat Anderson also nichts verändert.

Ich vertreibe die Gedanken an meinen »Kollegen« aus dem Kopf. Für ihn habe ich nun *wirklich* keine Zeit.

»Kann ich Ihnen irgendwie helfen?«, fragt Dr. Varneaux.

Ich schüttele den Kopf. »Nein, danke. Ich will nur erstmal draufgucken.«

Ich schalte das Mikroskop ein, nehme die Einstellungen vor und schaue hinein.

Was ich sehe, erschüttert mich.

»Das … das kann nicht sein«, sage ich, mehr zu mir selbst.

»Was ist denn?«, fragt Dr. Varneaux.

»Moment«, sage ich, statt ihm zu antworten. Zuerst will ich sichergehen.

Ich betrachte das Wirrwarr in der Petrischale durch die Linse des Mikroskops. Darin sehe ich einiges an Blut und anderen organischen Zellen. Dabei wird es sich um aufgelöste Teile der Organe von Stan Dechamps handeln. Irgendwas hat die Organe, die noch in der Leiche hätten sein sollen, in diese Glibbermasse verwandelt. Und ich habe eine Theorie, was das war.

Ich betrachte die Bakterien, die sich ebenfalls in der Petrischale befinden und in der Masse hin- und herschwimmen. Die Bakterien *schwimmen*.

Eigenständig.

Ich brauche einen Moment, bis ich mir über die Konsequenzen im Klaren bin. Außerirdisches Leben *hat* nicht nur existiert und ist irgendwie auf die Erde gekommen, als blinder Passagier auf irgendeinem Meteoriten oder Asteroiden vermutlich.

Nein.

Alle Indizien deuten darauf hin, dass direkt vor meinen Augen außerirdisches Leben *existiert*, hier und jetzt, auf der Erde.

Ist das möglich?, frage ich mich.

Aber ist das relevant? Schließlich liegt vor mir der Beweis. Es *muss* möglich sein.

Ich schaue vom Mikroskop auf und drehe mich zu Dr. Varneaux.

»Dr. Varneaux«, sage ich und sehe ihm fest in die Augen, »wenn mich nicht alles täuscht – und ich muss noch ein paar Tests machen, um das auszuschließen –, dann haben Sie da draußen eine echte Sensation gefunden. Das hier ist nicht nur den Beweis dafür, dass außerirdisches Leben *existiert*.« Ich mache eine Kunstpause. »Vor uns liegt *aktives* außerirdisches Leben.«

Varneaux schaut mich ungläubig an.

Ich halte seinem Blick stand. Noch einen Menschen, der mich auslacht oder für verrückt erklärt, kann ich nicht gebrauchen. Deshalb lege ich alles an Überzeugung, was ich hervorbringen kann, in meinen Gesichtsausdruck.

Er stöhnt und setzt sich auf einen anderen Hocker. »Das zu akzeptieren fällt mir nicht leicht, Dr. Meier.«

»Ich weiß. Ich habe auch erst gezweifelt, ob das alles sein kann. Aber Fakt ist: Die Bakterien, die sie am See gefunden haben, sind auf Silicium-Basis entstanden, nicht auf der Grundlage von Kohlenstoffverbindungen. Damit ist es ausgeschlossen, dass sie sich auf der Erde entwickelt haben. Silicium-basiertes Leben gibt es auf diesem Planeten nicht.«

Ich zucke mit den Schultern. »Und hier vor mir in der Petrischale liegen dieselben Bakterien. Aber sie liegen nicht einfach nur, sondern schwimmen herum. Sie haben nicht gelebt, sie *leben*, Präsens, hier und jetzt.«

Dr. Varneaux macht dicke Backen und stößt Luft aus. Ich kann ihm das nicht verdenken. Mir geht es ja genauso. Hätte mir vor einer Woche jemand erzählt, was ich ihm gerade erzählt habe, hätte ich es wohl auch nicht geglaubt.

»Ich spinne mir das nicht zusammen, Dr. Varneaux«, sage ich deshalb. »Sie können sich gerne meine Analysen und die Ergebnisse anschauen.« Ich deute auf die Schublade, in der ich meine Aufzeichnungen verstaut habe. »Und Sie können gerne durch das Mikroskop schauen.«

»Nein, das ist es nicht«, sagt Varneaux. »Ich glaube Ihnen. Es ist nur … die Implikationen …«

»Ja, ich weiß.« Ich denke einen Moment lang nach. »Niemand wird mir glauben«, sage ich resigniert.

Dr. Varneaux, der bis eben auf seine Füße gestarrt hat, hebt seinen Kopf. »Ich glaube Ihnen.«

»Ja, und dafür bin ich Ihnen dankbar. Wirklich, ich danke Ihnen. Aber die Leute, die mir glauben müssen, die werden es nicht tun. Ich habe es versucht: Wollte Sergeant Nadiquak warnen. Er hat mir verboten, auch nur ein weiteres Wort darüber zu verlieren. Unter Androhung von Arrest.«

»Nehmen Sie ihm das nicht krumm«, sagt Varneaux. »Er macht sich eben Sorgen um Grizzly Creek.«

»Ich weiß.«

»Die Stimmung in der Stadt ist so angespannt wie noch nie. Winter, auch lange und frühe, das haben wir hier schon ein paarmal erlebt. Aber dass alles zusammenkommt, das hatten wir noch nie. Früher Winter. Mehrere Stürme. Kommunikation weg. Zwei tote Einwohner der Stadt. Zwei Fremde im Ort. Das alles macht die Leute nervös. Sie haben ja die Paranoia mitbekommen, die herrscht.«

Ich nicke. Ja, das habe ich in der Tat.

»In so einer Situation«, spricht Varneaux weiter, »könnte eine Geschichte wie Ihre tatsächlich für Probleme sorgen. Die eh schon bedrohliche Stimmung noch weiter anheizen, verstehen Sie?«

»Natürlich verstehe ich das. Aber ich habe ihm die *Wahrheit* erzählt. Er hat mir nicht einmal geglaubt. Meinte, ich sei verrückt und gehöre ausgetauscht. Und dass er mich bis zum Ende des Winters einsperren würde, wenn ich nur ein weiteres Wort darüber verliere.«

Varneaux schüttelt den Kopf. »Darum geht es gar nicht. Ich wette, er hat insgeheim durchaus erwogen, dass Sie recht haben. Ich wette auch, dass er Ihre Geschichte bei allem, was in dieser Stadt passiert, im

Hinterkopf hat. Aber er kann das auf keinen Fall zugeben. Verstehen Sie das?«

»Klar«, sage ich. »Aber was hilft mir das?«

»Ich weiß es nicht.« Er schaut mich fragend an. »Wobei brauchen Sie denn Hilfe?«

Das ist eine gute Frage. Die Antwort darauf muss ich erstmal vorformulieren. »Ich brauche Hilfe, weil jemand oder etwas mich seit einigen Tagen stalkt und versucht, mir Angst zu machen. Schauen Sie mich nicht so an. Ich bin in Deutschland bereits gestalkt worden, von meinem Ex-Mann, ich kenne das Gefühl. Und hier in Grizzly Creek habe ich es ständig. Ich brauche außerdem Hilfe, weil ich befürchte, dass es bei den Morden nicht mit rechten Dingen zugeht. Ich meine, wir entdecken die Bakterien in den Leichen? In ihren Bäuchen? Das ist doch kein Zufall!«

Bei diesem Teil meines Monologs habe ich nach unten geschaut. Jetzt hebe ich den Kopf und sehe Varneaux direkt an, bevor ich die Theorie formuliere, die mir den ganzen Morgen schon im Kopf herumspukt, ohne dass ich sie greifen konnte. »Ich fürchte«, sage ich, »die Bakterien kommen nicht von irgendwoher, sondern finden sich im Speichel oder den Ausscheidungen eines größeren Wesens. Ich weiß, ich habe keine Beweise dafür. Es ist nur eine Vermutung, aber eine starke. Nennen Sie es Intuition.«

Ich befürchte, dass Varneaux mich auslachen wird. Wie Anderson gestern. Dem ist aber nicht so. Stattdessen nickt er nachdenklich. »Gibt seltsame Geschichten über diese Gegend.«

»Leider keine davon nachzulesen.«

»Sie sollten mit Henri Armitagé sprechen. Der kennt sie alle.«

»Der Bibliothekar? Der hat nicht gerade den Eindruck auf mich gemacht, offen für Gespräche zu sein.«

»Er ist ein alter Griesgram. Aber er hat ein paar Schwachpunkte, die Sie vielleicht drücken können, um ihn dazu zu bewegen, mit Ihnen zu reden.«

»Wie meinen Sie das?«

»Sagen wir es so: Jeder, der als Außenseiter nach Grizzly Creek kommt, hat ein Geheimnis oder zwei, das nicht jeder wissen sollte.« Er grinst mich an. »Bevor Sie fragen: Ja, auch ich. Ich bin im Dienst mit

Alkohol im Blut erwischt und gefeuert worden. Also bin ich hierher geflüchtet, wo es keinen schert, ob ich besoffen arbeite. Die brauchten hier halt einen Arzt, und auf dem Papier war mein Renommee noch in Ordnung.«

So etwas hatte ich schon vermutet.

»Das erinnert mich …«, sagt er, kramt einen Flachmann aus seinem Kittel und gönnt sich einen kräftigen Schluck. Dann hält er ihn mir hin. Wie schon letztens trinke ich mit ihm. Angenehm brennend läuft mir der Bourbon die Kehle hinunter.

»Was für ein Geheimnis hat Armitagé?«, frage ich.

Varneaux wiegt den Kopf hin und her. »Keine Ahnung, was da wirklich dran ist. Ich habe mal gehört, er sei hier, weil er jemanden umgelegt hat, und zwar den prügelnden Vater seines minderjährigen Lovers. Das ist nie richtig auf den Tisch gekommen, ich weiß es nur, weil ich mal Patientenakten über ihn brauchte. Dabei ploppte dann der Hinweis auf. Solange er hier ist, ist er aber nie auffällig geworden.«

»Es wäre nicht nett, ihm damit zu drohen.«

»Nein, wäre es nicht. Aber ich glaube, dass Sie auf der richtigen Spur sein könnten, Dr. Meier. Und wenn dem so ist, dann sollten Sie alles dransetzen, mehr zu erfahren.«

Ich schaue aus dem Fenster, während ich überlege. Bin ich bereit, so weit zu gehen? Jemandem mit einer solchen Geschichte zu drohen, ob sie wahr ist oder nicht, das widerspricht meinen eigenen Maßstäben mehr als ein bisschen.

Es ist kaum drei Uhr, trotzdem hat sich schon Nacht über Grizzly Creek gelegt. Im Licht eines Bewegungsmelders sehe ich, wie weiterer Schnee fällt und die Stadt noch ein Stück mehr von der Außenwelt abschneidet.

Moment mal …

Irgendwas kommt mir seltsam vor. Erst kann ich nicht einordnen, was es ist. Doch dann sehe ich, was mich irritiert hat: Das Licht *flackert*. Das kann keine Lampe mit Bewegungsmelder sein. Es flackert wie *Feuer*.

Erschrocken eile ich zum Fenster, um rauszusehen.

»Dr. Varneaux!«, rufe ich.

»Was denn, was denn?«, fragt der Arzt und folgt mir zum Fenster.

»Wir müssen hier raus. Der vordere Teil der Praxis …«

»Was ist damit?«

Ich drehe mich zu ihm um. »Ihre Praxis steht in Flammen.«

Er wird blass. »Oh mein Gott«, flüstert er.

Ich kann förmlich zusehen, wie ihm das Blut aus dem Kopf entweicht. Seine Beine werden schwach und er fängt an zu taumeln. Mit den Händen sucht er nach einer Möglichkeit, sich festzuhalten.

Eilig mache ich einen Schritt nach vorne und greife nach seinem Arm, um ihn zu stützen – doch zu spät. Bevor ich ihm helfen kann, verdreht er die Augen, bis ich nur noch das Weiße sehe, und fällt in sich zusammen.

Hastig überprüfe ich, ob sich Dr. Varneaux beim Aufprall am Kopf verletzt hat. Ich finde weder eine Wunde noch eine Beule, deshalb lege ich ihn nur schnell in eine Position, die entfernt an die stabile Seitenlage erinnert.

Dann hetze ich aus dem Labor und sofort schlagen mir Hitze und beißender Qualm entgegen. Mit dem Rauch steigt mir der Gestank von brennendem Plastik in die Nase, der mich würgen lässt.

Ich weiche zurück ins Labor, hole Luft und halte den Atem an. Dann strecke ich meinen Kopf in den Flur.

Durch den Qualm fällt es mir schwer, etwas zu erkennen. Trotzdem sehe ich schon aus dieser Position züngelnde Flammen.

Rasch ziehe ich mich wieder zurück und schließe die Tür. Im Labor ist die Luft noch halbwegs klar. Zumindest kann ich hier atmen.

Denk nach, denk nach, denk nach.

Dass die Flammen bereits in den Flur vorgedrungen sind, ist ein schlechtes Zeichen. Das bedeutet, dass es unmöglich ist, durch den Haupteingang herauszukommen.

Ich sehe nach dem Arzt. Er ist noch immer ohnmächtig. Eilig prüfe ich seinen Atem – Gott sei Dank, er atmet ruhig und regelmäßig.

Was ist der nächstbeste Weg aus der Praxis heraus? Möglicherweise könnte ich Varneaux über den Flur zum Seiteneingang tragen. Doch dann müssten wir erstens durch den Qualm und zweitens weiß ich nicht, ob ich den Mann so weit schleppen kann. Er ist nicht gerade schlank.

Also bleibt mir nur das Fenster des Labors.

Ich eile hinüber und will es öffnen, stoße aber gegen einen Widerstand.

Verdammt!

Eine Einbruchsicherung!

Ich blicke zum bewusstlosen Arzt. Nirgendwo an ihm kann ich einen Schlüsselbund erkennen.

Scheiß drauf, denke ich mir.

Ich lange nach dem Hocker, auf dem ich die letzten Tage den Großteil meiner Zeit verbracht habe, und hole damit aus. Mit aller Kraft, die ich aufbringen kann, schleudere ich ihn gegen das Fenster.

Der Hocker prallt gegen die Scheibe und der Rückstoß schlägt ihn mir beinahe aus der Hand. Das Fenster vibriert vom Aufprall, zerspringt aber nicht.

»Scheiße«, fluche ich.

Über meine Schulter werfe ich einen Blick zur Tür. Bedrohlich drückt sich der Qualm durch jede Ritze ins Labor.

Beeil dich!, feuere ich mich an.

Wieder nehme ich den Hocker über meine Schulter und hole aus.

Ich atme ein.

Ich atme aus.

Dieser Schlag muss sitzen.

Ich hole nochmal tief Luft, schmecke Rauch und verbrennendes Plastik.

Dann schlage ich den Hocker abermals mit aller möglichen Wucht gegen das Fenster.

Mit lautem Klirren zerbricht die Scheibe. Sie gibt nach. Der Hocker rutscht mir aus der Hand und fällt zum Fenster hinaus.

Ich sprinte zu meinem Arbeitsplatz und ziehe die Petrischale mit den noch lebenden außerirdischen Bakterien hervor. Ich verschließe die Schale, wickele sie in eine Beweismitteltüte und stecke sie in die Jackentasche. Sicher ist sicher. Aus meiner Schublade ziehe ich das Notizbuch, in dem ich die Ergebnisse all meiner Tests und Analysen niedergeschrieben habe. Auch das stecke ich in die Tasche meiner Winterjacke.

Anschließend eile ich zu Dr. Varneaux, der langsam zu sich kommt und die Augen öffnet.

»Dr. Varneaux, können Sie aufstehen?«, frage ich ihn. Ich rufe fast, meine Stimme hört sich kratzig an.

Der Qualm! Wir müssen hier raus!

»Dr. Varneaux? Können – Sie – aufstehen?«, frage ich mit Nachdruck.

Der Arzt antwortet nicht, sondern murmelt nur etwas vor sich hin. Er hat seine Orientierung noch nicht zurückgewonnen. Also werde ich ihn wohl oder übel schleppen müssen.

Ich gehe auf ein Knie herunter, lege seinen Arm um meine Schulter und stemme ihn hoch. Immerhin ist er so weit da, dass er mich dabei unterstützt.

Ich führe ihn zum Fenster. Mit dem Ärmel meines Kittels entferne ich den unteren Rand des Rahmens von Glasscherben und Splittern. Ich setze Varneaux auf das Fensterbrett, hebe seine Beine hoch und drehe ihn so, dass er nach draußen schaut.

Ich schaue kurz hinunter. Wir sind im Erdgeschoss und unter dem Fenster befindet sich eine Menge Schnee. Die größte Gefahr stellt die Mauer dar.

»Entschuldigen Sie bitte, Doc«, sage ich. Dann gebe ich dem Arzt einen kräftigen Schubs, sodass er nach draußen fällt, ein Stück von der Mauer weg. Er soll sich ja nicht den Kopf verletzen.

Anschließend steige ich selbst auf das Fensterbrett und lasse mich fallen.

Obwohl sich auch hier eine Menge Qualm in der Luft befindet, kann ich besser atmen. Ich nehme zwei, drei tiefe Züge und schöpfe neue Kraft.

Dann sehe ich mich um. Es ist ein paar Minuten nach drei. Leute müssen auf der Straße unterwegs sein und den Brand bemerkt haben.

Ich sehe niemanden. Weder Helfer noch Schaulustige.

»Scheiße!«, fluche ich erneut.

Ich greife Varneaux unter den Armen und ziehe ihn so schnell wie möglich vom Feuer weg.

Erst weit abseits des Feuers, vor der Polizeistation auf der anderen Straßenseite, bleibe ich stehen und lege den Arzt ab. Mittlerweile scheint er etwas zu sich gekommen zu sein. Zumindest rappelt er sich selbstständig auf.

Ich laufe die Treppenstufen hoch und reiße die Tür zur Station auf. »Drüben in der Praxis brennt es«, rufe ich hinein. Dann eile ich zurück zu Dr. Varneaux.

Inzwischen lehnt er an einer Treppenstufe. Noch immer murmelt er irgendwas vor sich hin. Dabei sieht er mich an … irgendwie auffordernd.

Ängstlich.

Dringend.

Er will mir etwas sagen!

Verdammt! Darauf hätte ich früher kommen sollen!

Ich beuge mich zu ihm und halte mein Ohr an seine Lippen. Er wiederholt, was er zu sagen hat, aber in dem Moment kommen Polizisten aus der Station gerannt.

»Scheiße«, sagt eine Frau in meinem Alter. Sie trägt das Schulterabzeichen eines Constable und spricht irgendwas von »Unterstützung« und »Feuerwehr« in ihr Funkgerät. Es kommt keine Antwort und sie versucht es noch einmal.

»Scheiße!«, flucht sie erneut. Ich drehe mich zu ihr.

»Was ist?«, frage ich. »Das Funkgerät?«

»Es ist tot. Völlig tot.«

Sie hastet wieder rein. Ihr Kollege, der mit ihr vor die Tür gekommen ist, versucht es nun mit seinem Funkgerät. Auch er hat keinen Erfolg.

»Mist«, flucht er, »da hat doch jemand Scheiße mit gebaut!«

Er folgt seiner Kollegin in die Polizeistation.

Jetzt bin ich mit Dr. Varneaux allein. Ich beuge mich wieder zu ihm.

»Bitte wiederholen Sie, was Sie mir sagen wollten, Doktor«, sage ich und führe mein Ohr an seinen Mund.

»Maureen«, sagt er. »Sie … ist vielleicht … noch drinnen.«

Mir wird heiß und kalt zugleich. Maureen Sigourn, die Sprechstundenhilfe. Die mit den Cookies. Sie sitzt immer im vorderen Bereich, am Empfang, hinter ihrem Schreibtisch.

Ich schaue zur brennenden Praxis. Der vordere Teil des Gebäudes steht lichterloh in Flammen und auch der hintere Teil mit Labor und

Pathologie ist mittlerweile vom Feuer ergriffen. Der Raum, in dem ich bis vor wenigen Augenblicken mit Varneaux war, existiert nicht mehr.

Trotzdem renne ich über die Straße. Auf dem Weg befeuchte ich mit einem Schneehaufen den Ärmel meiner Jacke und halte ihn mir vor den Mund, bevor ich an das brennende Haus herantrete.

Ich laufe so nah an die Praxis wie möglich, aber ich komme nicht weit. Nicht weit genug, um sehen zu können, ob Mrs. Sigourn irgendwo eingeschlossen ist.

Ich finde kein Lebenszeichen von ihr.

Verdammt, denke ich. *Hoffentlich hat sie es rausgeschafft.*

»Kommen Sie da weg!«, höre ich eine Stimme hinter mir. Bevor ich nachsehen kann, wer mich aufgefordert hat, werde ich von zwei Händen gepackt. Eine fasst mich an der Schulter, die andere meinen Bauch. Zwei Meter weit lasse ich mich mitzerren, dann spüre ich einen Ruck. Wer auch immer mich weggezogen hat, fällt hin … und zieht mich mit. Ich lande halb im Schnee, halb auf dem Mann.

Kaum bin ich außer Reichweite, stürzt mit lautem Krachen ein Teil des Daches herab. Das Getöse ist ohrenbetäubend. Dort, wo ich eben noch gestanden habe, landen brennende Trümmer im Schnee.

Ich richte mich auf und drehe mich zu meinem Retter um. Es ist der Polizist, der vor der Station sein Funkgerät getestet hat. Sein Gesicht ist schmerzverzerrt, er muss sich beim Sturz etwas getan haben.

Ich will die Lage checken, aber wir sind viel zu nah am Feuer.

Ich gehe in die Hocke und packe meinen Retter unter den Armen. Langsam merke ich, wie meine untrainierten Muskeln unter all den Strapazen vor Anstrengung schreien. Doch jetzt ist keine Zeit, um zu entspannen. Mühsam zerre ich den Polizisten durch den Schnee zur Straße.

»Danke«, höre ich ihn. »Es geht wieder, ich kann laufen.«

Mit schmerzverzerrtem Gesicht richtet er sich auf und hält sich den Rücken. »Es ist nur mein … ah … ich bin direkt auf der Wirbelsäule gelandet.«

»Geht es?«

»Muss gehen.«

»Dann kommen Sie«, fordere ich ihn auf. »Drüben ist es sicherer.«

Er folgt mir. Im Gehen drehe ich mich noch einmal nach ihm um. »Danke«, sage ich. »Was ist mit den Funkgeräten?«

»Jemand hat die Anlage zerstört.«

»Jemand?«

»Ja, jemand. Da muss einer mit einem Baseballschläger draufgekloppt haben. Anders kann ich's mir nicht erklären.«

Ich schaue zur brennenden Praxis. Bisher habe ich mich nicht gefragt, wie es kommen kann, dass mitten im Winter, bedeckt von Schnee und umgeben von Kälte, eine moderne Praxis in Flammen aufgeht. Aber wenn jemand mitten am Tag in eine Polizeiwache spazieren und die Funkanlage zerstören kann ... kann dieser Jemand auch mitten am Tag eine Arztpraxis in Brand stecken.

Ich habe das Gefühl, dass ich irgendwas übersehe. Das spüre ich im Magen. Ein Krampf zieht hindurch und ich muss kurz stehenbleiben. Ich gehe in die Hocke und stütze mich auf meinen Knien ab. Langsam atme ich die kalte, rußgeschwängerte Luft ein und versuche, den Krampf zu lösen, indem ich mich beruhige.

Wenn es nicht schon längst klar war, dann spätestens jetzt: Hier spielt jemand mit harten Bandagen. Einem Impuls folgend, nehme ich meinen Rucksack ab und öffne ihn. Dann reiße ich den Stoff der Rückseite auf. In den Riss zwischen Futter und Innenwand stopfe ich mein Notizbuch und die Petrischale mit der Probe, anschließend bedecke ich den Riss so gut es geht mit meinem privaten Krimskrams.

Sicher ist sicher, sage ich mir.

Dann fällt mir ein, was ich übersehe, was wir *alle* übersehen haben. Die Erkenntnis schlägt ein wie ein Blitz und ich vergesse den Krampf.

»Constable«, sage ich.

Der Polizist wendet sich mir zu.

»Sie sollten jemanden zum Notfall-Helikopter schicken.«

»Was? Zum Helikopter? Wieso?«

»Überlegen Sie doch mal. Die Funkgeräte sind zerstört. Wir können nicht mehr nach draußen kommunizieren.« Dabei mache ich eine Geste zur Wache hin. Dann gestikuliere ich mit dem anderen Arm in Richtung der Praxis. »Und jemand will dafür sorgen, dass sämtliche Beweise, für was auch immer wir gefunden haben, zerstört werden. Liegt es da nicht nahe, uns auch die letzte Möglichkeit zu nehmen, in die Zivilisation zu gelangen?«

Er wird blass.

»Verdammt«, sagt er.

Er läuft los und ruft seiner Kollegin etwas zu, die mit einem Erste-Hilfe-Koffer vor der Wache steht und sich um Dr. Varneaux kümmert.

Seinen Rücken scheint er nicht mehr zu spüren.

KAPITEL 10

»Mister Armitagé, ich muss Sie sprechen«, sage ich.

Es hat eine Weile gedauert, bis die Feuerwehr und Sergeant Nadiquak verständigt waren. Dann kamen die Leute jedoch in Scharen. Ich habe meine Aussage zu Protokoll gegeben und mich versichert, dass Dr. Varneaux wieder stabil ist. Anschließend bin ich zurück zur Bibliothek gerannt.

Nun stehe ich vor dem Tresen und sehe Armitagé herausfordernd an. Er blickt kaum von dem Buch auf, das er liest; ein riesiger Wälzer.

»Sie stinken nach Qualm«, sagt Armitagé. »Gehen Sie duschen und sich umziehen, kommen Sie dann wieder. Vielleicht – und das meine ich wörtlich – rede ich dann mit Ihnen.«

Demonstrativ langsam und zeremoniell blättert er eine Seite im Buch um.

»Verdammt nochmal«, entfährt es mir.

Mit der Faust schlage ich auf seinen Tresen. Zwei Bücher, die darauf liegen, fliegen ein Stück hoch und landen geräuschvoll auf dem dünnen Sperrholz. »Hören Sie mir zu, Sie Arschloch, ich stinke nach Qualm, weil ich in der Praxis gewesen bin, als sie jemand abgefackelt hab. Dabei hab ich den Arzt ihrer beschissenen Kackstadt gerettet. Kein Schwein redet hier mit mir, aber damit ist jetzt *Schluss*!«

Um mein letztes Wort zu unterstreichen, haue ich erneut auf den Tresen, diesmal mit der flachen Hand. Der Knall hallt laut von den Wänden zurück und muss in der kompletten Bibliothek zu hören sein.

Armitagé schaut mich verwundert an. »Die Praxis brennt?«

»Ja, Sie Schlauberger, die Praxis brennt.«

»Dann gibt es gerade wohl wichtigere Dinge zu besprechen. Zum Beispiel, wie die medizinische Versorgung von Grizzly Creek über den Winter aufrechterhalten werden soll.« Er wendet sich wieder dem Roman zu.

Ich seufze. Den Schritt, der nun kommt, wollte ich nicht gehen.

»Mr. Armitagé«, sage ich und senke meine Stimme. Er blickt von seinem Buch auf und sieht mich erwartungsvoll an. Ein alter Trick. »Es ist in Ihrem eigenen Interesse, dass Sie ein paar Minuten Ihrer kostbaren Zeit für mich aufwenden. Andernfalls könnte es sein, dass ganz Grizzly Creek erfährt, was Sie vor Ihrer Zeit in der Stadt getan haben.« Er sieht nicht so aus, als verstünde er, worauf ich hinauswill. Ich senke meine Stimme noch ein bisschen. »Zum Beispiel die Geschichte mit einem minderjährigen Jungen.«

Er verzieht seine Augenbrauen.

»Das war anders«, presst er zwischen zusammengebissenen Zähnen hindurch. Seine Stimme klingt verärgert. Bissig. »Er war fünfzehn, ich neunzehn. Ich bin kein Kinderschänder. Und sein Vater war ein mieser Schläger.«

»Das glaube ich Ihnen sogar. Aber in Ihrer Akte steht wahrscheinlich trotzdem was von Kindesmissbrauch, nicht wahr? Ich glaube kaum, dass die Einwohner dieser Stadt nach vielen Details fragen, wenn das bekannt wird. Nicht bei der Stimmung, die derzeit herrscht.«

Er presst seine Lippen zu einem immer dünneren Strich zusammen. »Schämen Sie sich«, quetscht er dazwischen hervor. »Würden Sie wirklich so weit gehen, meinen Ruf, mein Leben zu zerstören?«

»Eigentlich nicht, nein«, sage ich. Ich beuge mich zu ihm vor. Unsere Gesichter trennen jetzt nur noch wenige Zentimeter. Ich schaue ihm direkt in die Augen. »Aber in Grizzly Creek sterben Menschen und jemand sabotiert die Arbeit von uns, die nach der Wahrheit suchen. Jemand weiß mehr, und ich glaube, dass Sie auch mehr wissen.«

Ich richte mich auf und hebe meine Stimme, spreche absichtlich lauter. »Es stehen Menschenleben auf dem Spiel«, sage ich mit klarer Stimme, die sicherlich auch hinter den Bücherwänden zu hören ist. »Deshalb muss ich leider zu diesem Mittel greifen, ob es mir gefällt oder nicht. Wenn Sie sich weiter so unkooperativ verhalten, Mister Armitagé, muss ich leider ausplaudern, dass Sie …«

»Halt«, unterbricht er mich mit gesenkter Stimme. »Ist ja schon gut.« Er steht auf und schlägt seinen Wälzer zu. Ich sehe, dass es »Les Misérables« ist. »Folgen Sie mir in mein Büro.«

Sein »Büro« ist ein kleines, fensterloses Kabuff mit Neonröhren-Beleuchtung ohne jeden Charme. Das Zimmer ist mit Büchern vollgestopft, einige davon brandneu und noch nicht eingeordnet, andere zerlesen und aussortiert. An einem anderen Tag hätte ich mich gerne durch die Stapel gewühlt. In der Mitte des Raumes steht ein kleiner Schreibtisch, darauf ein uralter Monitor. Die einzige Sitzgelegenheit des Büros ist ein Drehsessel hinter dem Schreibtisch.

Diesen schnappt sich Armitagé und lässt sich demonstrativ darauf fallen. »Ich würde Ihnen ja anbieten, sich zu setzen, aber leider sehe ich keinen Grund, nett zu Ihnen zu sein.«

Das habe ich wohl verdient.

»Was wollen Sie wissen?«, fragt er nach einem Moment der Stille.

»Wie Sie sicherlich mitbekommen haben, hier, mit einem Ohr am Tratsch der Stadt, sind in den letzten Tagen einige merkwürdige Dinge passiert.«

»Sie meinen sicherlich die Morde an Stan und James.«

»Unter anderem«, bestätige ich. »Aber auch der Grund, weshalb ich hier bin: eine neue Art von Bakterien, die Dr. Varneaux an einem See im Wald gefunden hat. Die bestehen nämlich nicht aus Kohlenstoffverbindungen.«

»Ist das etwas Besonderes? Mein Biologie-Diplom habe ich leider gerade verlegt.«

»Ja, ist es. Alles Leben, das wir kennen, besteht aus Verbindungen von Kohlenstoff- und Wasserstoffatomen. Etwas anderes war bisher undenkbar.« Ich stelle mich gerade hin, ziehe meine Schultern zurück. Was ich zu sagen habe, sage ich am besten mit viel Selbstvertrauen. »Auf der Erde zumindest.«

Ich beobachte seine Reaktion, die aber zurückhaltend ausfällt. Zunächst macht er gar nichts. Er zuckt nicht mal. Dann lehnt er sich völlig ausdruckslos zurück und schaut mir in die Augen.

»Habe ich Sie gerade richtig verstanden?«, fragt er mich. »Außerirdische Bakterien hier in Grizzly Creek?«

»Es sieht danach aus. Dass sie hier auf der Erde entstanden sind, ist ausgeschlossen. Damit müssen sie aus dem All gekommen sein. Und hier kommen Sie ins Spiel, Mister Armitagé.«

»Ich? Wieso ich?«

»Dr. Varneaux hat mir gegenüber angedeutet, dass die Inuit dieser Gegend gewisse Legenden haben – und dass Sie sich am ehesten mit diesen Legenden auskennen.«

Armitagé sieht nachdenklich aus, nickt dann aber. »Ich glaube, ich weiß, auf welche Legenden Sie anspielen. Und wenn Sie die hören wollen, kann ich sie Ihnen erzählen. Aber Sie werden darin nicht viel Wahrheit finden.«

»Darum geht es mir auch nicht – nicht um eine originalgetreue Nacherzählung der Wirklichkeit. Aber ich muss doch gerade Ihnen sicherlich nicht erklären, dass jede Legende, jeder Mythos und jede Sage der Versuch von Kulturen ist, sich Dinge zu erklären, die passiert sind und die Menschen aufgewühlt haben.«

»Sie wollen wissen, ob die First Nations aus dieser Gegend hier so etwas wie ein astronomisches Ereignis beobachtet und sich daraus eine Legende gestrickt haben.«

»So in der Art.«

Armitagé sieht mich prüfend an. »Sie sind Wissenschaftlerin, richtig?«, fragt er.

»Richtig. Mikrobiologin.«

Er nickt. »Wie offen sind Sie für Erklärungen außerhalb dessen, was Sie gelernt haben?«

Ich zucke mit den Schultern. »Bevor ich nach Grizzly Creek gekommen bin? Gar nicht, um ehrlich zu sein.« Ich atme laut ein und wieder aus. »Aber was ich in den letzten Tagen alles gesehen und herausgefunden habe … was weiß ich da schon?«

»Das reicht mir nicht.«

»Es muss Ihnen wohl reichen, wenn Sie heute Nacht nicht von einem Lynchmob geweckt werden wollen, der einen Kinderschänder zum Sündenbock erkoren hat.«

Das finde ich selbst in meiner Lage zu hart. Ich habe es kaum ausgesprochen, da tut es mir schon leid.

»Entschuldigung«, murmele ich. »Das ist mir rausgerutscht.«

Er seufzt und lehnt sich nach vorne, stützt sich mit einem Ellenbogen auf dem Schreibtisch ab und fährt sich mit der anderen Hand durch das schüttere, deutlich angegraute Haar. »Ist ja nicht so«, sagt er, »als hätte ich nicht mit der Angst zu leben gelernt, dass genau das passieren kann.«

»Was brauchen Sie von mir, damit Sie mir die Geschichte erzählen, Mister Armitagé?«

»Nennen Sie mich Henri.« Den Namen spricht er französisch aus. »Angesichts der Tatsache, dass Sie mehr über mich wissen als jeder andere hier, sollten wir zum ‚Du' übergehen.«

»Okay, Henri«, sage ich. »Ich bin Jenny.«

Er nickt. »Was ich dir erzählen soll, Jenny, ist so weit außerhalb des Gewöhnlichen, dass du mir ganz sicher nicht glauben wirst.«

»Probier's aus«, antworte ich. »Vielleicht bin ich ja offener, als du denkst.«

Wieder schaut er mir in die Augen und betrachtet mich eine Weile.

»Na gut«, stöhnt er. »Aber behaupte nicht, ich hätte dich nicht gewarnt.«

»Versprochen. Raus mit der Sprache: Was haben die Inuit gesehen? Was haben Sie in ihren Legenden festgehalten?«

»Alle Legenden der First Nations aus dem Yukon sind mehr oder weniger obskur«, fängt er an. »Das liegt daran, dass sich die Ureinwohner hier relativ früh mit den weißen Siedlern arrangiert und kulturell vermischt beziehungsweise angepasst haben. Muss wohl am Klima liegen: Wer hier siedelt, der sitzt in einem Boot mit allen anderen. Auf jeden Fall ist über die letzten zwei, drei Jahrhunderte einiges an Kulturgut der First Nations verschwunden. Geschichten wurden schließlich erzählt und nicht niedergeschrieben.

Die Legende, die du hören willst, ist aber noch obskurer als alle anderen. Man könnte meinen, sie habe gar nicht so richtig zum

Kulturgut der Ureinwohner gehört, denn die meisten kennen sie nicht oder nur vom Hörensagen. Ich habe mit wirklich jedem gesprochen, der dazu bereit war. Aber die wenigsten wussten mehr als grobe Informationen. Konkrete Details herauszufinden war enorm schwierig.«

»Du hast eine ganze Menge Zeit damit verbracht.«

Er winkt ab. »Hobby. Wollte mal ein Buch über die Kultur der Inuit schreiben. Ist aber nie was draus geworden.«

»Okay. Erzähl weiter.«

»Nun gut. Die wenigen verbleibenden Ureinwohner, die die Geschichten von den großen Sternenwesen kennen, sind nicht leicht aufzutreiben. Sie sind ausnahmslos Senioren, dazu solche, die nicht allzu viel von weißen ‚Eindringlingen' wie mir und dir halten. Alsoomse Enkoodabaoo war die Einzige, die einigermaßen offen für ein Gespräch mit mir war. Sie wohnt einige Meilen außerhalb der Stadt, mitten im Nirgendwo am Waldweg Richtung Dawson.«

Beinahe wäre in seinem Redeschwall die wichtigste Info untergegangen. »Die großen *Sternenwesen*?«, frage ich verwundert.

»Willst du die Geschichte jetzt hören oder nicht?«

Ich seufze. »Also gut. Erzähl weiter.«

»Wie ich schon sagte: Dass du die Geschichte nützlich finden wirst, halte ich für unrealistisch. Aber nun ja … auf jeden Fall gibt es bei den First Nations aus der Gegend eine uralte Legende über große Sternenwesen, an die sich aber kaum noch jemand erinnert.

Nach langer Suche haben mir drei verschiedene Leute die Geschichte von den Sternenwesen erzählt, und dabei habe ich drei verschiedene Varianten mit teils deutlich unterschiedlichen Details gehört. Aber ich will versuchen, dir eine Best-of-Version zu erzählen, also die Teile, in denen sich alle drei Varianten einig sind.«

Ich nicke und deute ihm an, fortzufahren.

»Der Zeitraum ist einer dieser Punkte, in denen sich alle einig sind. Die Geschichten sprechen von Jahrtausenden. Wir müssen also in vorgeschichtlichen Dimensionen denken, um zu erfassen, wann passiert sein soll, was laut den Legenden passiert ist.«

Ich mache mir bewusst, in welchen Dimensionen ich hier denken muss.

»Okay«, sage ich, »das Ganze ist also schon lange, lange her.«

»Ich bin mir nicht sicher, ob du verstehst, was das bedeutet«, wendet Henri ein. »Bedenke: Wir reden von einer Zeit, aus der es sowieso schon keine schriftlichen Zeugnisse gibt. Und obendrein reden wir von einer Kultur, in der nie viel aufgeschrieben wurde. Die Inuit, First Nations, Eskimos, wie man sie nennen will – ihre verschiedenen Stämme haben Wissen, Sagen, Legenden, Geschichten immer mündlich weitergetragen und nur ganz selten verschriftlicht.«

»Ja«, sage ich, »das ist mir schon klar.«

»Worauf ich hinauswill: Es ist vollkommen im Rahmen des Möglichen, dass sich hier im Yukon-Territorium – oder in Alaska, in den Northwest-Territories oder, oder, oder – ein Schauspiel kosmischen Ausmaßes ereignet hat und niemand davon weiß, weil alle, die es mitbekommen haben, nie etwas aufgeschrieben haben. Verstehst du?«

Langsam dämmert mir, was Henri sagen möchte. Ich nicke. »Ein Naturereignis kosmischen Ausmaßes ist hier möglich, ohne dass jemand davon weiß«, wiederhole ich.

»Korrekt.« Er nickt. »Das wollte ich nochmal unterstreichen, bevor ich dir die ganze Geschichte erzähle.«

Ein Schauer läuft mir den Rücken hinab. Ist es möglich, dass hier im Yukon außerirdische Wesen herumlaufen, außerirdische Bakterien absondern und mich eines dieser Wesen in den letzten Tagen zweimal beobachtet hat?

Auf einmal fühle ich mich sehr, sehr unwohl in meiner Haut. »Erzähl weiter«, sage ich.

Ich bin mir unsicher, ob das bei Henri ankommt. Selbst in meinem Ohr klingt meine Stimme nur nach einem Hauchen.

»Nun, das ist der eine Punkt, in dem meine Quellen übereinstimmen Der zweite Punkt ist der, dass es sich bei den großen Sternenwesen um Außerirdische handelt. Alle meine Quellen erzählen von einem großen Ereignis, das weithin zu beobachten war. Sie beschreiben das Ereignis als eine Art kosmische Explosion, ein riesiger Feuerball am Himmel, der sich rasend schnell ausbreitete. Als der Feuerball sich schließlich dem Eis näherte, sahen die Urahnen der heutigen First Nations, dass es sich dabei um riesige, göttergleiche Wesen handelte.«

»Ähm«, stammele ich. »Okay …«

»Ich weiß, dass das unglaubwürdig klingt. Meine Interpretation ist, dass es sich dabei um ein kosmologisches Ereignis handelte, das die Ahnen meiner Quellen als Abstieg der Götter gewertet haben.«

»Ein Meteoriteneinschlag oder so?«, frage ich. »Das würde Sinn ergeben. Und der dritte Punkte, in dem alle Quellen übereinstimmen?«

»Genau genommen sind das nochmal zwei Punkte«, sagt er. »Nennen wir sie Drei-Punkt-eins und Drei-Punkt-zwei.

Punkt drei-eins ist der, dass die Großen Sternenwesen im ewigen Eis nördlich von hier gelandet sind. Scheinbar waren sie von ihrem Absturz noch so heiß, dass das Eis um sie herum geschmolzen ist und sie eingesunken sind, bevor die Vorfahren meiner Quellen zu ihnen gelangen konnten.«

Angenommen, die Geschichte ist wahr – dann wäre das logisch. Alles, was aus dem All in eine Atmosphäre eintritt, wird durch die Reibung erhitzt, die dabei entsteht. Aus reinem Interesse habe ich mal eine Vorlesung über Raumfahrttechnik besucht, für die das ein großes Problem ist. Man muss vor Wiedereintritt in die Erdatmosphäre den richtigen Winkel berechnen und ihn bei der Landung exakt treffen, damit die Raumschiffe nicht verglühen.

»Punkt drei-zwei, und ich glaube, dass wir uns hier endgültig auf dem Boden der Spekulation bewegen: Meine Quellen glauben, dass die Sternenwesen nicht tot sind, sondern nur schlafen, bis das Eis sie freigibt.«

Ein Gedanke fliegt mir durch den Kopf, ich schüttele mich unwillkürlich.

»Ist es nicht so«, beginne ich vorsichtig, »dass die globale Erwärmung große Teile des Permafrosts langsam, aber sicher zum Schmelzen bringt?«

Henri zögert, bevor er mir antwortet. »Das klingt, als würdest du damit etwas Bestimmtes sagen wollen.«

Ich bin unschlüssig. Soll ich ihm von meiner Vermutung erzählen?

Ich beschließe, es anders zu versuchen. »Haben deine Quellen dir eine Beschreibung der Sternenwesen gegeben?«

»Ja«, sagt Henri, »aber die unterscheiden sich im Detail.«

»Kommt bei den Beschreibungen eine metallisch glänzende Haut vor? Quasi so, als hätte man einen fließenden Stoff aus Metall entwickelt?«

Ich muss nicht auf seine Antwort warten, sein Blick spricht Bände.

»Woher ...«, setzt er an.

Ich unterbreche ihn. »So ein Wesen hat mich die Tage verfolgt.«

Henri blickt erstaunt drein.

»Dazu die Bakterien, die Dr. Varneaux am See gefunden hat ... und die sich übrigens auch in den Leichen von Stan Dechamps und James Ortwill befinden ...« Ich zögere. »Henri, ich glaube, dass eines dieser Wesen erwacht ist. Und mehr noch: Ich glaube, dass dieses erwachte Wesen sich in den Wäldern um Grizzly Creek herumtreibt. Dass es Stan und James auf dem Gewissen hat. Und, wenn ich bedenke, dass es mich in den letzten Tagen mehrmals beobachtet hat, dass es noch nicht fertig ist. Was auch immer es antreibt.«

Henri schweigt. »Wenn das wahr ist«, sagt er nach einer gefühlten Ewigkeit, »dann müssen wir jemandem davon erzählen. Cliff Nadiquak zum Beispiel.«

Ich schüttele den Kopf. »Nein, bei Nadiquak habe ich es versucht, als ich herausgefunden habe, dass die Bakterien nicht irdischen Ursprungs sind. Da hatte ich handfeste, wissenschaftlich bewiesene Fakten. Trotzdem wollte er mir nicht glauben. Er hat mir sogar angedroht, mich bis zum Tauwetter ins Gefängnis zu stecken, sollte ich meine Theorie in der Stadt publik machen.«

»Das glaube ich gerne«, sagt Henri. »Bei der Stimmung in der Stadt ...«

»Eben. Aber warum glaubst du, dass er uns ausgerechnet jetzt zuhören wird? Ich meine, ich bin gewillt, der Theorie von den Sternenwesen eine Chance zu geben – in Ermangelung einer Besseren. Aber wenn du bedenkst, wovon wir hier reden ... das klingt doch sehr viel abenteuerlicher als Bakterien aus dem All, die irgendwie auf die Erde gekommen sind.«

»Wir müssen es trotzdem versuchen«, sagt Henri. Ich höre eine gewisse Dringlichkeit in seiner Stimme. »Wenn es stimmt, was du sagst, ist es nur eine Frage der Zeit, bis das Wesen wieder auftaucht. Und immerhin zwei meiner drei Quellen sind sich einig, dass man die Großen Sternenwesen nicht töten kann.«

Als wir die Hauptstraße entlanglaufen und in die Nähe der Wache kommen, steigt mir immer noch Brandgeruch in die Nase. Das Feuer ist mittlerweile gelöscht und aus den Ruinen der Praxis quellen dicke Rauchschwaden. Hier und da erkenne ich Glutnester. Es hat ganze Arbeit geleistet. Das Gebäude ist bis auf die Grundmauern niedergebrannt, nichts ist mehr von den Räumen zu erkennen, in denen ich die letzten Tage so viel Zeit verbracht habe.

Die Frage, ob Mrs. Sigourn es aus dem Flammeninferno herausgeschafft hat, drängt sich wieder in mein Bewusstsein. Doch Henri lässt mir keine Zeit, mich damit zu befassen.

Der schlaksige Mann hat auf dem Weg von der Bibliothek hierher ein ordentliches Tempo vorgelegt und steuert sofort auf die Polizeistation zu. Als wir näherkommen, sehe ich, dass sich einige Polizisten davor versammelt haben.

Wir drängeln uns an ihnen vorbei in die Wache.

»Wir müssen Sergeant Nadiquak sprechen«, sagt Henri zu der jungen Frau mit Constable-Abzeichen, die vorhin Dr. Varneaux verarztet hat und nun am Empfang sitzt. Sie schaut irritiert. Doch Henris fordernder, dringlicher Tonfall wirkt.

»Der ist in seinem Büro«, sagt sie. »Den Gang entlang, dritte Tür rechts.«

»Danke«, murmelt Henri und hastet bereits weiter.

Schon auf dem Gang kommt uns Nadiquak entgegen.

»Oh Mann«, stöhnt er, als er mich erblickt. »Eine tote Mitbürgerin der Stadt reicht wohl nicht für einen Tag. Sie wollen mich sicherlich damit belästigen, dass Außerirdische die Praxis angezündet haben.«

Mrs. Sigourn hat es wohl nicht geschafft. Mein Herz zieht sich zusammen und Trauer steigt in mir hoch. Ich mochte die Frau. Sie schien eine rundum gute Seele zu sein.

»Bitte«, reißt Henri mich aus meinen Gedanken. In seiner Stimme ist kein fordernder Tonfall mehr zu hören. Er klingt eher flehend und dringlich. »Können Sie uns nicht wenigstens fünf Minuten Ihrer Zeit geben?«

»Ich kenne Dr. Meiers Theorie bereits. Nein, ich habe keine fünf Minuten für Sie, Mister Armitagé.«

»Was haben Sie außer Zeit zu verlieren?«, frage ich. »Sie müssen uns nur zuhören. In Ihrem Büro. Ohne Zeugen.« Ich hole Luft. »Oder Sie müssen mit der Ungewissheit leben, ob Sie es wirklich geschafft haben, uns einzuschüchtern. Mit der Ungewissheit darüber, ob wir nicht doch auf der Hauptstraße verkünden, was wir zu sagen haben. Bevor Sie uns verhaften, versteht sich. Ob das für die Stimmung wohl gut ist?«

Ich bin mir im Klaren, dass ich mich weit aus dem Fenster lehne. Was soll Nadiquak daran hindern, uns hier und jetzt festzunehmen, bis er mich im Frühling geteert und gefedert aus der Stadt jagen kann?

Aber der Sergeant scheint tatsächlich abzuwägen.

»Also gut«, sagt der Polizeichef. »Sie haben fünf Minuten. Und dann will ich von dem Blödsinn nichts, ich wiederhole, n-i-c-h-t-s mehr hören!«

Nadiquak geht zurück zu seinem Büro, schließt die Tür auf und deutet uns, einzutreten …

… aber wir kommen nicht weit. Kaum bin ich reingegangen, höre ich, wie die Eingangstür zur Polizeistation mit einem lauten Krachen auffliegt. Die Scheibe darin erzittert.

Ein junger Constable, höchstens Mitte 20, dem ich bisher nicht begegnet bin, kommt hereingestürmt. Der muskulöse Polizist wirkt nervös, als er den Gang entlang auf uns zustürmt. »Sergeant«, ruft er.

»Villeneuve«, sagt Sergeant Nadiquak, »was ist denn los?«

Der Constable bleibt stehen und japst nach Luft. Seine Wangen glühen rot, Schweiß steht ihm auf der Stirn.

»Ist was am Kühlhaus passiert?«, fragt Nadiquak den atemlosen Constable.

»Deshalb bin ich hier, Sergeant. Die Funkgeräte funktionieren nicht. Sie müssen kommen. Mit Verstärkung. Schnell!«

»Nun beruhige dich doch erstmal. Was ist passiert?«

»Jemand … nein, etwas ist ins Kühlhaus eingebrochen«, hechelt der junge Polizist.

»*Etwas*? Was soll das heißen?« Nadiquak wirkt regelrecht erzürnt.

Ich frage mich, ob es damit zu tun hat, dass mittlerweile schon seine eigenen Leute vage Andeutungen machen, etwas Außergewöhnliches gesehen zu haben.

»Das glauben Sie mir eh nicht, Sergeant«, sagt Villeneuve. »Kommen Sie! Und bringen Sie alle Leute mit, die frei sind.«

Der Constable dreht sich auf den Fersen um und läuft schnurstracks auf den Ausgang der Wache zu. Nadiquak bleibt einen kurzen Moment wie angewurzelt stehen, dann folgt er ihm.

»Schnell, alle verfügbaren Einheiten zum Kühlhaus«, ruft er der Constable am Empfang zu. Er hat wohl vergessen, dass sie ohne Funkgerät nichts ausrichten kann. Beim Verlassen der Wache brüllt er denselben Befehl allen Polizisten zu, die in die Ruinen der Praxis schauen.

Henri und ich sehen uns an. Er scheint dasselbe zu denken wie ich. Ohne ein weiteres Wort laufen wir los und folgen den Polizisten zum Kühlhaus.

KAPITEL 11

Zwar sind die Straßen dick mit Schnee bedeckt, trotzdem sind die Polizisten mit ihren allradbetriebenen Geländewagen schneller als Henri und ich zu Fuß.

Als wir beim Kühlhaus ankommen, das am Rand des Stadtkerns steht, haben sich die Polizisten bereits strategisch postiert. Gedeckt durch die Polizeiwagen stehen sie rund um das Kühlhaus und haben ihre Waffen im Anschlag.

Hin und wieder habe ich mich gefragt, ob Grizzly Creek für eine Stadt dieser Größe viel zu viele Polizisten hat. Ich habe es mir dadurch erklärt, dass man nie weiß, was im Winter passiert.

Trotzdem sind es jetzt zu wenig Einsatzkräfte. Die Blockade um das Kühlhaus herum ist derart lückenhaft, dass man sie auch gleich hätte lassen können.

Ich packe Henri an der Schulter, um ihm anzudeuten, dass er stehenbleiben soll. Er dreht sich zu mir um und sieht mich an.

»Hast du einen Plan?«, fragt er.

»Nicht wirklich. Aber ich glaube, es wäre gerade schlecht, Nadiquak in die Quere zu kommen.«

Henri sieht sich um. »Ich glaube, du hast recht«, sagt er.

»Wir sollten uns zurückhalten und beobachten, was passiert. Vielleicht hat der Sergeant einen Moment für uns, wenn die Lage geklärt ist.« Ich zucke die Achseln. »Was auch immer die Lage hier ist.«

Er nickt und deutet auf ein Gebüsch am Rande des Areals. »Da sollten wir sicher sein. Und da können wir uns verstecken, falls jemand auf die Idee kommt, dass wir hier nicht erwünscht sind.«

Wir hocken uns hinter einen der Büsche, wo wir halbwegs vor Blicken geschützt sind. An den Seiten können wir herauslugen und beobachten, was vor sich geht.

Die Tür des Kühlhauses steht weit offen, und allein das ist kein gutes Zeichen. Ich erinnere mich, wie Dr. Varneaux mir am ersten Tag in Grizzly Creek erzählte, dass die Einwohner im Winter auf das Kühlhaus angewiesen sind. Fleisch kann man notfalls jagen, aber mit Obst und Gemüse wird es schwierig, wenn nichts angeliefert werden kann.

Nur wenige Leute haben Zugang zum Kühlhaus. Sollte jemand eingebrochen sein, bedeutet das nichts Gutes.

Im Eingang, halb verdeckt durch die offene Tür, sehe ich etwas liegen. Der Gegenstand ist länglich, mit zwei hochstehenden Beulen am Ende.

Ich schärfe meine Augen und stelle erschrocken fest, dass es kein Gegenstand ist, den ich betrachte, sondern die Beine eines Menschen. Die beiden länglichen Beulen am Ende sind die Füße, dick verpackt in jene unförmigen, klobigen Stiefel, welche die Polizei hier im Winter trägt.

Wenn dort eine Leiche liegt, ist nicht nur irgendwer ins Kühlhaus eingedrungen. Dann hat der Einbruch in irgendeiner Weise mit der Geschichte zu tun, in die ich hier gestolpert bin. Da bin ich mir sicher.

Ich wüsste zwar nicht, warum ein außerirdisches Wesen, das sich bisher eher wie ein Jäger verhalten hat, in das Kühlhaus eindringen sollte, aber es sind ja noch andere Dinge passiert. Eine Arztpraxis ist in Flammen aufgegangen. Just, als ich darin den Beweis für die Existenz außerirdischen Lebens erbracht habe. Die Funkanlage der Polizei wurde mit Gewalt zerstört. Telefon und Internet sind zusammengebrochen; angeblich, weil der Sturm einen Mast umgeweht hat.

Aber sind moderne Telefonmasten nicht doppelt und dreifach gegen Stürme und Unwetter gesichert? Müssten sie es nicht gerade in einer

Gegend wie dieser sein, wo es im Winter kaum andere Möglichkeiten gibt, mit der Außenwelt zu kommunizieren? Und müsste eine moderne Arztpraxis nicht auch nach dem neuesten Stand der Technik verkabelt sein, sodass die Brandgefahr auf einem absoluten Minimum gehalten wird?

Ein Verdacht baut sich in mir auf, noch nicht ausformuliert, noch nicht greifbar – aber deutlich vorhanden. Ich denke an die Bahn, die doch langsam mal einen Baum vom Gleis geräumt haben und wieder nach Grizzly Creek durchkommen sollte. An den Helikopter für Notfälle, der in einem Hangar am Flugplatz der Stadt parkt. Ich möchte jeden Betrag wetten, dass jemand ihn flugunfähig gemacht hat.

Der Verdacht steigt weiter in mir auf, löst sich aus meiner Magenregion und wandert hoch in den bewussten Teil meines Nervensystems.

Jemand tut seit Tagen sein Bestes, Grizzly Creek zu sabotieren.

Aber wer sollte ein Interesse daran haben, die Stadt ins Verderben zu stürzen, gerade jetzt, wenn hier so spannende Bakterien gefunden wurden? Ich glaube nicht, dass es sich dabei um einen Zufall handelt. Was auch immer hier vorgeht, hat mit den Bakterien zu tun. Und damit ist der Verantwortliche sicherlich kein einfacher Bürger von Grizzly Creek.

Nein, denke ich.

Der Saboteur muss von außen kommen. Und Außenseiter sind nicht allzu viele in der Stadt.

Um genau zu sein, sind es drei: das Monster, Dr. Anderson und meine Wenigkeit. Das Wesen hat kein Interesse daran, die Stadt zu sabotieren. Es geht kühl und raubtierhaft vor, alles andere passt nicht zu seinem Verhalten.

Für mich selbst lege ich die Hand ins Feuer.

Bleibt Dr. Anderson. Der einzige Außenseiter, der sich von Anfang an seltsam benommen hat. Der Mann, der laut allen Informationen, die im Netz über ihn zu finden sind, ein geborener Politiker und Arschkriecher ist – aber einmal in Grizzly Creek angekommen nichts Besseres zu tun hat, als alles und jeden gegen sich aufzubringen. Der Typ, der von seiner Uni als Forscher hergeschickt worden ist – aber seitdem nicht einmal geforscht hat.

Jener Typ, den ich von Anfang an nicht ausstehen konnte.

»Verdammt«, sagt Henri und deutet auf die Stümpfe in der Eingangstür des Lagerhauses. Er hat die Beine also auch gesehen.

»Ja«, sage ich. »Das ist nicht einfach nur irgendein Einbruch.« Ich überlege. »Henri, ist außer mir und Dr. Anderson noch irgendjemand neu in der Stadt?«

In dem Moment, als ich es sage, setzt sich die Polizei in Bewegung. Drei Constables, darunter mein Retter von vorhin, bewegen sich mit ihren Pistolen im Anschlag voran. Ein älterer Constable, den ich nicht kenne, geht vor, Villeneuve und mein Retter folgen ihm seitlich versetzt.

Die Formation erinnert an Wildgänse, die im Winter gen Süden ziehen. Seitlich hinter dem Busch habe ich einen guten Blick auf das Geschehen und den Eingang des Kühlhauses. Himmel, vielleicht habe ich in diesem Winkel sogar einen besseren Blick als die Polizisten.

»Nein«, sagt Henri verwundert. »Nur ihr zwei. Warum?«

Mist, Mist, Mist, denke ich, ohne meinen Blick vom Kühlhaus abzuwenden. Ich bin mir nicht sicher, warum, aber ich habe das dringende Bedürfnis, Nadiquak und seine Leute zu warnen. Gerade würde ich ihn aber nur ablenken. Und wenn sich die Sache als nichts herausstellt, wird er mir nie wieder zuhören.

Irgendwas musst du doch tun können!

Verzweifelt sehe ich mich um ... und erkenne etwas, das ich schon mal gesehen habe. Gestern Abend, als ich auf meinem Heimweg verfolgt wurde. Als ich um mein Leben rannte, nur um festzustellen, dass mein Gefühl keineswegs paranoid war.

Ich sehe einen langen, unmenschlichen Arm, der in spitzen Krallen endet, im Schatten der Tür zum Kühlhaus lauern. Die Haut, die den Arm überzieht, glänzt metallisch und wirkt fließend, beinahe ohne Konturen. So wie eine Gallertmasse, die durch Finger hindurchfließt.

Panisch wende ich meinen Blick zu den drei vorstoßenden Polizisten, die sich dem Kühlhaus bis auf wenige Meter genähert haben. Aus ihrem Winkel heraus ist der Arm unmöglich zu sehen.

Ich springe auf, denke nicht an Konsequenzen. Einer der Polizisten hat mir beim Brand der Praxis das Leben gerettet. Jetzt bin ich an der Reihe.

»Vorsicht!«, brülle ich. Meine Stimme überschlägt sich. »Da!«

Ich zeige zur Tür, hinter der das Wesen lauert.

Die Polizisten drehen sich zu mir um – nur kurz. Sie schauen nach, wer da ruft.

Dieser Moment, dieser kurze Augenblick, in dem meine Warnung die Polizisten ablenkt, reicht dem Wesen aus. Es springt aus dem Schatten der Kühlhaustür.

Alles geht so schnell, dass ich es kaum wahrnehme. Was ich aber erkenne, ist das Wesen. Es ist ein Monstrum, eine Bestie, in deren Zügen nichts Gutes, nichts Positives geschrieben steht. Das Wesen ist außerirdisch, muss außerirdisch sein, denn auf unserem Planeten kann so etwas nicht entstehen.

Blitzschnell, überschnell, schneller als jeder Mensch es könnte, fährt das Monster seinen Arm aus, spießt den vorderen der drei Polizisten auf seine langen, messerscharfen Krallen und wirbelt ihn gegen die Mauer des Kühlhauses. Der Aufprall an der metallenen Wand verursacht das Echo eines Donners, gefolgt von einem mehrfachen lauten Knacken, als im Körper des Constables gleich mehrere Knochen brechen.

Leblos fällt der Mann zu Boden.

Die beiden anderen Polizisten im Vorstoßtrupp eröffnen das Feuer. Pistolenschüsse peitschen gegen meine Trommelfelle. Dazu mischen sich aufgeregte Rufe derjenigen, die hinter den Polizeiwagen in Deckung stehen.

»Ausschwärmen«, ruft Sergeant Nadiquak. »Im Halbkreis umzingeln!«

Der Trupp setzt sich in Bewegung. Währenddessen drücken die beiden Vorgestoßenen weiter die Abzüge ihrer Dienstwaffen, immer und immer wieder. Weitere Polizisten eröffnen das Feuer, doch alles scheint wirkungslos.

Ebenso schnell, wie es aus der Deckung hinter der Tür hervorgekommen ist, eilt das Wesen wieder zurück. Wenn einzelne Kugeln ihr Ziel finden, bleiben sie ohne Wirkung.

Ich überlege fieberhaft.

Wenn das Wesen, genau wie die Bakterien, auf Silicium basiert, ist es fraglich, ob sein Körper auch nur annähernd so funktioniert wie der eines Menschen. Ob Kugeln da eine große Hilfe sind? Offenbar dringen sie nicht durch die Haut des Monsters.

»Feuer einstellen! Feuer einstellen!«, höre ich eine Stimme.

Das Wesen ist längst im Kühlhaus verschwunden; es hat sich sogar weiter zurückgezogen als vorher. Von meiner Position aus sehe ich weder die Kreatur noch ihren Schatten im Eingang.

Erst nach einer Weile erfasse ich, dass mit dem Befehl »Feuer einstellen« etwas nicht stimmt: Es ist nicht Nadiquaks Stimme, die ihn erteilt hat.

Verblüfft wende ich mich dem Geschehen hinter der Barrikade aus Polizeiautos zu und sehe Dr. Varneaux wild mit den Armen fuchteln.

In seinem Gesicht sind immer noch die Rußspuren vom Brand seiner Praxis zu sehen, seine Klamotten sind teils zerrissen, seine Haare zerzaust. Was auch immer er in den letzten Stunden getrieben hat, er hatte keine Zeit, sich zu waschen.

Er läuft auf Nadiquak zu, in der rechten Hand eine Spritze mit einer klaren Flüssigkeit.

»Was heißt hier ,Feuer einstellen'?«, brüllt Nadiquak den Arzt an. »Noch gebe ich die Befehle, Doc!«

»Nicht böse gemeint, Cliff«, sagt Varneaux hastig. »Aber eure Kugeln richten nichts aus! Das Wesen funktioniert ganz anders, als wir es von der Erde kennen!«

»Was soll das heißen?« Der Sergeant ist kurz davor, die Geduld zu verlieren.

»Hast du auch nur eine einzige Wunde an dem Ding gesehen, als deine Männer darauf geschossen haben?«

Gut so, denke ich. Varneaux appelliert an die Vernunft des Polizeichefs. Vielleicht sieht Nadiquak es so endlich ein.

»Nein? Dachte ich mir! Dann hör mir zu!« Er greift in die Innentasche seines Mantels. »Das Wesen basiert auf …«

Der Arzt kommt nicht dazu, seinen Satz zu beenden.

Ein lauter Knall peitscht durch die Stille, die sich über den Platz gelegt hat. Eine Kugel trifft Dr. Varneaux direkt in die Stirn und sein Hinterkopf explodiert.

Meine Beine beginnen zu zittern. Ich muss mich an Henri festhalten, damit ich nicht zusammensacke.

Nadiquaks Gesicht ist bleich. »Wer hat da geschossen?«, fragt er seine Leute.

Er wird nie eine Antwort hören. Ein weiterer Knall zerreißt die Stille. Dann sackt auch Nadiquak mit einem sauberen Loch in der Stirn und einem großen, unförmigen Krater im Hinterkopf zu Boden.

»Ein Scharfschütze«, brüllt einer der Polizisten panisch. Sofort kommt Bewegung in die Menge.

Die beiden Polizisten, die vom Vorstoß übriggeblieben sind, werden von den Schüssen des Scharfschützen abgelenkt. Sie gehen in die Hocke, um ein möglichst kleines Ziel abzugeben, befinden sich aber auf offenem Schussfeld. Mit ihren Pistolen im Anschlag suchen sie die erhöhten Orte der Umgebung ab, suchen nach dem Sniper.

Hinter ihnen hat sich das außerirdische Wesen wieder hervorgewagt. Nun sehe ich es zum ersten Mal im voller Größe, ohne dass es sich zu schnell für menschliche Augen bewegt. Es ist rund zwei Meter fünfzig groß, vielleicht auch ein bisschen mehr. Die metallische, fließende Haut bedeckt seinen ganzen Körper. Überlange Arme hängen ihm bis dorthin herunter, wo ein Mensch seine Kniescheiben hat, und münden in Händen mit Krallen, die so lang wie kurze Schwerter sind. Damit lässt sich ein Mensch problemlos aufschlitzen und ausweiden; ein evolutionärer Vorteil, gegen den wir nur verlieren können.

Das Schlimmste ist der Kopf.

Er ist die grausame, bizarre Karikatur dessen, was wir auf der Erde einen Kopf nennen. Drei asymmetrisch über die ganze Fläche des Gesichts verteilte halbmondförmige Schlitze scheinen die Augen zu sein. Anstelle einer Nase hat das Wesen zwei krude, unförmige Löcher, auf ihre Weise gleichartig, aber so verformt, dass sie einem Kreis nicht annähernd ähneln. Den Großteil des Gesichts nimmt das Maul ein. Es zieht sich als dünner, lippenloser Strich über die komplette Breite des Kopfes, und als das Wesen ein klackerndes Brüllen aus tausend Stimmen von sich gibt, entblößt es keine Zähne, sondern zwei Reihen scharfer, spitzer Dolche.

Das Brüllen des Monsters geht mir durch Mark und Bein. Es klingt abgehackt und arhythmisch. So, als würde man Murmeln auf Metall fallen lassen. Darunter schreien mehrere unirdische Stimmen nach Erlösung, eine so erschütternde, so nervenzerreibende Kakophonie wie Fingernägel, die über eine Schiefertafel schleifen.

Der Schrei allein reicht aus, dass mir jede Hoffnung entweicht, etwas gegen das Wesen ausrichten zu können.

Die beiden vorderen Polizisten drehen sich blass und eingeschüchtert um. Auch ihnen scheint jeder Mut aus dem Körper gewichen zu sein.

Mit zwei schnellen, unmenschlich weiten Schritten gelangt das Monster zu den Polizisten. Die messergleichen Krallen des linken Armes fahren dem Constable schwungvoll durch den Hals.

Blut spritzt im hohen Bogen und trifft Constable Nummer zwei ins Gesicht. Bevor dieser sich angewidert wegdrehen kann, öffnet das Monster sein Maul. Eine halbe Sekunde später ist der Kopf des Polizisten im Rachen des Wesens verschwunden. Es ist der Mann, der mich vor dem einstürzenden Dach der Praxis gerettet hat. Das Wesen braucht nur einen Bissen, um den Kopf vom Rumpf zu trennen. Einen kurzen Moment lang steht der Körper kopflos da, während Blut aus dem offenen Hals sprudelt. Dann sinkt der Leichnam des Constable in sich zusammen.

Ich kann mich nicht mehr zurückhalten und übergebe mich. Jeder Versuch, das Gebüsch zu treffen und den Schwall Erbrochenes von mir weg zu lenken, misslingt; die Kotze läuft über meine Stiefel und tropft mir, als ich keuchend Luft hole, aus dem Mundwinkel auf meinen Oberschenkel.

Ich drehe mich zu Henri um. Auch er ist blass.

Ein weiterer Schuss zerschneidet die wilden, panischen Rufe der übrigen Polizisten.

Ich will nicht hinsehen, trotzdem blicke ich zu der Barrikade aus Polizeiwagen. Der Schuss hat die junge Frau von der Wache getroffen. Erneut hat der Schütze einen glatten Kopfschuss hingelegt.

Zwei Polizisten versuchen zu fliehen und werden von weiteren Schüssen in den Hinterkopf getroffen. Andere sitzen weinend in Deckung. Die Formation ist aufgelöst.

Das Monster ist derweil nirgendwo zu sehen. Auf der anderen Seite des Vorplatzes bewegen sich die Büsche und ich frage mich, ob das Wesen sich dort in den Wald schlägt oder ob das die Position des Scharfschützen ist.

Nein, denke ich, *das kann nicht sein. Der Schütze muss erhöht sitzen.*

Zwei Schüsse ertönen und lassen weitere Köpfe explodieren.

Das Dach des Kühlhauses ist die einzige Möglichkeit, wo man eine erhöhte Position und gleichzeitig festen Untergrund hat, um ein Scharfschützengewehr zu montieren. Den vorderen Teil des Daches kann ich einsehen. Dort sitzt niemand. Direkt über der Eingangstür fällt das Dach jedoch ab und bildet eine Art Erker. Ich habe keine Ahnung von Scharfschützen, aber das scheint mir die logischste Stellung.

Ein weiterer Schuss martert meine Trommelfelle. Ich höre, wie die Kugel in Metall einschlägt, dann den Schrei eines jungen Mannes, erfüllt von Schmerz und blanker Panik. So müssen die Schreie von jungen Soldaten klingen, die in dem Moment, wenn es zu spät ist, zum ersten Mal begreifen, worauf sie sich eingelassen haben.

Ich drehe mich zu den verbarrikadierten Polizisten um und sehe, wie sich Constable Villeneuve die Schulter hält. Zwischen seinen Fingern quillt Blut hervor.

Die Kugel hat den Polizeiwagen glatt durchschlagen.

So geht das nicht weiter, denke ich mir. Ich muss handeln.

Die Chancen stehen gut, dass der Scharfschütze Henri und mich bisher nicht entdeckt hat. Vielleicht eröffnet mir das eine Möglichkeit.

Und dann?, frage ich mich.

Ich habe schließlich keine Waffe, mit der ich den Schützen – *Anderson, nenn ihn doch Anderson* – bedrohen und zum Aufgeben überreden könnte.

Rasch senke ich den Blick und suche den Boden ab. Es dauert nicht lange, bis ich die Pistole von einem Polizisten entdecke, der vor der Kreatur geflohen ist. Sie liegt wenige Meter von mir entfernt, fünf vielleicht.

Ob ich dort hinkommen kann, ohne dass mich der Schütze sieht?

Egal, denke ich. *Dir bleibt nichts anderes übrig.*

»Du hältst hier die Stellung«, flüstere ich Henri zu. »Ich hab eine Idee.«

So flink ich kann gehe ich gebückt um den Busch herum.

Fünf Meter.

Vier Meter.

Ich höre einen weiteren Schuss und mein Herz setzt einen Schlag lang aus. Wie angewurzelt bleibe ich stehen.

Der Schuss trifft mich nicht. Stattdessen schlägt er abermals in etwas Metallisches ein. Sofort hören Villeneuves Schreie auf.

Keine Zeit für Trauer, sage ich mir und eile weiter.

Drei Meter.

Zwei Meter.

Einen Meter.

Ich höre noch einen Schuss. Was genau die Kugel trifft, kann ich nicht orten. Aber es ist nicht mein Körper.

Ich bekomme die Pistole zu fassen und mache mich auf den Rückweg. Während ich hinter das Gebüsch krabbele, fallen zwei weitere Schüsse, aber keiner davon schlägt in meiner Nähe ein.

Als ich mich neben Henri niedersinken lasse, atme ich schwer. Mein Herz pocht, als wolle es mir die Brust von innen sprengen.

»Was zur Hölle hast du dir dabei gedacht?«, fragt mich Henri aufgeregt. »Der Scharfschütze hätte dich sehen können.«

»Hat er aber nicht«, gebe ich kurz angebunden zurück und betrachte die Pistole.

Ich habe genug Krimis gelesen, um zu wissen, dass Pistolen eine Sicherung haben. Auf einem Regler steht »Safety«. Nirgendwo ist zu erkennen, welche Reglerposition die Sicherung an- und welche sie ausstellt. Hoffend, dass sie nicht bereits entsichert ist, schiebe ich ihn hoch.

Schnell werfe ich einen Blick auf die Polizisten. Zwei Constables versuchen, in einen der durchlöcherten Wagen einzusteigen. Die übrigen haben sich um einen älteren Polizisten versammelt, der offenbar versucht, einen geordneten Rückzug zu koordinieren. Sein kurzgeschorenes Haar ist grau, sein Gesicht hochrot. Als Dienstältestem ist ihm nach Sergeant Nadiquaks Tod wohl die undankbare Aufgabe zugefallen, seine Leute hier rauszubringen.

Zwei weitere Schüsse fallen. Sie schlagen in den Polizeiwagen ein, in den die beiden Constables eingestiegen sind. Ein kurzer Aufschrei zeigt, dass der Schütze auch mit diesen Kugeln getroffen hat.

»Ich habe keine Zeit zu diskutieren«, sage ich. »Ich muss los, sonst sind am Ende alle Polizisten tot.«

Bevor Henri etwas erwidern kann, bücke ich mich wieder und gehe aus dem Gebüsch, diesmal auf der anderen Seite. Ich versuche, mich so klein wie möglich zu machen, und lege einige Meter zurück, bevor ich hinter einem dicken Baumstamm durchatme.

Währenddessen fällt kein einziger Schuss.

Ist das ein gutes oder ein schlechtes Zeichen?

Hat Anderson mich entdeckt? Habe ich ihn abgelenkt?

»Super«, sagt Henri. Erst jetzt merke ich, dass er mir gefolgt ist. Er geht hinter einem Baum neben mir in Deckung. »Hast du auch nur einmal daran gedacht, dass du die Aufmerksamkeit des Schützen mit der Aktion auch auf mich lenken könntest?«

»Nein, sorry«, murmele ich. »Aber irgendjemand muss was unternehmen.«

»Und das bist unbedingt *du*?«

»Wer denn sonst?«, zische ich und deute auf den See aus toten und verletzten Polizisten. Von den unversehrten Constables ist niemand mehr zu sehen. Das ist also der Grund, warum der Schütze nicht weiter schießt. Dem älteren Polizisten und seinen Leuten ist entweder der Rückzug gelungen oder sie haben etwas vor. So oder so sollte ich alles versuchen, ihnen den Rücken zu decken. »Jemand muss der Polizei helfen«, sage ich.

Henri zuckt mit den Schultern. »Tu, was du nicht lassen kannst.«

»Habe ich vor, danke.«

Ich beobachte die Umgebung. Auf der linken Seite sehe ich keinerlei Bewegungen, nichts, was auf einen Scharfschützen hindeutet.

Gebückt überquere ich so schnell ich kann den Platz zwischen dem Baum und der Metallwand des Kühlhauses. Die Pistole halte ich dabei fest umschlossen in beiden Händen, den Blick auf das Dach gerichtet und bereit, jederzeit zu zielen und zu schießen, sollte sich der Schütze zeigen.

Mit jedem Schritt und jedem Atemzug rechne ich damit, dass ich einen Schuss höre und mich eine Kugel durchlöchert. Doch ich komme an der Außenmauer des Kühlhauses an und drücke mich gegen die Wand, ohne dass mich ein Schuss trifft.

Diesen Teil habe ich schon mal überlebt.

Ich atme schwer, muss den Impuls meiner Lungen regelrecht unterdrücken, damit ich nicht hechele wie ein Hund nach einem Marathon.

Ich schaue mich um. Nach rechts zu gehen ist keine Option, dort künden zu viele tote und schwerverletzte Polizisten von einem freien Schussfeld für Anderson.

Links um das Kühlhaus herum erscheint mir praktischer, denn den größten Teil des Weges wäre ich gedeckt. Nur ein kleines Stück, wo das Dach des Kühlhauses abgesenkt ist, könnte problematisch sein.

Ich schleiche los. Jeder Schritt sackt ein Stück in den Schnee ein, jedes Mal, wenn ich meinen Fuß absetze, knirscht es.

Ich gelange zur Ecke des Kühlhauses und wage einen vorsichtigen Blick. Niemand ist an der langen Rückseite zu sehen. In der Mitte der Wand finde ich aber, wonach ich gesucht habe: Sprossen, die als Aussparungen darin eingelassen sind. Die Leiter führt auf den abgesenkten mittleren Teil des Daches. Dorthin, wo ich den Schützen vermute. Wo ich *Anderson* vermute.

So leise und behände, wie ich kann, drücke ich mich um die Häuserecke und schleiche auf die Leiter zu. Ich schätze die Entfernung auf zwölf Meter.

Zwanzig Schritte ungefähr. Jeder davon wird im Schnee knarzen, jeder davon kann Anderson vor mir warnen.

Die Hälfte der Strecke lege ich ohne Zwischenfälle zurück. *Zehn Schritte noch.*

Vielleicht läuft das alles doch besser, als ich befürchte.

Fünf Schritte noch.

Meine Nerven sind zum Zerreißen gespannt. Jeder falsche Tritt, verdammt nochmal, jedes beschissene *Niesen* kann meinem Leben ein Ende machen.

Ich erreiche die Leiter und vergewissere mich noch einmal, dass Anderson nicht bereits oben steht, das Scharfschützengewehr im Anschlag, auf meine Stirn zielend. Das ist nicht der Fall.

Okay Jenny, sage ich mir. *Du musst jetzt mutig sein. Los!*

Ich gehorche mir. Widerwillig, aber ich tue es.

Die Pistole in der rechten Hand halte ich mich mit der linken an einer Sprosse knapp über meiner Augenhöhe fest – das Metall ist eiskalt, so sehr, dass es schmerzt.

Die Sprosse gibt ein leises Geräusch von sich, als ich meinen Stiefel darauf abstelle und mein Gewicht verlagere. Nur ein kleines, metallisches Knarren. Aber das kann reichen. Kurz bleibt mir das Herz stehen.

Nächste Stufe. Wieder stelle ich meinen Stiefel auf dem Metall ab, nachdem ich meine Hand eine Sprosse nach oben versetzt habe.

Ich klettere weiter. Nächste Sprosse. Meinen Fehler bemerke ich zu spät.

Natürlich!

Wie konnte ich nur so dumm sein? Selbstverständlich musste Anderson sichergehen, dass sein Rücken frei ist. Seine Lösung ist einfach, aber effektiv.

Die ersten drei Sprossen kann man ohne Probleme hochsteigen. Auf der vierten aber – weit unter Augenhöhe - hat er ein Stückchen Metall gelegt. Als ich darauftrete, rutscht es nach hinten weg und gibt dabei das schrille Knirschen von Metall auf Metall von sich, bevor es nach unten fällt.

Oben höre ich Schritte, die sich schnell nähern.

Ich bin geliefert. Gut sichtbar stehe ich auf der Leiter. Klar, ich könnte mich fallen lassen, aber unten sieht die Lage nicht viel besser aus. Die ganze Rückseite des Kühlhauses entlang befindet sich nichts als Schnee, vor dem ich mit meiner schwarzen Jacke und der dunkelblauen Hose einen guten Kontrast abgebe. Mindestens dreißig Meter müsste ich rennen, um hinter einem Baum verschwinden zu können, und mindestens zwölf, um hinter einer Ecke des Kühlhauses Deckung zu finden.

Für nichts davon reicht die Zeit.

Trotzdem will ich nicht auf der Sprosse stehenbleiben. Nichts ist schlimmer, als es nicht wenigstens zu versuchen.

Ich springe von der Leiter. Dabei stoße ich mich mit den Füßen ab, sodass ich Abstand von der Wand gewinne.

Ich lande im Schnee und gehe in die Knie.

Jetzt bloß nicht hinpacken!

Ich sehe hoch und richte die Pistole auf das Ende der Leiter, wo ich jeden Moment Andersons Gesicht erwarte. Mit der freien Hand stütze ich das Handgelenk ab, das die Waffe hält. Der Rückstoß einer Pistole ist ein Faktor, den man beachten sollte. Das weiß selbst ich als jemand, die noch nie eine Waffe abgefeuert hat.

Kaum bin ich bereit, erscheint eine Gestalt auf dem Dach. Sie ist in Schnee-Camouflage gekleidet und hält ein Scharfschützengewehr, mit dem sie den Boden absucht. Die Gestalt findet mich und richtet den Lauf der Waffe auf mich.

Ich stutze.

Das ist nicht Anderson. Nein, das ist jemand aus der Stadt. Ich habe den Mann mehrmals gesehen. Beim Einkaufen. Bei den Versammlungen vor der Polizeistation. Einmal, als ich im Pub zu Abend gegessen habe.

Er ist ein Bewohner von Grizzly Creek. Jemand, der die Polizisten kannte, die er niedergemetzelt hat. Jemand, den sie beschützen wollten.

»Anderson hatte recht«, sagt der Mann. »Sie sind immer für eine Überraschung gut, Dr. Meier.«

»Was zur Hölle geht hier vor?«

Der Mann fängt an zu lachen. »Warum«, sagt er, »glauben Sie, dass Sie in der Situation sind, Fragen zu stellen? Ich ziele mit einer M24 SWS auf Sie. Ich habe Sie genau im Visier. Sie hingegen haben eine läppische Glock 22 und ich wette, dass Sie noch nie damit geschossen haben.«

»Woher kennen Sie meinen Namen? Wer sind Sie?«, frage ich. Ich versuche, möglichst viel Nachdruck in meine Stimme zu legen.

Wie komme ich aus dieser Situation nur heraus? Nichts hält den Mann auf, mir eine Kugel in den Kopf zu jagen, wenn er will. Es gibt nichts, wohinter ich in Deckung gehen könnte. Nichts, was mir hilft – außer vielleicht die Pistole in meinen Händen.

Offensichtlich gehen mir die Optionen aus. Trotzdem habe ich vor, heute Abend noch zu atmen.

Ich richte den Lauf der Waffe neben den Mann. Treffen will ich ihn nicht, aber er soll den Luftzug des Geschosses spüren.

Ich zögere. Soll ich das wirklich tun? Die Gefahr, dass er erschrickt und dadurch selbst schießt, ist groß.

Aber habe ich eine andere Wahl? Bestenfalls sitze ich in einer Patt-Situation, und das ist noch sehr optimistisch. *Irgendwie* muss ich ihn aus dem Konzept bringen – und hoffen, dass der Mann, der bisher kein Ziel verfehlt hat, genug Kontrolle über sich hat, um nicht aus Schreck abzudrücken.

Los, Jenny, sage ich mir. *Es ist schwierig, aber es ist eine Chance.*

Ich atme tief durch und suche die letzten Krümel Mut zusammen, die ich in mir finde. Dann drücke ich den Abzug.

Mit Gewalt explodiert die Ladung im Lauf der Waffe und die Patrone fliegt wenigstens grob in die Richtung, in die ich gezielt habe. Ein Stoß zuckt durch meine Hände, meine Arme bis in meine Schultern und lässt mich zurücktaumeln.

Ich mache einen Ausfallschritt nach hinten, um auf den Beinen zu bleiben.

Der Rückstoß hat meinen Schuss abgelenkt. Die Kugel fliegt näher am Kopf des Scharfschützen vorbei, als ich beabsichtigt habe. Das verleiht meinem Vorhaben noch mehr Nachdruck.

Tatsächlich irritiere ich ihn. Seine Reaktion ist kaum merkbar, er hat eine verdammt gute Selbstbeherrschung. Der Lauf seiner Waffe ist nach wie vor auf mich gerichtet. Trotzdem sehe ich, dass er nicht mehr durch das Zielfernrohr schaut, sondern direkt zu mir.

»Ich habe keine Lust auf dieses ‚Sie trauen sich doch eh nicht zu schießen'-Spielchen«, rufe ich. Meine Stimme ist knapp davor zu versagen.

Ich räuspere mich.

»Wenn man das in der Realität überhaupt so spielt und nicht nur in Hollywood«, füge ich hinzu. Jetzt spreche ich klarer. Fester.

»Oh, ein ‚Warnschuss'.« Was er sagt, trieft vor Sarkasmus. »Dr. Meier, Sie haben mir soeben bewiesen, dass sie nicht einmal einen halbwegs gezielten Schuss abgeben können, ohne vom Rückstoß ins Wanken zu geraten. Erzählen Sie mir nochmal, warum ich Angst vor Ihnen haben oder Ihnen irgendwelche Fragen beantworten sollte.«

»Weil Sie genauso gut wissen wie ich, was in den Wäldern um Grizzly Creek lebt«, sage ich.

Ich habe jetzt keinen Plan mehr. Bis mir etwas einfällt, muss ich improvisieren.

Henri muss noch irgendwo sein. Hoffentlich handelt er … ich weiß zwar nicht, was er tun sollte, aber er sollte etwas tun. Irgendwas.

»So?«, antwortet der Mann. »Weiß ich das?«

»Davon gehe ich aus, wenn Sie sich hier zu seinem Handlanger machen.«

»Dr. Meier, Sie haben einen falschen Eindruck davon, warum ich hier bin und weshalb ich mache, was ich mache.« Eine Menge Ablehnung schwingt darin mit. Offenbar hat ihn meine Bemerkung gekränkt.

Gut, denke ich mir. *Das zieht ihn ins Gespräch.*

»Das mag so sein«, spreche ich weiter. »Trotzdem sind Sie Erfüllungsgehilfe. Vielleicht glauben Sie, dass Sie hier was Gutes tun. Tun Sie aber nicht. Sie verhelfen einer Kreatur zur Flucht, die mindestens vier Menschen auf dem Gewissen hat, und sie töten sämtliche Polizisten – die Einzigen, die das Wesen aufhalten könnten.«

Er schüttelt den Kopf. »Sie haben gesehen, was das Alien mit den Männern gemacht hat. Glauben Sie mir, die Polizisten sind die Letzten, die das Ding aufhalten können.«

»Und was ist mit Dr. Varneaux? Er schien eine Lösung für das Problem gefunden zu haben. Sie haben ihn trotzdem kaltblütig abgeknallt.«

Der Scharfschütze zuckt mit den Schultern. »Er war zur falschen Zeit am falschen Ort. Wäre er nicht hergekommen, hätte er noch ein, zwei Tage leben können.«

Denk nach, fordere ich mich auf. *Verdammt nochmal, denk nach!*

Langsam muss mir etwas einfallen. Was macht Henri eigentlich die ganze Zeit?

Mir fällt nichts ein. Ich bin ratlos.

Zur Hölle.

Dann muss ich eben weiter improvisieren.

»Pah!«, rufe ich hoch. »Und der Brand in der Praxis war Zufall? Geben Sie es doch zu: Sie haben das Gebäude angezündet, weil Sie Varneaux und mich umbringen wollten! Was Ihnen bei Mrs. Sigourn ja gelungen ist, Sie mordendes Schwein!«

»Nein, das Feuer in der Praxis war ich nicht.« Irgendwas in seiner Stimme lässt mich glauben, dass er die Wahrheit sagt. »Sie können mir ruhig glauben«, fügt er hinzu, als hätte er meine Gedanken gelesen. »Ich hätte kein Problem damit, es zuzugeben, wenn es so wäre. Ich schmücke mich aber nicht gerne mit fremden Federn.«

Er zuckt abermals mit den Schultern.

»Nein, der Brand, das war mein Kollege. Wie gesagt, ich beantworte hier keine Fragen, die ich nicht beantworten will. Aber versuchen Sie es doch mal bei ihm.« Ein Lächeln umspielt seine Lippen. »Er steht direkt hinter Ihnen.«

Panisch drehe ich mich um.

Verdammt!

Ich bin in die Falle getappt.

Hinter mir steht Henri. Ein Knebel verdeckt seinen Mund, an seiner Stirn tropft Blut aus einer Platzwunde. Hinter ihm steht ein Mann und hält seine Arme im Polizeigriff.

»Also doch«, entfährt es mir.

»Ah«, sagt Anderson lächelnd. »Sie haben mich bereits verdächtigt, Dr. Meier.«

»Sie Arschloch!«, brülle ich ihn an. »Dann haben Sie die ganze Zeit davon gewusst!«

»Gewusst?« Er lacht lauthals auf. »Das Alien ist der einzige Grund, warum ich hier bin.«

»Für wen arbeiten Sie wirklich?«

»Das, meine Liebe, geht Sie gar nichts an.«

»Ich bin nicht Ihre Liebe, Sie Schwein!«

»Was auch immer.«

Meine Beleidigungen prallen nur an ihm ab. Er wendet sich zum Schützen. »Robert«, ruft er , »komm runter. Wir nehmen die beiden erstmal mit. Wir müssen sie irgendwo sicherstellen.«

Als er das sagt, schaue ich zu Henri. Der blickt nach oben, als Anderson den Namen nennt. Scheinbar realisiert er jetzt erst, dass Anderson einen Komplizen auf dem Dach hat.

Seine Miene, als er den Schützen erkennt, spricht Bände.

Ich höre, wie der Mann – Robert – die Metallsprossen herunterklettert, will meinen Blick aber nicht von Anderson abwenden. Ich lege alle Wut, die ich spüre, in meine Mimik und schmettere sie ihm entgegen. Er wirkt davon eher amüsiert, was mich noch wütender macht – und verzweifelter.

Ich höre, wie Roberts Stiefel im Schnee landen. Dann bekomme ich von hinten einen Schlag gegen den Kopf und die Welt um mich herum wird schwarz.

KAPITEL 12

Als ich zu mir komme, sehe ich nichts.

Gleißend hell leuchtet mir eine Lichtquelle in die Augen. Hastig schließe ich meine Lider, öffne sie noch einmal und blinzele den Schmerz weg.

Nur langsam erkenne ich Konturen.

Ich sitze in einem Raum. Durch ein Fenster über der einzigen Tür fällt grelles, kaltes Neonlicht. Der Schein trifft mich direkt im Gesicht.

Ich sitze auf dem nackten Beton des Bodens, nach hinten an die Wand gelehnt, meine Hände sind hinter dem Rücken verschränkt und gefesselt. Mein Gewicht drückt mir auf den Steiß, der mir wehtut, kaum dass ich mich rühre.

Es riecht nach kaltem Moder. Der Geruch steigt mir in die Nase und es fühlt sich an, als würde er sich dort in meinen Härchen verfangen, um ewig zu bleiben.

Ich möchte speien vor Übelkeit. Ob der Schütze mir mit seinem Schlag eine Gehirnerschütterung verpasst hat?

In der Ecke schräg gegenüber liegt etwas, das grob die Konturen eines Sacks hat. Könnte das Henri sein? Die Größe stimmt in etwa.

»Psst«, versuche ich, mich bemerkbar zu machen. »Henri? Bist du das?«

Als Antwort kommt ein gequältes Stöhnen.

»Henri, wach auf«, versuche ich es nochmal. »Wir stecken in Schwierigkeiten.«

Der Sack bewegt sich schwerfällig. Im Schimmer des Lichts erkenne ich, dass es tatsächlich Henri ist. Behäbig dreht er sich zu mir.

»Wo ... wo sind wir?«, fragt er.

»Keine Ahnung. Du lebst doch hier in der Stadt. Kennst du den Ort?«

Er schaut sich um.

»Nein«, sagt er nach einem Rundblick. »Kenne ich nicht. Wohl irgendein Keller.«

»So weit war ich auch schon.« Ich seufze. »Der Typ, der mit Anderson zusammenarbeitet. Ich hab gesehen, dass du ihn erkannt hast. Wer war er?«

»Dein Kollege hat ihn ‚Robert‘ genannt. Ich kenne ihn aber als Marten. Marten O'Neary.«

»Aus Grizzly Creek?«

»Ja«, antwortet Henri mit leichter Verzögerung.

»Was verschweigst du mir?«

»Nichts Wichtiges.« Er schaut auf und sieht mir in die Augen. »Versprochen.«

Ernsthaftigkeit liegt in seinem Blick. Aufrichtigkeit. Und noch etwas: Traurigkeit.

»Nein«, sage ich. »Ich glaube dir, dass du es für unwichtig hältst. Aber wenn Anderson sich wegen des Aliens auf diesen Trip begeben und sich sein Kollege schon länger in Grizzly Creek einquartiert hat, dann muss da mehr dran sein. Ich bitte dich, Henri, bei der kurzen, aber erlebnisreichen Geschichte unserer Freundschaft: Was weißt du über ihn?«

Henri lässt einige Sekunden verstreichen. »Marten ist ein Freund von mir«, sagt er dann.

»Ein Freund?«

Ich hatte Henri nicht als den Typ Mensch eingeschätzt, der Wert auf Freundschaften legt.

»Ja. Nun, nein. Mehr als das. Er ist ...«

»Eine Affäre?«, unterbreche ich ihn.

Henri wiegt den Kopf hin und her. »Eins der beiden Wörter wird wohl passen. Technisch ist es keine Affäre, weil es bei uns beiden niemanden gibt, vor dem wir unsere Treffen geheim halten müssten. Eine Beziehung ist es aber auch nicht.«

Ich nicke.

»Zumindest«, spricht Henri weiter, »habe ich bisher gedacht, dass es so ist. Ich dachte aber auch, dass ich ihn kennen würde. Da habe ich mich ja ganz offensichtlich getäuscht.« Sein Blick senkt sich zu Boden.

Er tut mir leid. Ich stelle mir vor, was das für ihn heißen muss: Sein ganzes Leben hat er damals umgekrempelt. Ist nach Grizzly Creek geflohen, an den sprichwörtlichen Arsch der Welt. Ließ alles hinter sich, um neu anzufangen. Es schien zu funktionieren. Und jetzt dieser Mist.

Ich würge mein Bedauern hinunter. Dafür muss später Zeit sein; jetzt geht es darum, aus dieser Misere herauszukommen.

»Tut mir leid für dich«, sage ich nur. Ein billiger Trost, aber das ist alles, wozu ich in der Lage bin. »Bitte bleib bei mir und denk nach. Seit wann lebt Marten in Grizzly Creek?«

Henri bläst die Backen auf. »Schon lange«, sagt er. »Warte mal …« Er starrt in die Luft. Es sieht so aus, als würde er rechnen. »Mindestens … sieben oder acht Jahre, schätze ich.« Er zuckt mit den Achseln. »Zumindest schon eine ganze Weile. Das erklärt natürlich, warum er mir nie erzählen wollte, was ihn hierhergetrieben hat.«

Mir wird schwummrig. Das bedeutet, dass diese Aktion – was für eine Aktion es auch immer ist – seit mehreren Jahren geplant wurde. *Nein*, korrigiere ich mich: Sie *läuft* seit mehreren Jahren.

»Du weißt, was das heißt?«, frage ich ihn.

Er nickt. »Grizzly Creek steht schon seit Jahren unter Beobachtung. Oder sowas.«

»Beobachtung«, murmele ich. »So habe ich es noch gar nicht gesehen.«

»Hm?«

»Ich bin bisher davon ausgegangen, dass alle schon längst von der außerirdischen Kreatur wussten. Ich glaube, das stimmt auch. Aber ich habe noch nicht darüber nachgedacht, warum deshalb jemand seit Jahren hier sein Leben verbringen sollte – ohne aktiv zu werden.«

»Ich glaube, du hast recht«, stimmt Henri mir zu. Auch er ist jetzt voll bei der Sache. »Es ergibt keinen Sinn, jahrelang zu warten und nichts zu tun. Es sei denn, sie haben die Stadt beobachtet. Gewartet, was passiert.«

»Ja genau.« Ich nicke so heftig, wie es meine angespannte Körperhaltung zulässt. »Sie haben also irgendwie davon erfahren, dass es hier außergewöhnliche Dinge gibt und jemanden hergeschickt.«

»Vielleicht auch gleich ein paar Leute«, unterbricht mich Henri. »Noch wissen wir nicht, mit wie vielen wir es zu tun haben.«

»Richtig. Obwohl ich nicht glaube, dass es mehr Leute als Marten und Anderson sind. Warum hätten sie ihn sonst herschicken sollen, getarnt als Teil einer Forschungsexpedition?«

Das frage ich mich vor allem selbst.

»Worüber denkst du nach?«, sagt Henri.

»Bin mir noch nicht ganz sicher. Gib mir einen Moment, bitte.«

Ich grübele. Was bedeutet das für meine Arbeit, den Grund für meine Anwesenheit hier in Grizzly Creek? Wenn die ganze Expedition von Anfang an nur Tarnung war, um Anderson unter einem Vorwand hierherzuschicken … welche Rolle spiele ich dann in diesem Stück?

Die Frage bedrängt mich. Das unangenehme Gefühl, bloß ein Spielball verborgener Mächte zu sein, ist irritierend. Das hieße, dass ich die ganze Zeit benutzt wurde … und nicht weiß, wofür eigentlich.

Ich will diesen Gedanken nicht wahrhaben. Aber die Tatsachen lassen sich nicht von der Hand weisen. Alles passt. Allein schon Andersons Benehmen, das mich viel früher in Alarmbereitschaft hätte versetzen müssen. So, wie er sich gegenüber Dr. Varneaux, Sergeant Nadiquak und anderen verhalten hat – kein Mensch, der sein ganzes Leben daran arbeitet, nach oben zu kommen, stößt so plump Leuten vor den Kopf, die er noch gebrauchen könnte. Immer wieder habe ich mich gefragt, wie das zusammenpasst, und irgendwelche halbgaren Erklärungen dafür gefunden. Viel früher hätte ich auf meine Zweifel hören sollen.

Es ist offensichtlich: Das Profil, das ich von Dr. Anderson kenne, ist gefälscht. Was ich über ihn wusste, stand im Internet. Die ganze Expedition war über das Netz organisiert. Überall war zwar der Stempel der Universität von Vancouver drauf, aber ich habe mich online dafür beworben. Ich habe die Zusage per E-Mail bekommen und jede Kommunikation, die im Vorfeld stattgefunden hat, über das Internet erledigt. Nicht ein einziges Mal habe ich jemanden von der Uni oder aus dem zuständigen Institut persönlich gesprochen. Bis ich am Flughafen von Whitehorse den Mann getroffen habe, der sich »Anderson« nennt.

Zu was macht mich das? Ich gebe zu, dass es mich gewundert hat, unter den Bewerbern ausgewählt zu werden. Von denen gibt es für eine solche Expedition im Normalfall mehr als genug und meine wissenschaftliche Karriere ist schließlich alles andere als geradlinig verlaufen. Studium mit Unterbrechung. Abschluss lange nach der Regelstudienzeit. Eine gute, aber nicht sehr gute Doktorarbeit. Und dann der Fauxpas mit dem Artikel, der mich alles an dem bisschen guten Ruf gekostet hat, was ich über die Jahre aufbauen konnte.

Es war höchst unwahrscheinlich, dass ausgerechnet ich, die quasi nichts vorweisen kann, für diese Expedition ausgesucht wird.

Langsam dämmert mir, dass ich bei der Sache die Lückenbüßerin spielen soll. Den Mann, der sich Anderson nennt, alleine zu schicken, wäre unglaubwürdig. Unis senden immer Forschungs*teams* zu Expeditionen aus. Schon aus dem Grund, dass mehrere Wissenschaftler die Ergebnisse bestätigen.

Also hat man diejenige Bewerberin genommen, die dem Vorhaben keinen Strich durch die Rechnung machen würde. Die am wenigsten geeignet aussah.

Ich möchte weinen.

Nein, ich möchte *heulen*.

Ich habe diese Aufgabe angenommen, um mich zu beweisen. Wollte von zu Hause fliehen und meinen Namen wieder reinwaschen.

Und was habe ich stattdessen bekommen?

Eine Expedition, die keine ist. Meinen Ruf damit wiederherzustellen, kann ich vergessen. Nicht, dass es gerade nicht Wichtigeres gäbe. Zum Beispiel eine Verschwörung aufzudecken und die Existenz außerirdischen Lebens zu beweisen. Aber *wenn* ich hier lebend rauskomme, wird niemand einer Publikation glauben, die ich über meine Erlebnisse anfertigen könnte. Selbst Forscher mit tadellosem Ruf würden sich eine solche Publikation zweimal überlegen. Außerdem würden Anderson und seine Leute sicherlich dafür sorgen, dass sich nichts davon verbreitet.

Moment mal! Ich zögere. *Habe ich nicht …?*

Doch, habe ich!

Mein Rucksack liegt nicht hier im Raum. Aber mit etwas Glück haben Anderson und sein Kollege meine Tasche nicht gründlich durchsucht, sondern nur oberflächlich durchwühlt und in irgendein Lager geworfen. Das gibt mir die Hoffnung, dass sie die Probe und mein Notizbuch im Riss zwischen Futter und Innenwand des Rucksacks nicht gefunden haben.

Wenn Anderson und Robert nur ein *bisschen* unachtsam waren, kann ich meine Geschichte beweisen, die ganze Sache aufdecken und meinen Namen endlich reinwaschen.

Ich brauche nur einen Plan, wie wir aus diesem Kellerloch herauskommen, und etwas Glück, meinen Rucksack zu finden, damit ich meine Geschichte auch *erzählen* kann.

Henri hat scheinbar meine Gedanken gelesen. Er sieht mich mit einem schelmischen Grinsen an. Hoffnung leuchtet in seinen Augen.

»Wie gelenkig bist du?«, fragt er mich.

Zuerst habe ich gedacht, Henri wolle, dass ich mich irgendwo durchquetsche. Dabei war er auf etwas ganz anderes aus.

Ich liege auf meinem eh schon schmerzenden Steißbein. Die Stunden, in denen ich auf dem kalten, ungepolsterten Betonboden gesessen habe, haben ihre Spuren hinterlassen.

Aber Henris Plan scheint zu funktionieren.

Wie ein Käfer liege ich auf dem Steiß, die Beine angewinkelt und meine Arme so lang gestreckt, wie es mir möglich ist. Nun muss ich versuchen, meine Beine durch die gefesselten Arme zu schieben. Dann habe ich meine Hände vorne, wo ich mehr damit anfangen kann.

Ich wünsche mir, ich wäre sportlicher. Dann wäre die Übung sicherlich leichter für mich.

Bin ich aber nicht.

Ich versuche es eine Weile, aber es will nicht funktionieren. Mir tritt Schweiß auf die Stirn, obwohl es in diesem Loch arschkalt ist. Für einen Moment entspanne ich mich und lasse die angehaltene Luft entweichen.

»So wird das kaum funktionieren«, resigniere ich.

»Gib nicht auf«, sagt Henri. »Du kannst es schaffen. Viel hat nicht gefehlt. Nur wenige Zentimeter.«

»Du hast gut reden«, sage ich atemlos. »Mehr geht nicht.«

»Es muss gehen.« Henri gibt nicht auf. »Jenny, unsere einzige Chance, hier rauszukommen, ist, dass du uns befreist.«

Beim Anblick seiner langen, staksigen Beine leuchtet mir ein, dass wir tatsächlich auf mich angewiesen sind.

»Konzentriere dich«, redet Henri weiter auf mich ein. »Du *musst* es schaffen! Du *kannst* es schaffen!«

Er hat recht.

Denk daran, was dir diese Arschlöcher angetan haben!

Ja! Das ist gut!

Ich rufe mir Bilder in den Kopf. Mein Arschloch von Exfreund. Wie er vor meiner Tür steht. Ich ihm erzähle, was ich getan habe. Wie er mich ansieht, als er realisiert, dass ich abgetrieben habe. Ich sehe vor mir, wie er zutritt, spüre den Schmerz regelrecht in meinen Eingeweiden. Sehe, wie er anschließend ausholt, um mich mit der Faust zu schlagen, und wie ich es gerade noch schaffe, meine Wohnungstür zu schließen.

Ich sehe vor mir, wie ich wochenlang Angst habe, meine Wohnung zu verlassen. Angst, weil ich befürchten muss, er würde mir auflauern. Ständig habe ich seine Visage gesehen, und meistens war er nicht wirklich da, manchmal aber schon. In einem Café, in dem ich saß. In meiner Lieblingsbücherei. Im Kinosaal, zwei Reihen hinter mir. Sogar auf meiner Arbeit hat er mir einmal aufgelauert.

Ich sehe vor mir, wie glücklich ich bin, als ich die Zusage bekomme, ins Yukon-Territorium zu fahren. Zu einer Forschungsexpedition in ein kleines, verschlafenes Nest namens Grizzly Creek. Sehe mich selbst, nervös ob der Aufgabe, die vor mir liegt, aber voller Vorfreude, der ganzen Scheiße in Deutschland für ein paar Wochen zu entkommen.

Und dann sehe ich Anderson vor mir, wie er Henri im Polizeigriff hält und mich süffisant anlächelt. Wie die Köpfe der Polizisten und der von Dr. Varneaux zerplatzen. Und ich sehe vor mir, wie alles um mich herum schwarz wird, nur damit ich in irgendeinem Keller aufwache, eingesperrt und gefesselt.

Ich rufe mir vor Augen, wie ich seit Monaten ausgenutzt wurde. Niemand hat mich für voll genommen. Niemand hat erwartet, dass ich im Rahmen dieser »Expedition« tatsächlich gute wissenschaftliche Arbeit leiste. Nur deshalb wurde ich ausgewählt: weil mich die Verantwortlichen für eine Versagerin hielten.

Ich werde wütend. So wütend, dass es mir schwerfällt, nicht aufzuschreien.

Ich packe all meine Wut in einen neuen Versuch. Niemand wird mir helfen, mich aus der Scheiße rauszuziehen. Niemand wird mir dabei helfen, das Bild von mir wieder geradezurücken.

Nur ich kann mir helfen. Nur ich kann mich losreißen. Nur ich kann dafür sorgen, dass Arschlöcher mich ernst nehmen.

Nur ich habe die Kraft, mich zu befreien.

Und ich *werde* mich verdammt nochmal befreien!

Mit Schwung winkele ich meine Beine so weit an, wie es geht, gleichzeitig strecke ich meine Arme so weit aus, dass mir die Schultern wehtun.

Ein Schrei entfährt mir. Ich versuche gar nicht, ihn zu unterdrücken. Er kommt tief aus meinem Inneren und hat nichts mit Schmerzen zu tun, sondern viel mehr mit all dem Scheiß, den ich erleben musste.

Ich hake meine gefesselten Hände vor meine angewinkelten Beine und versuche, mich zu entwirren. Dabei bleibe ich hängen. Meine Schultern und mein Steißbein schreien abermals auf.

Verdammt!, fluche ich innerlich.

VERDAMMT!, fluchen meine Gedanken nochmal, lauter und deutlicher.

»VERDAMMT«, schreie ich es heraus, und mit einem Ruck spüre ich, wie sich meine Schulter auskugelt. Wieder schreie ich, und diesmal ist es ein purer Schmerzensschrei. Gerade will ich die Anspannung wieder loslassen, kann die Schmerzen nicht länger aushalten. Doch dann rutschen meine Füße an den Fesseln entlang.

Es hat funktioniert. Weinend sacke ich auf dem Boden zusammen.

Viel Zeit, meine Wunden zu lecken, habe ich nicht. Es vergehen Sekunden, bis Henri mich anspricht, meint, ich müsse ihm aufhelfen. »Jemand muss deine Schreie gehört haben«, sagt er, und ich weiß, dass er recht hat.

Ich wische mir die Tränen aus den Augen und von den Wangen, dann rappele ich mich unter Schmerzen auf. Bevor ich *irgendetwas* tun kann, muss ich meine Schulter wieder einkugeln. Ich gehe an eine Ecke des Kellerlochs, beiße die Zähne zusammen und handele, bevor ich zweifeln oder es mir anders überlegen kann: Mit Wucht ramme ich die Schulter gegen die nackte Wand.

Obwohl ich die Zähne zusammengebissen habe, entfährt mir ein weiterer, wenngleich unterdrückter Schrei. Doch ich spüre, wie sich die Schulter wieder einkugelt und die Schmerzen fast sofort nachlassen.

Ich atme zweimal tief durch und trockne mir den Schweiß von der Stirn. Dann eile ich zu Henri.

Als ich ihm aufgeholfen und seine Fesseln gelöst habe, erklärt er mir den vagen Plan, den er gefasst hat. Der Plan hat Lücken, aber in Anbetracht der Situation ist es der einzige, den wir haben.

Ich höre, wie sich Schritte nähern. Scheinbar befindet sich auf der anderen Seite der Tür ein längerer Gang.

Die Schritte sind fest, zügig und gleichmäßig. Militärisch. Ich höre zu, wie sie näher kommen und vor der Tür stoppen.

Jetzt oder nie, denke ich. Jetzt kommt es drauf an.

Ich warte, dass die Tür sich öffnet …

… doch nichts passiert.

Stattdessen hämmert es dreimal hart gegen das Eisen.

»Ruhe da drinnen«, schallt eine emotionslose, befehlsmäßige Stimme. »Euch wird sowieso niemand hören!«

Es ist nicht Andersons Stimme. Vielleicht spricht da Robert. Oder jemand ganz anderes.

Das stellt uns vor ein Problem. Wir *wissen* gar nicht, mit wie vielen Gegnern wir es zu tun haben. Bisher sind wir von zwei Leuten ausgegangen, Anderson und Robert. Das ist aber eine bloße Vermutung. Wir müssen auf unser Glück hoffen – das scheint im Moment aber versiegt zu sein. Die Tür öffnet sich nicht. Der Mann dahinter macht keine Anstalten, hereinzukommen und nach dem Rechten zu sehen. Stattdessen höre ich, wie er sich auf dem Absatz umdreht; das Geräusch sich entfernender Schritte folgt.

Scheiße.

Wir brauchen einen Plan B. Irgendwie muss es uns gelingen, den Mann dazu zu bringen, die Tür zu öffnen.

»Bitte«, rufe ich, einer Eingebung folgend. »Ich muss zur Toilette.«

Der Mann bleibt stehen. Humorloses Lachen ertönt. »Piss dir in die Hose, Schätzchen. Da, wo du hingehst, musst du nicht sauber sein.«

Einen Moment herrscht Stille.

Tu doch was!, denke ich mir.

»Blödsinn!«, kommt mir Henri zuvor. »Wenn Sie uns umbringen wollen, hätten Sie es längst getan. Sie brauchen irgendwas von uns. Und wenn Sie das bekommen wollen, dann tun Sie uns den Gefallen und lassen uns zur Toilette.«

»Mr. Armitagé, Sie sind kaum in der Lage, Forderungen zu stellen. Der einzige Grund, warum Sie beide noch nicht tot sind, ist der, dass mein Kollege einen Narren an Ihrer Freundin da drin gefressen hat. Gerade *Sie* sollten also still sein, denn technisch gesehen brauchen wir Sie nicht.«

»Wenn Anderson mich vögeln will, meinen Sie, er hat dann Bock, mich vollgepisst vorzufinden?«, rufe ich.

Das überschreitet auch die letzte Grenze. Ich lasse auf keinen Fall zu, dass Anderson mich anfasst. Wenn er mich dafür umbringt, ist das eben der Preis.

»Mir doch egal. Vielleicht steht er ja drauf.«

So kommen wir hier nicht weiter.

Wieder folge ich einer Ahnung. »Und Sie sind ganz sicher«, sage ich, »dass wir hier nichts haben, was Ihnen Probleme machen kann? Haben Sie zum Beispiel unsere Taschen genau durchsucht?«

Auf der anderen Seite der Tür ist es still. Scheinbar überlegt unser Gefängniswärter, ob ich bluffe. Langsam sollte offensichtlich sein, was wir wollen.

»Verarschen Sie mich nicht«, trifft er eine Entscheidung. »Sie haben da nichts, was uns gefährlich werden kann.«

»Und da sind Sie sicher?«

»Was wollen Sie denn haben?«

Gedanken schießen mir durch den Kopf. Ein Handy? Unbrauchbar. Ein Laptop? Ebenfalls nutzlos. Eine Waffe? Lässt sich nicht verwenden, solange die Tür zu ist.

Halt!

Ich habe eine Idee.

»Ah, sehen Sie?«, sagt der Mann auf der anderen Seite. »Sie haben nichts. Netter Bluff. Ich gehe jetzt trotzdem.«

Ich höre zwei Schritte auf nacktem Beton.

»Oh, Moment«, sage ich. »Ich habe nur kurz nach den Bakterien gegriffen. Sie wissen schon, den Schleim, den Dr. Varneaux im Wald entdeckt hat.« Ich gerate ins Stocken. »Mit gefesselten Händen ist das nicht so einfach«, füge ich hinzu, um nicht zu verraten, dass meine Hände längst frei sind.

»Was wollen Sie damit?«

»Wie lange befassen Sie sich schon mit dem Fall?«, frage ich.

»Das geht Sie einen Scheißdreck an!«

»Ich frage ja nur. Wenn man Sie in alle Details eingeweiht hat, sollten Sie ja wissen, dass der Schleim ätzende Wirkung hat. Unter anderem auf Beton.«

Ich improvisiere heillos. Was anderes kann ich nicht tun.

Vor der Tür bleibt es eine Weile still. »Bullshit«, sagt er dann. Ich meine, Unsicherheit zu hören.

Ich lache laut auf und gebe mir Mühe, dass es überzeugend klingt.

»Sie sind also nur ein kleines Rädchen im Getriebe«, sage ich. »Ein kleiner Fisch, dem man nicht alles erzählt. Wahrscheinlich sollten Sie sich hier in Grizzly Creek einfach nur einen Lauen machen und beobachten, richtig? Nun, schade. Ich verteile den Schleim jetzt auf der Außenwand.«

»Nein!«, ruft er, und Millisekunden später höre ich, wie er einen Schlüssel ins Schloss der Tür schiebt.

Ich gehe in Position und werfe Henri einen Blick zu. Er schaut entschlossen zurück. Ich sehe, dass er bereit ist.

Die Tür schwingt auf und ich stehe davor, wie Henri und ich es geplant haben.

Ich ziehe unter dem offenen Reißverschluss der Jacke meinen Pullover hoch. Der Anblick meines BHs verfehlt seine Wirkung nicht. Die Augen des Mannes bleiben an meinen Brüsten hängen.

Er kommt aber nicht dazu, genau hinzusehen. Sofort schlägt Henri die schwere Stahltür mit aller Kraft zu. In letzter Sekunde sieht unser Gegner die Gefahr kommen. Er hebt einen Arm, um die Tür abzuwehren.

Mit einem lauten Plang schlägt sie ein, der Stahl trifft seinen Unterarm. Er schreit auf und dreht sich ungläubig zur Tür.

Henri zögert nicht. Erneut packt er die Klinke und donnert dem Mann die Stahltür entgegen. Der zieht seinen Kopf zurück und ich erkenne, dass Henris Schlag ihn verfehlen wird.

Blitzschnell greife ich ein. Meine Hand schießt nach vorne, ich packe den Mann an den Haaren und ziehe daran. Er fliegt vor. Mit einem weiteren Plang schlägt die Tür gegen seine Stirn.

Er verdreht die Augen und sinkt zu Boden.

Atemlos sehe ich zu Henri. Auch er atmet heftig. Unsere Blicke treffen sich, wir nicken uns zu. Flugs richte ich meine Klamotten und eile los. Im Hinausgehen schnappe ich mir die Pistole des Bewusstlosen. Ich schiebe seine Beine in den Raum, schließe die Tür und lege den Riegel vor.

Wir eilen den Gang entlang, ich voran, dicht hinter mir folgt Henri. Genug eingesperrt, genug der Freiheit beraubt: Es ist an der Zeit, aktiv zu werden.

Es ist Zeit zu handeln.

Im Kellergang kommt mir alles länger vor; das passt nicht zu den üblichen Gebäuden von Grizzly Creek. Offenbar befinden wir uns außerhalb der Stadt.

Wir kommen auf das Ende des langen Ganges zu. Dort haben wir keine andere Wahl, als nach links abzubiegen.

Ich bleibe stehen und horche. Sekunden fühlen sich an wie Minuten. Ich bemühe mich, meinen Atem zu kontrollieren. Ich weiß nicht, wie laut ich tatsächlich atme, aber in meinen Ohren klingt mein Schnaufen als wäre ich von Bremen nach Grizzly Creek gesprintet.

Nur mühsam beruhigt sich mein Atem, doch allmählich kann ich mich darauf konzentrieren, um die Ecke zu horchen.

Eine Sekunde.

Zwei Sekunden.

Ich höre nichts.

Ich wende meinen Blick Henri zu. Er verzieht das Gesicht. Mit der Hand deutet er mir, dass ich eine Entscheidung treffen soll.

Ich seufze.

Also gut.

Vorsichtig schaue ich um die Ecke.

Nichts und niemand.

Erleichtert atme ich auf.

Henri hat an meiner Reaktion erkannt, dass keine unmittelbare Gefahr lauert. Das sehe ich ihm an.

»Niemand da«, sage ich trotzdem. »Lass uns weitergehen.«

Er nickt. »Geh du vor.«

Na toll, denke ich mir. *Schick ruhig die Frau vor.*

Aber hey, das war es doch, was ich wollte: ernst genommen werden. Unabhängig sein.

Also los, Jenny, sei unabhängig. Sorge dafür, dass dich die Leute ernst nehmen!

Ich biege um die Ecke. Der Gang vor mir erstreckt sich weiter, als ich sehen kann. Eine Neonröhre hat den Geist aufgegeben. Nur der Schimmer aus dem Gang, aus dem wir abgebogen sind, spendet einige Meter weit Licht.

Ich stiefele los.

Der Geruch von Muff und Schimmel drängt sich stärker in meine Nase. Das wundert mich. Sollte es nicht weniger werden, je näher wir dem Ausgang kommen? Oder täusche ich mich?

So oder so bleibt uns keine andere Wahl, als dem Gang zu folgen. Nirgendwo sonst gibt es einen Weg. Keine Türen. Keine Abzweigungen, die wir ausprobieren könnten.

Hintereinander dringen wir weiter vor und passieren die Lichtgrenze: Der Schimmer der Neonröhre aus dem vorherigen Gang reicht nur bis hierher. Schnell umfasst mich die Dunkelheit. Kurzfristig sehe ich gar nichts.

Ein Schauder läuft mir den Rücken herunter, als ich realisiere, dass direkt vor mir ein Feind stehen könnte. Vor dem Lichtschein der Neonröhre wäre ich für ihn ein sauber abgezeichneter Schatten.

Quälend langsam gewöhnen sich meine Augen an die Dunkelheit.

Ich versuche, den Prozess zu beschleunigen, indem ich bewusst blinzele. Das ist besser, als einfach nur mitten im Gang herumzustehen.

Allmählich sehe ich ein paar Schemen. Wir gehen einige Meter weiter, dann höre ich, wie Henri stehenbleibt. Ich drehe mich zu ihm um, halb geduckt steht er hinter mir. Alles zieht sich in mir zusammen, als ich ihn sehe. Seine Augen sind weit aufgerissen, die Kinnlade fällt herab und sein Mund steht offen.

Ich drehe mich um. Im Bruchteil einer Sekunde dämmert mir, was Henri so erschreckt hat. Der Schemen eines breitschultrigen Mannes bewegt sich auf uns zu. Er hat uns noch nicht entdeckt, das sagt mir sein schlendernder Gang, aber er ist nur noch wenige Meter von uns entfernt.

Ich höre das charismatische Knacken eines Funkgeräts. »Hey Jeffries«, spricht der Mann vor uns hinein, »nun melde dich, verdammt!«

Er lässt seine Hand mit dem Funkgerät sinken und streicht sich mit der anderen durch die Haare. Was nun kommt, sehe ich förmlich voraus, habe aber keine Zeit, mich darauf vorzubereiten. Wie in Zeitlupe beobachte ich, dass der Blick des Mannes sich hebt und uns trifft.

»Scheiße«, ruft er, lässt sein Funkgerät fallen und greift nach der Waffe, die an seiner Hüfte hängt.

Ich reagiere, bevor mir bewusst ist, was ich tue. Instinktiv hebe ich die Pistole des Wachmanns, richte sie auf unseren Gegner und drücke ab. Der Abzughahn klickt, sonst passiert nichts.

So eine Scheiße!

Diesmal war die Sicherung offenbar drin.

Es ist mein Glück, dass der Soldat – er trägt eindeutig eine Uniform – sich am Tragegurt seines Gewehrs verheddert. Das wird ihn kurz aufhalten – aber nicht sehr lange.

Bevor ich noch mehr Zeit mit Nachdenken vergeude, stürme ich nach vorne und schmeiße mich auf den Arm des Soldaten, der sich entheddert hat und die Maschinenpistole jetzt auf mich richtet.

Die Wucht meines Aufpralls bringt den Soldaten aus dem Gleichgewicht. Er taumelt zwei Schritte nach hinten, gleichzeitig löst sich eine Salve aus seiner Waffe. Der Lärm hallt durch den Keller, explodiert geradezu in der Stille. Wie eine Mauer umhüllt er meine Ohren. Ich höre nur noch Pfeifen.

Inständig hoffe ich, dass die Salve Henri verfehlt hat; ich habe keine Ahnung, wo er sich genau befindet. Als ich instinktiv nach vorne gesprungen und den Mann angegriffen habe, habe ich jede Orientierung verloren.

Der Mann taumelt unter meinem Gewicht weiter nach hinten. Er zieht mich mit, ich verliere mein Gleichgewicht. Jetzt hänge ich an seiner Maschinenpistole, meine Füße finden keinen Halt.

Verdammt!

Ich spüre, wie der Mann versucht, seinen Arm unter mir zu entwinden. Mit aller Kraft klammere ich mich fest und werde hochgehoben.

Panisch strampele ich mit den Füßen. Ich muss Halt finden, verdammt!

Bevor ich mich orientieren kann, sehe ich im letzten Moment, wie die Faust seiner freien Hand auf mich zurast.

Es ist zu spät, um auszuweichen. Ich kann mich kaum gegen den Fausthieb wappnen, da schlägt er bereits ein.

Schmerz explodiert vor meinen Augen, während ich ein lautes Knacken in meiner Nase höre. Etwas Feuchtes strömt über meine Lippen.

Ich muss kämpfen, nicht ohnmächtig zu werden.

Nicht nachgeben, beschwöre ich mich. *Wenn du die Waffe loslässt, wird er dich erschießen.*

Aber ich kann die Ohnmacht, die sich hinterhältig anschleicht und mich zu übermannen droht, kaum aufhalten. Ich kämpfe. Ich atme panisch. Ich klammere mich an den Arm des Soldaten.

Trotzdem lasse ich los, als mich der zweite Schlag trifft. Der Soldat hat gut gezielt, sein Hieb schlägt genau dort ein, wo sein erster landete.

Ich sehe nur noch Sterne und spüre, wie Blut aus meiner Nase in alle Richtungen spritzt.

Halb ohnmächtig sinke ich zu Boden, doch im letzten Moment bekomme ich mit, wie etwas über mich hinwegspringt.

Hart pralle ich auf dem Beton auf und Schmerz zuckt durch meinen lädierten Steiß. Er holt mich zurück ins Bewusstsein wie ein Schwall kalten Wassers.

Unwillkürlich reiße ich den Mund auf und ziehe Luft ein. Ich habe nicht bemerkt, dass mir die beiden Faustschläge den Atem genommen haben. Jetzt wird mir klar, wie verbissen ich mich an die Maschinenpistole und den Arm des Soldaten geklammert habe.

Ich sehe mich um. Henri ringt mit dem Mann und versucht, den Arm mit der Waffe nach oben zu drehen.

Sein Kampf ist aussichtslos. Gegen die Kraft, die unser muskulöser Gegner mit nur einem Arm aufbringen kann, wird der dürre Henri selbst mit beiden Händen nichts ausrichten können.

Ich muss mich aufrappeln und ihm helfen.

Schmerz schießt durch meine Muskeln, als ich mich aufrichte. Scheinbar hat mir der harte Aufprall auf dem Beton mehr getan, als mich nur ins Bewusstsein zurückzuholen.

Mit einem Aufschrei lasse ich mich zurück auf den Boden fallen.

Tränen schießen mir in die Augen. Die Schmerzen sind unausstehlich, und machen mir im Liegen klar, dass sie mich ohne zu zögern lähmen werden, sollte ich es wagen, mich noch einmal zu bewegen.

Klare Sache: Mein Körper ist am Ende. So etwas ist er nicht gewohnt.

Ein Schrei dringt an mein Ohr. Vorsichtig drehe ich meinen Kopf, um sehen zu können, was zwischen Henri und dem Mann passiert. Mittlerweile hat Henri von dem Arm abgelassen. Er steht an der Wand, sein Gegner presst ihn mit dem Unterarm seiner freien Hand an die Mauer. Er hat ihn am Hals gepackt und drückt ihm die Luft ab. Schweiß steht auf Henris Stirn, Panik in seinem Blick. Sein Gesicht läuft rot an. Röchelnd versucht er, Luft zu holen.

Du musst was tun!, befehle ich mir.

Wehe!, schreit mein Körper.

Doch ich scheiße auf Letzteren. Henri wird sterben, wenn ich nicht handele.

So schnell ich kann, drehe ich mich um und stemme mich auf meine Knie. Mein Steiß schreit vor Schmerz auf und von den Überresten meiner Nase tropft Blut. Hinter meiner Stirn tobt ein Sturm aus Rasierklingen, bereit, meine Nervenenden zu zerfetzen.

Jetzt oder nie, denke ich, *jetzt oder nie!*

Ich atme tief ein, halte kurz die Luft an und greife nach der Pistole, die ich fallen gelassen habe. Mit dem Daumen taste ich nach dem Sicherungshebel und schiebe ihn hoch. Ohne weiter nachzudenken, hebe ich die Waffe an. Wieder schreie ich vor Schmerzen, richte sie aber fest auf den Gegner.

Durch meinen Schrei gewarnt, lockert der den Druck auf Henris Hals und dreht sich zu mir um.

Zu spät für ihn. Ohne weiter zu zögern drücke ich ab. Diesmal gebietet die Sicherung dem Schuss keinen Einhalt. Mit einem lauten Peitschenknall löst sich das Geschoss aus der Kammer und verlässt den Lauf. Die Kugel schlägt in die Brust des Mannes ein. Er fliegt zurück und prallt gegen den verblüfften Henri. Dieser windet sich unter dem Gewicht des Soldaten, der ächzend zu Boden sinkt. Seine Maschinenpistole landet neben ihm.

Diesmal hatte ich mich auf den Rückstoß der Waffe vorbereitet. Trotzdem schlägt die Kraft hart in meinen geschundenen Körper ein, meine Muskeln schreien auf. Kurz tanzen Sterne vor meinen Augen und ich muss mich erneut zusammenreißen, nicht ohnmächtig zu werden.

Der Soldat bleibt nicht lange liegen. Wenige Momente, nachdem er aufgeschlagen ist, versucht er, sich wieder aufzurappeln.

Erneut reagiere ich, ohne groß darüber nachzudenken. Ohne auf die Stimme zu hören, die mir zuflüstert, dass ich nicht noch einen Rückstoß aushalten werde. Ich ziele, diesmal auf sein Gesicht, und drücke ab.

Der Kopf des Mannes verschwindet und sein Körper erstarrt. Wo eben noch seine Stirn war, ziert ein dicker Fleck aus Blut und Gehirn die Wand. Sein lebloser Körper rutscht zu Boden und zieht an der Wand blutige Schlieren hinter sich her.

Mir wird nicht nur von den Schmerzen schlecht, die mir der Rückstoß zufügt. Nur weil wir noch nicht draußen sind, schleudere ich die Pistole nicht weit von mir weg.

Das kann doch keine normale Munition sein, denke ich.

Neben mir erscheint Henri.

»Danke«, sagt er. Seine Stimme ist beschlagen und kratzig. Sie erinnert an das rauchige Murmeln einer Soulsängerin.

Er beäugt die Waffe, als würde er zum ersten Mal eine sehen.

Jetzt erinnere ich mich, dass ich Angst hatte, der erste Feuerstoß könnte Henri erwischt haben. Bis auf sein rotes Gesicht und seine Stimme scheint er aber unversehrt zu sein.

Gott sei Dank, denke ich.

»Also weiter?«, sage ich dann.

Henri nickt. Doch es wirkt nicht, als würde er weiterwollen, und ich kann es ihm nicht verdenken. Mir geht es ähnlich, weshalb ich die Initiative ergreife.

Wir biegen um eine weitere Ecke. Ich sehe mich um und staune, wie relativ Zeit und Raum doch sind. Von unserer Zelle bis hierhin können wir kaum fünfzig Meter weit gelaufen sein. Trotzdem kommt es mir vor, als irren wir schon seit Stunden und Kilometern durch die Dunkelheit des Kellers.

Jetzt erblicke ich am Ende des Gangs eine massive Stahltür. Es scheint, als hätten wir einen Ausgang entdeckt.

Euphorie steigt in mir auf. Mit Mühe kämpfe ich sie wieder herunter. *Jetzt bloß nicht überheblich werden*, denke ich.

Ich eile zur Tür. Inzwischen interessiert es mich nicht mehr, ob ich mich leise bewege oder nicht. Wenn noch Leute in Hörweite sind, wissen sie sowieso, dass etwas los ist.

Vor der Tür bleibe ich stehen und schaue Henri an. »Was meinst du?«

Er zuckt mit den Schultern. »Was bleibt uns anderes übrig?«

»Gut«, sage ich. »Du öffnest die Tür. Ich halte mich mit der Waffe bereit.«

Er sagt nichts und bewegt sich auf die Türklinke zu. Ich nehme meine Position ein und warte darauf, dass er die Tür öffnet.

Er drückt die Klinke hinunter, zieht sie auf und bleibt hinter der Stahltür stehen.

Ich ziele mit der Pistole auf den größer werdenden Türspalt. Wappne mich, dass jederzeit jemand zum Vorschein kommen kann, der es nicht gut mit uns meint.

Meine Aufgabe wäre einfacher, wenn es hinter der Tür mehr Licht gäbe. Dort brennt keine Neonröhre, aber der matte Schein eines Monitors erleuchtet einen Teil des Raumes.

Ich sehe Schreibtische und eine Menge Aktenschränke, wie man sie in altmodischen Büroräumen findet.

Wo zur Hölle bin ich hier reingestolpert?

Ich sehe zu allem Überfluss auch eine Menge Schatten. Kleinere, die Gegenstände in dem Raum werfen, aber auch größere Schatten, in denen sich überall ein Gegner verstecken könnte.

In mir kocht der Impuls, in all diese Schatten eine Salve Kugeln zu feuern. Ich weiß, dass das nicht sehr klug wäre. Sicherer würde ich mich damit trotzdem fühlen.

Ich beherrsche mich. Statt blind draufloszuballern, gehe ich zwei vorsichtige Schritte in den Raum.

Es ist warm. Jene unangenehme Wärme, die ein zu enger, zu schlecht belüfteter Serverraum voller technischer Geräte hervorbringt. Nach Elektronik stinkender Dunst kriecht in meine Nase. Der Raum ist viel zu klein für all die Computer und Monitore, die darin stehen und blinken, als würden sie auf ihre Nutzer warten.

Eine Armeslänge neben dem Türrahmen bemerke ich einen Lichtschalter. Ich lege ihn um und kaltes, fahles Neonlicht durchströmt den Raum.

Mein erster Eindruck hat mich nicht getäuscht. Hier stehen Schreibtische, Reihe an Reihe, insgesamt sieben Arbeitsplätze; auf jedem davon ein Computermonitor. An der gegenüberliegenden Wand befinden sich aufgereiht und hochgestapelt altmodische Fernseher. Die Aktenschränke quillen vor Papier über.

»Ich glaube, wir sind im Kommandoraum der Operation«, sage ich.

»Sehr gut«, sagt Henri. »Vielleicht bekommen wir hier endlich ein paar Antworten.« Sein Blick hellt sich auf. Er greift unter einen der Tische und zieht meinen Rucksack hervor. Nach einem kurzen Blick hinein reicht er ihn mir. »Sieht so aus, als könnten wir diesen Mist tatsächlich beweisen.«

KAPITEL 13

Henri hat gleich in zweifacher Hinsicht recht: Zwar haben Anderson und seine Leute mir den Rucksack abgenommen und ihn offensichtlich auch durchwühlt. Sie haben sich aber nicht die Mühe gemacht, ihn *gründlich* zu durchsuchen. Als ich in den Riss im Stoff greife, finde ich sowohl die Petrischale mit der Bakterienprobe als auch mein Notizbuch, in dem ich meine Versuchsreihen dokumentiert habe.

Zum anderen ist dieser Raum tatsächlich unsere beste Chance, endlich ein paar Antworten zu bekommen. Wer weiß schon, was uns draußen erwartet? Nur mit Informationen lässt sich eine vernünftige Strategie entwickeln.

Henri steht bereits an den Schränken und zieht eine Schublade auf. Anderson und seine Kollegen bewahren darin einen ganzen Haufen Akten in den typischen braunen Einlageheftern aus der Vorzeit digitaler Speichermedien auf.

Da Henri dort beschäftigt ist, wende ich mich einem der Computermonitore zu. Ich bewege die Maus neben dem Gerät und der Computer erwacht aus dem Stand-by-Modus. Auf dem Bildschirm erscheint eine Abfrage von Nutzerdaten. Die Software hat kein Design und wirkt rein pragmatisch. Kein Betriebssystem, das ich kenne.

Das hilft uns nicht weiter. Nicht ohne Zugangsdaten. Auch bei den anderen Computern komme ich nicht weiter. Überall benötigt man Zugangsdaten, um auch nur das Betriebssystem zu starten.

»Sieh dir das an«, murmelt Henri.

Ich gehe zu ihm. Er hat einen Stapel der Hefter auf die offene Schublade gelegt. Nun geht er sie nacheinander durch. Jede Akte hat ein kleines, weißes Etikett in der oberen rechten Ecke, auf dem ein Name steht … und ein Stempel mit dem Siegel des US-Militärs.

»Das alles ist also offiziell?« Mir fällt es schwer, das zu glauben.

»Die haben scheinbar über jeden Einwohner von Grizzly Creek eine Akte angelegt«, sagt Henri. »Über jeden einzelnen Einwohner.«

Er blättert ein paar Akten weiter. »Hier bin ich.«

Er zieht den Hefter aus dem Stapel. Sein Blick fällt auf den darunter und er legt seine Stirn in Falten. »Über mich gibt es gleich zwei Akten.«

»*Zwei* Akten?«, frage ich. Ich kann mir nicht vorstellen, was an einem Bibliothekar mit schmutziger Vergangenheit so interessant sein soll, dass eine geheime Organisation gleich *zwei* Akten über ihn führt.

Er hat beide Hefter aufgeschlagen und nebeneinandergelegt. »Es scheint, als gäbe es eine Akte über mich und meine Routinen. Das ist die Akte, die es über jeden hier gibt. Und dann gibt es noch eine Akte zu meinen Rechercheanfragen in der Bibliothek.« Er stutzt. »Das ist seltsam«, sagt er dann.

»Was ist seltsam?«

»Die haben genau unterschieden zwischen Suchanfragen, die ich für Kunden gestellt habe, und Suchanfragen, die ich aus persönlichem Interesse getätigt habe.«

Ich überlege kurz. »Das hätte ich genauso gemacht, glaube ich.«

»Ja, natürlich – nur gibt es eigentlich keine Möglichkeit, wie sie das unterscheiden können. Beides kommt aus demselben System, beides mache ich mit demselben Zugang. Für Suchanfragen in der Bibliothekskartei kann ich nur meine Arbeitsrechner verwenden. Ganz gleich, ob ich privat oder für einen Kunden suche.«

Ich denke nach, wie das alles zusammenhängen kann. Mir entgeht etwas, da bin ich mir sicher.

Dann fällt es mir auf.

Natürlich!

»Ich hab's«, sage ich enthusiastischer, als in unserer Situation angebracht ist. »Moment«, schiebe ich hinterher und suche nach einer Fernbedienung für die an der Wand aufgestapelten Röhrenfernseher.

Die Geräte sind Antiquitäten aus einem vergangenen Jahrhundert.

»Was denn nun?«, fragt Henri.

»Siehst du hier irgendwo eine Fernbedienung?«, frage ich.

»Eine Fernbedienung?«

»Ja, verdammt, eine Fern-be-die-nung!«

Ich suche die Schreibtischreihe ab. Unter einem Stapel Papiere werde ich fündig. Die Fernbedienung sieht nicht normal aus, eher wie eine, die zweckentfremdet und umprogrammiert wurde, mit Beschriftungen per Hand auf kleinen Pflasterausschnitten.

Ich drücke auf den Knopf, über den jemand mit einem Kugelschreiber »Master« gekritzelt hat. Prompt gehen sämtliche Geräte an der Wand an.

Ich betrachte die Mauer aus Bildschirmen. Wie ich befürchtet habe, handelt es sich um Überwachungsgeräte. Jeder Bildschirm zeigt eine andere Ecke von Grizzly Creek. Ich überlege, welche Plätze in der Stadt ich kenne. Mir fällt kein relevanter ein, den nicht mindestens eine Kamera erfasst.

In der rechten unteren Mitte werde ich fündig: Dort ist eine Einstellung aus der Bibliothek. Der Winkel der Kamera ist so gewählt, dass weite Teile des Eingangsbereichs und die Empfangstheke einzusehen sind, sogar einige Regalreihen im Hintergrund. Vorn ist der Computermonitor an Henris Arbeitsplatz leicht zu erkennen.

Ich sehe mir die Fernbedienung noch einmal an. Über einem kleineren Knopf steht »Alternate«.

Ich drücke den Knopf. Sofort switchen die Bildschirme auf alternative Kamerawinkel derselben Orte. Der Bildschirm für die Bibliothek zeigt nun eine Einstellung von Henris leerem Büro. Auch hier ist der Monitor des Computers zu sehen.

»Da hast du deine Antwort«, sage ich und deute auf den Bildschirm.

Henri schweigt. Ich sehe, dass er kurz an »seinem« Fernseher hängenbleibt, dann lässt er den Blick über die restlichen Bildschirme schweifen.

»Wir wurden alle systematisch überwacht«, sagt er heiser. »Und wenn ich mir das Equipment so ansehe, dann läuft das schon seit Jahren.«

»Definitiv«, stimme ich zu. »Das steht hier nicht erst seit gestern.«

»Aber warum? Was gibt es in Grizzly Creek, dass sich das alles lohnen kann?«

»Ich nehme an, dass es um die außerirdische Kreatur geht.«

»Die ist doch aber erst seit ein paar Tagen aktiv.«

Ich denke nach. Was hatte Anderson gesagt, als ich ihm vorgeworfen habe, die ganze Zeit von dem Alien gewusst zu haben? *Gewusst?*, hatte er verblüfft gefragt. *Das Alien ist der einzige Grund, warum ich hier bin!*

»Du sagtest doch, den Ureinwohnern sind die Wesen bekannt, oder?«, frage ich Henri.

»Ja.« Er zuckt mit den Schultern. »Zumindest den Alten, die sich noch an die Legenden erinnern.«

»Ist es dann so abwegig, dass jemand von der US-Regierung davon gehört und die Wesen gesucht hat? Schon bevor sie erwacht sind?«

Meine eigene Formulierung macht mich nervös. In den Legenden, von denen Henri mir erzählt hat, war ausdrücklich von Wesen die Rede – in der Mehrzahl. Was ist mit den Artgenossen des Monsters aus Grizzly Creek? Schlafen sie noch? Haben sie sich andere Orte gesucht?

Konnten manche der Organisation, für die Anderson arbeitet, entkommen?

Und was genau haben Anderson und seine Leute mit den Wesen vor?

»Nein«, antwortet Henri nach kurzer Bedenkzeit auf meine Frage. »Abwegig ist das nicht.«

Ich seufze. »Das sind trotzdem nur Mutmaßungen. Ich fürchte, wir brauchen einen Zugang zu den Computern, um mehr über die Hintergründe dieser ganzen Sache herauszufinden.«

»Nein«, sagt Henri. Seine Stimme klingt gleichzeitig nervös und triumphierend. »Nein«, wiederholt er, »müssen wir nicht.« Dann knallt er eine Akte auf den Tisch. Auf dem Deckblatt ist das Siegel des Präsidenten der Vereinigten Staaten zu sehen. Diese Akte kommt also von ganz oben. Ein roter Stempel verkündet, dass es sich dabei um ein als »Top Secret« eingestuftes Dokument handelt. Ich lese den Titel: »Gruppe C: Einsatzbefehl«.

»Oberste Direktive ist die unbedingte Geheimhaltung der nördlich der Ortschaft Grizzly Creek gefundenen Wesen«, lese ich vom ersten Blatt des Einsatzbefehls vor. Einige Abkürzungen und bürokratische Notwendigkeiten habe ich übergangen und bin direkt zum Textteil des Dokuments gesprungen. Nur am Datum bin ich hängengeblieben: 13. März 1991. Seit fast 30 Jahren läuft diese Operation schon. »Der Befehlshaber der Gruppe C ist jederzeit befugt, alle notwendigen Mittel zu befehlen, um das Ziel dieser Direktive zu erfüllen.«

»Bedeutet das ...«, unterbricht mich Henri.

»Ja, davon gehe ich aus. Anderson und seine Leute dürfen und sollen morden, um die Wesen geheim zu halten.«

Mir wird schwummrig. Trotzdem lese ich weiter. »Bei der Durchführung der Operation ist davon auszugehen, dass die mutmaßlich außerirdischen Wesen trotz ihrer Einsperrung im Permafrost nicht tot sind.

Unsere Wissenschaftler sind sich einig, dass die fortschreitende globale Erwärmung und das Abschmelzen des Eises zur Konsequenz haben kann, dass sich einzelne Exemplare der gefundenen Spezies aus dem Eis befreien können. Die Beobachtung und Erforschung dieser Exemplare, sollte es zu diesem Fall kommen, ist von allen sich im Einsatz befindlichen Agenten als Direktive Nummer zwei zu behandeln.

Der Einsatz einer als Forschungsexpedition getarnten Gruppe von Wissenschaftlern unserer Organisation ist zu diesem Zwecke von POTUS freigegeben worden.«

POTUS. Das Kürzel für »President of the United States«. Ich überlege – 1991. Damals müsste George Bush Sr. der Präsident gewesen sein.

Eine lange Zeit, denke ich.

Ich bemerke, dass Henri mich ansieht. In seinem Blick erkenne ich, dass er an mir zweifelt.

»Was?«, frage ich. Die Aggressivität in meiner Stimme kann ich nur mit Mühe unterdrücken.

»Nichts.« Henri winkt ab. »Aber das scheint dann der Grund zu sein, aus dem du hier bist.«

»Ja, scheint wohl so.«

»Wie kann ich mir sicher sein, dass du nicht zu denen gehörst?«

Die Frage trifft mich unvorbereitet. »Spinnst du?«, keife ich. »Glaubst du, ich hätte dann vor dem Kühlhaus gegen die Typen gekämpft? Mich einsperren lassen? Dich in diesen Raum geführt?«

Er denkt kurz nach. »Das könnte ein Ablenkungsmanöver sein.«

»Weil die Gruppe C ja so viel Mühe in Ablenkungsmanöver investiert. Glaub mir: Wenn ich zu denen gehören würde, dann hätte ich dich längst umgelegt.«

Er nickt. »Ja, das scheint mir logisch. Trotzdem erklärt es nicht alles.«

Ich überlege. Henri hat recht. Warum hat die »Organisation« nicht einfach eine Gruppe ihrer eigenen Wissenschaftler geschickt, ohne mich? Das muss interne Gründe haben. Sicherlich haben sie mich bewusst ausgewählt – weil mein Ruf bereits ruiniert ist.

»Darüber können wir jetzt nur mutmaßen«, sage ich. »Bitte vertrau mir. Ich bin keiner von denen.«

Henri zögert, nickt dann aber. »Wirklich geglaubt hab ich's eh nicht«, sagt er.

Ich zögere. Wie sicher kann ich mir eigentlich sein, dass *Henri* nicht zur Gruppe C gehört? Ergäbe das Sinn?

Sicher, beim Kühlhaus hätte er eine größere Hilfe gegen den Scharfschützen sein können. Andererseits schien mir sein Erstaunen echt zu sein, als er den Schützen Robert erblickte. Außerdem wurde er definitiv bei seiner Arbeit überwacht.

Sicher kann ich mir nicht sein, aber ich tendiere bei Henri zu »vertrauenswürdig«.

Um meiner Paranoia nicht zu viel Platz einzuräumen, wende ich mich wieder dem Dokument zu. »Einsatzbasis der Operation ist die Ortschaft Grizzly Creek. Hier findet die Gruppe C eine weitestgehend funktionierende Infrastruktur vor. Die Abgeschiedenheit der Ortschaft im Winter sollte für ihre Zwecke nützlich sein. Ein Teil der Gruppe C wird sich verdeckt mit falschen Identitäten in der Stadt niederlassen. Ein anderer Teil wird außerhalb der Ortschaft in einer geheimen Kommandobasis dienen.

Direktive Nummer drei ist die Überwachung der Ortschaft mitsamt allen Einwohnern. Aufgrund der Abgeschiedenheit von Grizzly Creek finden sich unter den Zugezogenen mehrere Staatsbürger mit

Druckpunkten in der Vergangenheit. Diese Druckpunkte sollten Kooperationen mit Zivilisten ermöglichen.

Das Überleben der Einwohner von Grizzly Creek ist keine Direktive, welche die Geheimhaltung der Operation und der ihr zugrunde liegenden Entdeckung in der Relevanz übersteigt. Im Gegenteil ist der Einsatzbefehl 1.362b) (siehe Anlage) anzuwenden, sollte es zur Freisetzung eines oder mehrerer Exemplare der unbekannten Spezies kommen.«

Ich blättere um – finde aber nichts. Der Einsatzbefehl besteht nur aus den zwei Blättern, die ich vorgelesen habe. Weitere Erläuterungen sind genauso wenig zu finden wie der im Text genannte Einsatzbefehl 1.362b).

Ich klappe die Akte zu. »Der Zusatzbefehl fehlt«, sage ich.

Henri sieht den Aktenschrank durch, aus dem er den Befehl gezogen hat. Hastig blättert er durch die Akten davor und dahinter.

Dann schüttelt er den Kopf. »Keine weiteren Einsatzbefehle, weder mit noch ohne Nummer. Nur Akten über die Einwohner von Grizzly Creek.«

Ich setze mich auf einen der Drehstühle vor der Schreibtischreihe. »Sind wir uns einig, dass der Fall, in dem Einsatzbefehl 1.362b) angewandt werden soll, eingetreten ist?«

Henri nickt.«

»Sind wir uns auch einig, dass er ganz bestimmt nichts Gutes für Grizzly Creek bedeutet?«

»Wir könnten uns nicht einiger sein.«

Ich seufze. »Gut. Dann bleibt uns wohl nichts anderes übrig, als zu versuchen, sie aufzuhalten.«

»Wie sollen wir das anstellen? Wir sind zu zweit. Die sind bestimmt mindestens 20 Leute. Wenn nicht noch mehr, wenn man die verdeckten Agenten einrechnet. Weiß ja keiner, wie viele das sind. Und wir haben genau eine Waffe.«

»Was schlägst du stattdessen vor?«

Ich kann sehen, dass ihn meine Gegenfrage unvorbereitet trifft. Er denkt nach. Dann zuckt er mit den Schultern. »Ich weiß nicht«, sagt er.

Ich nicke. »Eben. Wir können nicht fliehen. Und wir können die Stadt nicht ihrem Schicksal überlassen. Zumindest nicht, wenn wir danach noch mit unserem Gewissen leben wollen. Oder?«

Henri atmet laut seufzend aus. »Du hast recht.«

»Gut. Dann sage ich: Wir gehen in die Stadt und schauen uns die Lage an. Wer weiß, vielleicht findet sich ja auf der Polizeistation noch die eine oder andere Waffe. Vielleicht fällt uns auf dem Weg irgendwas ein, was uns helfen kann.«

Henri zögert. »Ich möchte nur vorher eines klarstellen«, sagt er dann. Er schaut mir fest in die Augen, bevor er weiterredet. »Keiner der Einwohner ist mir in den vergangenen Jahrzehnten auch nur ansatzweise ans Herz gewachsen. Keiner der Einwohner, die vermutlich nicht zu diesen Bastarden gehören, heißt das.«

Stimmt. Ich erinnere mich, dass Henri mit einem der Agenten etwas hatte. »Worauf willst du hinaus?«, frage ich.

»Ich fange mir keine Kugel für irgendwen ein. Wenn wir den Leuten helfen und die Bösen besiegen können, ohne uns in Gefahr zu begeben – fein. Aber ich hab keinen Bock, für andere Leute draufzugehen. Klar?«

»Meinetwegen«, antworte ich. Ich habe keine Lust auf die Diskussion. Außerdem weiß ich, dass er sich für mich bereits in Gefahr gebracht hat. Wenn es drauf ankommt, wird er schon das Richtige tun.

Zumindest hoffe ich das.

KAPITEL 14

Der Weg in die Stadt ist kürzer, als ich befürchtet habe. Die Kommandobasis der Gruppe C befindet sich nur wenige hundert Meter von Grizzly Creek entfernt im Wald.

Viele der Gerätschaften stammen aus den Neunzigern. Ich bezweifele, dass es damals die technischen Mittel gab, eine solche Überwachungsaktion über größere Entfernung zu starten. Nicht so kurz nach dem Kalten Krieg, als man noch nicht wusste, ob man Satelliten und Co. woanders brauchte.

Als ich aus der Basis nach draußen trete, fange ich ohne Umschweife an zu zittern.

Die Kälte dringt durch jede Naht meiner Kleidung, obendrein fallen dicke, schwerfällige Schneeflocken auf mich herab.

»Also los«, sage ich. »Lieber in Bewegung bleiben, bevor wir festfrieren.«

Den Weg in die Stadt legen wir schnell zurück. Eine Viertelstunde später stehen wir an der Straße, die vom Flugplatz nach Grizzly Creek führt. In der Ferne ist die Beleuchtung des Ortskerns zu sehen. Trotzdem scheint mir die Stadt seltsam dunkel. Ich brauche eine Weile, um den Grund zu erkennen: Die Lichter der Wohnhäuser fehlen.

Kommen wir etwa zu spät?

Nein, versuche ich, mich zu beruhigen. *Dafür hatten sie noch keine Zeit.*

Auf dem Weg in die Stadt halte ich mich am Waldrand, um schnell in Deckung gehen zu können, falls wir auf Agenten der Gruppe C treffen.

Eine weitere Viertelstunde später nähern wir uns dem Ortskern und ich sehe, dass dort etwas nicht mit rechten Dingen zugeht. Auf der Kreuzung bei der ausgebrannten Arztpraxis und der nutzlosen Polizeistation hat sich eine Menschenmenge versammelt.

»Siehst du das?«, fragt mich Henri von hinten. Es ist das Erste, was er sagt, seitdem wir die Kommandobasis der Gruppe C verlassen haben. Kurz habe ich mich erschrocken.

»Ja. Wir brauchen einen Plan.«

Ich deute Henri mit der Hand, stehenzubleiben. Anschließend gehe ich in die Hocke und betrachte die Gärten der Wohnhäuser, die ich vor uns einsehen kann.

Ich verharre ein paar Sekunden in dieser Position. Meine Knochen beschweren sich über die Strapazen der vergangenen Stunden; besonders mein Hüftgelenk und mein Steiß schicken Schmerzen durch die Nervenbahnen. Ich müsste mich dringend ein paar Tage auskurieren. Schade, dass ich gerade keine Zeit für einen Urlaub habe. Zum Beispiel in der Karibik. Oder in Afrika. Irgendwo, wo man Eis nur aus Cocktails und Aliens nur aus Hollywood kennt.

Die Gärten liegen still. Nichts bewegt sich, nirgendwo ist etwas zu hören. Nur aus der Ferne dringen Rufe an mein Ohr. Sie klingen aufgebracht, wütend. Gelächter einiger Männer folgt. Die Agenten der Gruppe C scheinen bei ihrer Arbeit Spaß zu haben.

Wut steigt in mir auf.

»Los, komm«, murmele ich Henri zu und setze mich in Bewegung.

Ich gehe in den Garten, der dem Ortskern näher liegt. Mir wäre wohler, wenn es hier mehr Deckung gäbe. Einen Geräteschuppen zum Beispiel oder ein paar Bäume und Sträucher. Vom Schnee heben sich meine dunklen Klamotten ab.

Der Garten ist jedoch gut gepflegt, außer ein paar Rosenbüschen gibt es nichts, wohinter wir uns vor Blicken aus dem Haus verstecken könnten.

Mit wenigen Schritten durchquere ich den Garten und stehe vor einem Lattenzaun zum Nachbargrundstück. Läge nicht so viel Schnee, wäre der Zaun zu hoch, um darüberzuklettern. In dieser Situation ist der Winter hilfreich: Mit bloßen Händen bilden wir vor dem Zaun einen Schneehaufen, anschließend treten wir ihn fest. So kommen wir mit einem Hops problemlos über den Zaun.

Henri folgt mir. »Warte mal«, sagt er. »Das ist doch …«

»Das ist doch *was*?«

»Versteck dich hinter dem Busch da«, sagt er und deutet auf eine abgelegene Ecke des Gartens. »Ich bin gleich wieder da.«

»Wo zur Hölle willst du denn jetzt hin?«, frage ich, aber Henri antwortet mir nicht. Er eilt bereits zur Hintertür des Hauses.

Ich beeile mich, hinter den Busch zu kommen, und hoffe, dass Henri keine Dummheiten macht.

Aus meinem Versteck beobachte ich, wie er auf der Terrasse einen Blumentopf anhebt und etwas Kleines darunter hervorholt. Im Mondschein, der vom Schnee reflektiert wird, glitzert es silbern.

Ein Schlüssel!

Er öffnet die Hintertür und verschwindet im Haus. Es vergehen einige Minuten, dann kommt er zurück und winkt mir zu. Zögernd setze ich mich in Bewegung. Als ich mich ihm nähere, sehe ich eine Schrotflinte in Henris Hand.

»Sorry«, raunt er mir zu, als ich bei ihm ankomme. »Aber hier hat Robert gewohnt … wohnt Robert … ach, was weiß denn ich.« Es ist nicht spurlos an ihm vorbeigegangen, dass sein Lover ein US-amerikanischer Killeragent ist. Verständlicherweise. »Auf jeden Fall geht er gerne jagen. Die Schrotflinte hat er mir mal gezeigt.«

»Gut nachgedacht«, sage ich.

Die Schrotflinte sieht nicht so aus, als würde man damit einen Schusswechsel mit automatischen Waffen überstehen, aber ich sehe ein, dass sie besser ist als eine Pistole.

Henris Haltung wirkt mit der Flinte in der Hand aufrechter, mutiger. Wenn er sich damit sicherer fühlt, soll es so sein.

»Lass uns weiter«, sage ich und gehe vor.

Wir durchqueren noch zwei Gärten, dann stehen wir auf dem Hinterhof eines Geschäfts für Anglerbedarf. Ich erinnere mich, dass der Laden – *Erickson's*, so heißt er – direkt an der Kreuzung liegt, schräg gegenüber der Praxis. Auf der anderen Seite des Gebäudes geht vor, was auch immer hier vor sich geht.

Ich pirsche mich an *Erickson's Fishing Utilities* heran. Jeder meiner Schritte knarzt im Schnee, und von der Kreuzung kommen weiter Rufe und gelegentliches Lachen, hin und wieder auch ein panischer Schrei.

Das Gebäude ist tiefer als breit. Henri und ich müssen einige Meter im Schatten des Hauses entlangschleichen, bevor wir um die Ecke schauen können.

Ich deute Henri an, dass wir weiter müssen. Dann gehe ich so leise voran, wie es der lockere Schnee zulässt. Am Knarzen seiner Schritte höre ich, dass Henri mir folgt.

Es sind noch etwa fünfzehn Meter bis zur Hausecke, als ich kurz stehenbleibe, um die Umgebung abzuchecken. Alles scheint ruhig.

Gerade will ich weitergehen, da höre ich die Stimmen zweier Männer. Sie kommen von links. Dort ist niemand zu sehen, aber der Lautstärke nach kann es nicht mehr lange dauern, bis sie den Hinterhof einsehen können.

Ich überlege fieberhaft. Dann schaue ich runter auf den Schnee.

Natürlich!

Ich deute Henri, sich flach hinzulegen. Er gehorcht, und ich tue es ihm gleich. Sobald er liegt, schaufele ich den losen Neuschnee über ihn. Dabei entsteht eine Mulde, in die ich mich selbst lege.

Wahrscheinlich ist ein Schneehaufen, der einfach an der Wand hochgewachsen ist, auffällig. Wer genau hinschaut, wird sofort erkennen, dass hier etwas faul ist. Ich kann nur hoffen, dass meine Idee einem oberflächlichen Blick standhält.

Die beiden Stimmen kommen näher. Dazwischen erklingt das Schluchzen einer Frau.

Ich wage einen Blick über den Rand meines Verstecks. Zwei Männer der Gruppe C in Schneetarn-Uniformen führen eine rundliche Frau mittleren Alters und ein Mädchen im späten Teenager-Alter mit vorgehaltener Waffe die Straße entlang. Mir ist, als würde ich das Mädchen kennen. Ich krame in meinem Gedächtnis. Dann fällt es mir ein: Das ist Sergeant Nadiquaks Tochter. Sie stand mit mir am Bahnhof und hat auf den Zug aus diesem Scheißkaff heraus gewartet.

Es tut mir leid für sie, dass der Zug nicht gekommen ist. Wenn ich ehrlich bin, tut es mir auch ein bisschen für mich leid. Ich hätte sonst wo sein können. Das Yukon-Territorium bietet sicherlich schöne Ecken. Zumindest genug Ruhe, um sich mit Büchern einzudecken und damit ein paar Tage zu verbringen, bevor mein Rückflug zurück nach Deutschland ginge.

Verpasste Chance. Jetzt bin ich in dieser Scheiße genauso gefangen wie Tochter Nadiquak.

Meine Nerven sind angespannt. Es braucht nur einen kleinen Impuls von einem der Agenten, vielleicht auch nur bei einer der Frauen, damit jemand nach rechts in den Garten sieht, der zur Straße hin völlig ungedeckt ist. Vielleicht weil er oder sie sich von mir beobachtet fühlt. Fakt ist: Wer hierherschaut, *muss* den seltsamen Schneehaufen sehen.

Neben mir bewegt sich Henri.

Ich ziehe meinen Kopf zurück, packe Henri am Arm, drücke fest zu und erstarre. Wage es nicht zu atmen.

Wie dämlich kann man sein?

Ich verharre im Schnee und lausche, ob sich die Schritte der Agenten nähern.

Einige Sekunden verstreichen. Langsam geht mir die Luft aus. Ich muss ausatmen, um wieder einatmen zu können. Aber ich wage es nicht, auch nur diesen kleinen Mucks von mir zu geben.

Ich bin mir sicher, dass die Agenten jedes Geräusch von uns hören können. Genauso sicher bin ich, dass sie Henris Bewegung wahrgenommen haben.

Aber die Schritte kommen nicht näher. Ich traue mich, quälend langsam meinen Kopf zu heben. Nur ganz knapp lugen meine Augen über den Rand unserer Deckung. Das Grüppchen marschiert weiter die Hauptstraße entlang, ohne einen Blick in unsere Richtung zu werfen. Zuerst verschwinden die beiden Frauen hinter der Ecke von *Erickson's*, dann folgen die Agenten. Sie plauschen locker über ein Eishockeyspiel, ihre Maschinenpistolen auf die Frauen gerichtet.

Langsam, aber kontinuierlich werden die Stimmen leiser.

Nur zögerlich wage ich, meinen Kopf weiter über den Rand des Schneehaufens zu heben.

Ich sehe, dass die Luft rein ist, und richte mich auf. Gierig sauge ich Luft in die Lungen.

»Das war knapp«, sage ich.

Henri bleibt stumm.

Ich lasse noch einige Sekunden verstreichen. Dann stehe ich auf, drücke mich wieder an die Wand des Angelladens und warte, bis Henri so weit ist.

Ich atme ein. Ich atme aus. Zweimal. Dreimal.

Es geht weiter.

Die Gruppe C scheint mit ihrem Plan weit vorangeschritten zu sein. Auf der Kreuzung fehlen keine Einwohner von Grizzly Creek, die mir in den letzten Tagen begegnet sind. Bald müssten die Agenten alle zusammengetrieben haben.

Henri und ich stehen an der Ecke von *Erickson's Fishing Utilities* und können die ganze Kreuzung einsehen.

»Siehst du jemanden, der fehlt?«, frage ich Henri.

»Ein paar«, antwortet er. »Aber nicht viele. Bald geht's los. Was auch immer dann losgeht.«

Ich nicke. Was auch immer die Agenten der Gruppe C vorhaben, es wird nicht im Guten enden.

Da fällt mein Blick auf Anderson. Er steht mit zwei weiteren Agenten vor der Polizeiwache und redet auf sie ein. Die beiden nicken, dann entfernen sie sich mit zügigen, gleichmäßigen Schritten. Henris Ex-Liebhaber Robert tritt aus der Station, die der Gruppe C wohl als neue Kommandozentrale dient.

Meine Nackenhaare stellen sich auf. Was die beiden bereden, wird kaum zum Wohle der Zivilbevölkerung von Grizzly Creek sein.

Ich suche nach einer Möglichkeit, das Gespräch zu belauschen. Auf offener Straße wäre das Selbstmord, aber …

Flink setze ich mich in Bewegung. Hier auf der Kreuzung ist so viel Hintergrundrauschen durch Stimmen, die miteinander reden, schreien, weinen, dass das Knirschen unserer Schritte im Schnee kaum auffallen wird.

Die Agenten der Gruppe C wenden sich allesamt der Menschenmenge zu. Auch Anderson und Robert achten während ihres Gesprächs nicht auf die Umgebung. Das gibt uns eine faire Chance.

Ich brauche nur fünf schnelle Schritte, um bei der Eingangstür des Anglerladens anzukommen. Ich hoffe, dass die Tür nicht verschlossen ist, als ich daran ziehe – zu meiner Erleichterung lässt sie sich öffnen.

Wir eilen ins Innere des Geschäfts und schließen die Tür hinter uns. Anschließend laufe ich durch den Laden und gelange in einen Nebenraum im hinteren Teil. Er sieht aus wie ein Büro, der Schreibtisch ist aber mit Pornoheften, leeren Bierdosen und einigen benutzten Taschentüchern übersät. Hier finde ich, was ich gesucht habe: ein Fenster zur richtigen Seite.

Ich öffne es vorsichtig. Vom Gebrabbel der Leute auf der Kreuzung abgesehen, ist alles still.

Ich steige durch das Fenster. Mit wenigen Schritten überquere ich die Straße und drücke mich an die rückseitige Wand der Polizeistation. Hinter mir folgt Henri.

Wir gehen zurück in Richtung Kreuzung. An der Ecke der Station steht ein Gebüsch, das ausreicht, um zu zweit in Deckung zu gehen. Dort angekommen lasse ich mich nieder und horche auf die Stimmen von Anderson und Robert.

Die beiden sprechen leise miteinander, aber ich kann sie verstehen.

»Aber warum der ganze Stress?«, fragt Robert nun. »Wir könnten die Leute doch einfach hier auf der Straße erschießen. Das würde uns Zeit und den Männern Mühe sparen.«

Neben mir versteift sich Henri. Ich lege ihm eine Hand auf den Arm und hoffe, dass er nichts Dummes tut. Er entspannt sich, zumindest ein wenig.

»Weil wir leider keinen Einfluss auf die kanadischen Satelliten haben«, antwortet Anderson genervt. »Die Leichen müssten wir so oder so wegschaffen, bevor wir uns um unseren eigentlichen Auftrag kümmern können. Denken Sie doch mal nach, Mann! Seit Tagen hört niemand von diesem Dorf. Es wird nicht lange dauern, bis die kanadischen Behörden sich Sorgen machen. Als Erstes werden sie versuchen, Satellitenbilder zu bekommen.«

»Aber wird Ihr Plan nicht auch auf den Bildern zu sehen sein?«

»Ja, aber mein Plan wird nach einem Unfall aussehen. Etwas, das ein oder zwei Tage warten kann. Das ist die Zeit, die wir brauchen.« Anderson seufzt. »Robert, ich weiß, dass Sie hier all die Jahre das Kommando hatten, und ich weiß, dass sie die Leute lieber jetzt als gleich umbringen wollen, bevor es ihnen zu Kopf steigt.«

»Ich habe all die Jahre hier *gelebt*«, protestiert Robert. »Wenn ich auf den Knopf drücken soll, dann soll es wenigstens schnell gehen.«

»Vergessen Sie's. Und entweder, Sie gewöhnen sich jetzt schnell an den Gedanken, dass Sie einen Auftrag zu erfüllen haben, oder sie werden sich selbst im Kühlhaus wiederfinden.«

Im Kühlhaus?

Verwundert sehe ich Henri an. Der zuckt mit den Achseln.

Ich überlege, was Anderson ausgerechnet im Kühlhaus vorhaben könnte. Klar, es ist eines der wenigen Gebäude der Stadt, das groß genug ist, um alle Einwohner einzusperren. Aber was dann? Einfach die Türen schließen und die Leute erfrieren lassen?

Nein, das wäre unlogisch. Anderson hat selbst darauf hingewiesen, dass in wenigen Tagen Truppen der kanadischen Regierung in Grizzly Creek ankommen. Das Risiko, dass bis dahin noch nicht alle Einwohner der Stadt erfroren sind, wäre zu groß. Und es sähe nicht einmal ansatzweise nach einem Unfall aus.

Robert nimmt eine militärische Haltung an und salutiert zackig. »Jawohl, Sir.«

Dann dreht er auf dem Absatz um.

Ich ahne zu spät, was er tun wird.

Nach all der Vorsicht, all dem Schleichen, ist es ein Zufall, der uns verrät.

Er dreht sich in unsere Richtung. Die zackige Bewegung ist zu schnell und kommt zu plötzlich, als dass ich rechtzeitig in Deckung gehen kann.

Unsere Blicke treffen sich. Ich sehe, wie es in ihm arbeitet, er braucht ein oder zwei Momente, um mein Gesicht einzuordnen.

Dann handelt er so schnell, wie man es vom Militär erwartet. Bevor ich reagieren oder eine Warnung an Henri herausbringen kann, hält er bereits seine Maschinenpistole in der Hand und richtet sie auf mich.

»Kommen Sie raus, Dr. Meier«, sagt er laut.

Ich bin ganz auf ihn fokussiert. Trotzdem sehe ich aus dem Augenwinkel, wie sich Anderson, der sich gerade eine Zigarette angezündet und nichts mitbekommen hat, überrascht umdreht.

»Bleib genau hier sitzen«, flüstere ich Henri zu und versuche, meine Lippen dabei nicht zu bewegen. »Er hat dich noch nicht entdeckt.«

Dann krabbele ich aus dem Gebüsch heraus, hoffend, dass mein Körper und das Blattwerk Henri verbergen. Mit erhobenen Händen stehe ich auf und stelle mich so breit wie möglich hin.

»Dr. Meier, Dr. Meier«, sagt Anderson, der sich nun zu Robert gesellt. »So ein helles Köpfchen! Trotzdem haben Sie nicht daran gedacht, sich einfach zu verstecken, wenn Sie schon aus dem Gefängnis entkommen sind?«

»Kann ja nicht jeder so ein Arschloch sein wie Sie.«

Ich stachele die beiden bewusst an, damit sie sich nur auf mich konzentrieren und Henri eine bessere Chance hat. Aggressivität ist die beste Möglichkeit, die mir dafür einfällt.

»Passen Sie lieber auf, was Sie sagen, Dr. Meier«, entgegnet Anderson. »Ich kann Robert auch einfach befehlen, Sie auf der Stelle zu erschießen.«

»Dann tun Sie's doch!« Ich warte eine Sekunde, dann schüttele ich den Kopf. »Nein, das werden Sie nicht tun, nicht wahr? Sie brauchen die Einwohner alle im Kühlhaus, was auch immer Sie dort mit ihnen vorhaben.«

Andersons Miene ist steinern. Immerhin.

»Sie brauchen gefügige Leute. Keine, die nichts zu verlieren haben. Sonst kriegen Sie nie alle Leute im Kühlhaus zusammengetrieben. Nicht mit einer Handvoll Männer. Habe ich recht?«

Er macht eine teilnahmslose Geste. »Ihre Vorfahren wussten schon, was sie taten, als sie ‚Arbeit macht frei' an den Eingang der KZs geschrieben haben, Dr. Meier. Menschen mit einer Prise Hoffnung sind leichter zu kontrollieren.«

»Was haben Sie den Bürgern erzählt?«

»Dr. Meier, was ich wem erzähle, das geht Sie einen Scheißdreck an.« Er dreht sich zu Robert um. »Mr. Stanton, begleiten Sie Dr. Meier zum Rest der Einwohner und geben Sie Befehl zum Aufbruch. Die restlichen Nachzügler können wir auch getrennt von der Herde sammeln.«

Herde nennt er die Menschen und zitiert fleißig die Nazis. Mich beschleicht der Eindruck, es nicht nur mit einem Pflichterfüller von der bösartigen Sorte zu tun zu haben. Anderson ist ein *Verrückter*.

»Jawohl, Sir«, erwidert Robert Stanton. Mit einem Ruck seiner Waffe deutet er mir, zur Kreuzung zu gehen.

»Ach, und Stanton, noch was.«

Robert bleibt stehen, behält mich aber im Blick. »Ja, Sir?«, fragt er.

»Wenn Dr. Meier auch nur den Hauch einer falschen Bewegung macht, auch nur eine Silbe des falschen Wortes ausspricht – dann wird sie ihre letzten Stunden auf der Erde mit mir verbringen. Ich habe da noch eine unerledigte Sache mit ihr auf dem Zettel.«

Er grinst anzüglich, während er das sagt. Wut steigt in mir auf. Mein Blick trifft den von Stanton. Auch er scheint wenig von dem zu halten, was Anderson gesagt hat.

Er überlegt eine Sekunde, fängt sich jedoch wieder. »Jawohl, Sir«, sagt er im militärisch-zackigen Tonfall.

Sein Blick fixiert mich. »Sie haben es gehört, Dr. Meier.« Trotz des Befehlstons höre ich auch etwas anderes darin. »Gehen Sie.«

Meine Beine schmerzen und meine Socken sind schweißdurchnässt. Die Kälte dringt durch die Stiefel, kühlt den Schweiß und eisige Nässe frisst an meiner Haut.

Ich will nicht weiterlaufen. Das Kühlhaus ist nur noch zweihundert Meter entfernt, aber ich will nicht ankommen. Schließlich weiß ich, was mir dort blüht.

Ich traue mich aber nicht, etwas zu unternehmen. Etwas zu sagen bringt sowieso nichts. Das haben die Agenten der Gruppe C deutlich gemacht. Nach wenigen hundert Metern Marsch beschwerte sich die Verkäuferin des Convenient Store – Irene, erinnere ich mich – bei den Männern. Die Agenten zogen sie aus der Gruppe, warfen sie am Straßenrand zu Boden und erschossen sie. Der Vorgang dauerte weniger als zehn Sekunden. Der Soldat, der sie erschoss, ist Jeff: Der Mann, mit dem sie über Anderson und mich diskutiert hatte, als ich sie belauschte hatte.

Seitdem ist es ruhig im Zug. Keiner redet, niemand versucht etwas.

Den ganzen Weg über sehe ich mich nach Möglichkeiten um, heimlich zu verschwinden. Auch das gestaltet sich wenig aussichtsreich. Gruppe C weiß, was sie tut. Die Agenten führen uns mitten auf der Straße unserem Tod entgegen. Selbst an den wenigen Stellen, wo sich ein Gebüsch oder ein Waldstück an die Hauptstraße von Grizzly Creek herantraut, wären mehrere Meter offenes Schussfeld zu überwinden.

Obendrein sind die Bewacher gut verteilt. Vorne, hinten und zu beiden Seiten des Zuges gehen in wenigen Metern Abstand Männer der Gruppe C, ihre Maschinenpistolen stets im Anschlag und schussbereit.

Kälte frisst sich weiter durch meine Kleidung. Die Temperaturen betragen um die minus 20 Grad Celsius. Keine Jacke oder lange Unterhose der Welt kann solche Temperaturen dauerhaft vom Körper fernhalten.

Henri, schießt es mir in den Sinn.

Ja, Henri. Die Agenten haben ihn nicht im Gebüsch entdeckt, solange ich dabei war. Da ich ihn unter den Marschierenden nicht finde, gehe ich davon aus, dass er noch frei ist.

Immerhin ein kleiner Hoffnungsschimmer.

Die Frage ist nur: Was wird Henri tun, nachdem er allein an der Kreuzung zurückgeblieben ist? Wird er uns folgen und versuchen, mich zu befreien? Oder nutzt er die nächste Gelegenheit, um aus Grizzly Creek abzuhauen? Er hat schließlich gesagt, dass es ihm vor allem um seine eigene Haut geht. Ich schätze ihn zwar anders ein – aber kann ich mir da sicher sein?

Ich schüttele die Gedanken ab.

Die Agenten, die vor dem Zug laufen, lenken die Einwohner nach links auf den Vorplatz des Kühlhauses. Wir sind angekommen.

Hier wird es sich entscheiden.

Gibt es noch eine Chance oder finden wir den Tod?

Meinen Vorderleuten folgend, biege ich nach links auf den Vorplatz ab und betrachte die Szenerie.

Niemand hat sich die Mühe gemacht, nach dem Massaker aufzuräumen. Immer noch liegen überall Leichen herum, die Leichen all der Polizisten, auch die von Dr. Varneaux.

Alle sind von weißem Reif bedeckt und steifgefroren.

Kurz frage ich mich, warum es vorne im Zug so einen Aufruhr gibt. Dann erinnere ich mich, dass die meisten noch nicht wussten, was hier vor wenigen Stunden passiert ist. Vielleicht hatten manche die Hoffnung, Sergeant Nadiquak und seine Leute würden an einer Befreiungsaktion arbeiten. Die waren schließlich nirgendwo zu sehen.

Der Marsch geht ununterbrochen weiter bis zum Eingang des Kühlhauses. Gehetzt blicke ich mich nach Fluchtmöglichkeiten um.

Doch auch auf dem weitläufigen Vorplatz führen die Agenten uns so, dass wir keinem Gebüsch, keinem Baum zu nahe kommen. Sie machen alle Chancen zunichte, weil man erst ein paar Meter sprinten müsste … ein paar Meter, in denen sich die Agenten kein freieres Schussfeld wünschen könnten.

Der vordere Teil des Zuges kommt bei der offenen Tür des Kühlhauses an. Ohne zu zögern führen die Agenten die Menschen hinein.

Ich beobachte, wie sich zwei oder drei Leute weigern.

Ein Fünkchen Hoffnung keimt in mir auf. Wir sind in der Überzahl. Wenn wir alle zusammen Gegenwehr leisten, könnten wir die Agenten besiegen, obwohl es sicherlich viele Verluste gäbe.

Doch die Agenten ziehen alle Männer, die sich weigern, ins Kühlhaus zu gehen, ohne Umschweife aus dem Zug, stellen sie an die Wand des Kühlhauses und versetzen ihnen gezielte Kopfschüsse.

Leblos sacken die Leichen der Aufrührer in sich zusammen und hinterlassen blutige Spuren an der Wand.

Ich höre, wie einige Leute aus dem Zug heulen, schreien, sich übergeben. Ein bisschen wünsche ich mir, so unschuldig zu sein. Noch vor ein paar Tagen musste auch ich gegen die Übelkeit ankämpfen, als ich meine ersten menschlichen Leichen gesehen habe.

Die Agenten richten ihre Waffen wieder auf die Leute. Es geht weiter.

Langsam fällt in mir die Hoffnung zusammen. Es gibt keine Möglichkeit, der Gruppe C zu entkommen.

Und Henri ist auch nicht da.

Mir bleibt wohl nichts anderes übrig, als mich meinem Schicksal zu ergeben. Ob es wohl ein Leben nach dem Tod gibt? Als Wissenschaftlerin hätte ich die Frage mein ganzes Leben lang mit »Nein« beantwortet. Aber jetzt, da mein Tod so direkt vor mir steht, ertappe ich mich bei der Hoffnung, dass es vielleicht doch anders ist. Immerhin hätte ich auch die Frage nach außerirdischem Leben und staatlichen Killertrupps mein ganzes Leben mit »Nein« beantwortet.

Schreie reißen mich aus meinen Gedanken.

Das zweite Massaker beginnt.

Zuerst höre ich Rufe, dann ein unheimliches, metallisches Fauchen. Erneut treibt es mir Gänsehaut auf die Unterarme.

Die außerirdische Kreatur ist zurück.

Sobald sie verstummt, dringen andere Schreie hindurch – die Schreie von Menschen.

Als ich meinen Blick nach rechts wende, wo die Rufe herkommen, sehe ich die Kreatur in ihrer furchteinflößenden, unmenschlichen Form auf dem Vorplatz stehen. Sie dreht ihren Kopf nach links, dann nach rechts, als mache sie sich einen Eindruck von dem, was hier passiert.

Bewegung kommt in die Menschenmasse. Die Leute wollen weg, wollen auseinanderstürmen, während die Agenten der Gruppe C versuchen, sich dagegenzustemmen. Dann erschallt ein Ruf.

Ich kenne die Stimme.

»Scheißt drauf«, schreit Anderson im Befehlston. »Ihr drei«, höre ich, »Salven auf die Einwohner, erschießt die Leute. Der Rest sammelt sich, Plan B!«

Wie auch immer Plan B aussieht, die Agenten haben es trainiert und sind darauf eingestellt. Alle Männer kommen auf einer Linie zusammen und beginnen, die Kreatur abzuschirmen. Eine Gruppe Agenten läuft an der Seite des Vorplatzes nach hinten, um das Alien einzukesseln.

Der Befehl »Salven auf die Einwohner« spukt mir noch im Kopf herum. Am metallischen Klicken höre ich, dass die beim Zug verbliebenen Agenten ihre Maschinenpistolen auf die Salvenfunktion umstellen.

Kurz darauf fangen die Schüsse an.

Ich achte nicht darauf, wo die Kugeln einschlagen, sondern ducke mich nur, um möglichst wenig Fläche zu bilden. Um mich herum fallen die ersten Menschen zu Boden, aus Stirn oder Hals blutend.

Sie schießen hoch!

Also scheint es eine gute Taktik zu sein, geduckt zu bleiben.

Zwischen den Beinen der um mich herumwirrenden Menschen versuche ich zu erkennen, was geschieht.

Viel kann ich nicht sehen. Zu meiner Linken stehen Agenten und schießen wild um sich. Zu meiner Rechten sehe ich, dass einige Beinpaare auf die Kreatur zugehen. Um mich herum versuchen Menschen zu flüchten, ohne weit zu kommen. Körper sacken zu Boden, überall fließt Blut.

Auf der rechten Seite trennen zwei lange Klauen einem Agenten den Kopf ab. Eine Blutfontäne hinter sich herziehend, sackt der Rumpf des Mannes zusammen.

Die Kreatur scheint keine Grenze mehr zu kennen. Es schneidet sich mit ihren Krallen durch die Gegner und beißt mit seinem Maul zu, das mit scharfen, haifischartigen Zähnen besetzt ist. Weitere Agenten der Gruppe C fallen zu Boden, manche ganz, die meisten in Einzelteilen.

Welche Ausbildung die Männer auch genossen haben – offensichtlich hat niemand damit gerechnet, dass die Kreatur so schwer zu töten sein würde. Ihre Formation löst sich auf, die Agenten stoben auseinander und versuchen, sich in Sicherheit zu bringen.

Die meisten von ihnen scheitern.

Es dauert keine Minute, bis alle Agenten, die ich sehen kann, tot am Boden liegen.

Dann wendet sich die Kreatur den Einwohnern zu. Die Hälfte von ihnen, schätze ich, ist bereits tot.

Sekunden später höre ich, wie die Klingen der Kreatur auf das Fleisch der Menschen treffen, die das Pech haben, am falschen Ende des Zuges zu stehen. Ich höre Schreie. Ich sehe Blut spritzen. Ich sehe Körperteile und Gedärme fallen; höre, wie sie mit einem Schmatzen auf den Boden treffen. Ich sehe Beine zusammenbrechen.

Ich habe nur zwei Möglichkeiten: mich mit dem Monster oder mit den bewaffneten Agenten anlegen.

Ich wähle die letztere Option.

Als ich aufspringe, stoße ich eine Frau neben mir um. Sie fällt hin, rappelt sich aber auf.

Das muss reichen. Auf mehr kann ich gerade keine Rücksicht nehmen.

Ich sprinte auf den Agenten zu, der mir am nächsten steht. Er ist abgelenkt von dem Wirrwarr, und als er erkennt, was ich vorhabe, ist es für ihn zu spät. Ich bin nahe genug, um den Lauf seiner Waffe mit dem Unterarm wegzuschieben, bevor ich auf ihn einschlage.

Seine Finger verkrampfen sich und lösen eine Salve aus.

Ich lasse meinen freien Arm nach vorne schnellen und meine Faust trifft sein Gesicht, während wir zusammen zu Boden fallen. Es knackt abscheulich, als sein Nasenbein unter der Wucht zerbricht.

Unmittelbar schießt Blut aus seiner Nase, Tränen strömen ihm in die Augen.

Ich greife nach seiner Maschinenpistole und versuche, die Waffe an mich zu bringen. Seine Hand klammert sich daran fest. Ich werfe einen Blick in sein Gesicht und sehe, dass er den Mund zu einem verbissenen, dünnen Strich zusammenpresst. Sein Wille bleibt trotz der Schmerzen, die er haben muss, ungebrochen.

Er zieht seinen Kopf zurück.

Zu spät erkenne ich seinen Plan. Mit aller Kraft lässt er den Kopf nach vorne schnellen. Hart trifft seine Stirn meine Nasenwurzel.

Schmerz explodiert hinter meinen Augen, vor lauter Tränen sehe ich nicht mehr, was um mich herum passiert.

Ich versuche, mich zu beherrschen. Versuche, die Kontrolle über meine Glieder zurückzuerlangen. Es ist so, als wären meine Beine nicht da, und auch der Rest meines Körpers will mir nicht gehorchen.

Der Agent entreißt mir die Maschinenpistole, die wir immer noch beide umklammern, und versetzt mir mit dem Schaft einen Schlag gegen die Schläfe.

Erneut explodieren hinter meiner Stirn Schmerzen. Diesmal weiß ich, dass ich verloren habe.

Ich weiß, was jetzt kommen wird. Der Agent wird die Pistole auf mich richten und mir eine Salve in den Kopf jagen.

Ich höre einen Schuss.

Offenbar habe ich mich geirrt: Er feuert keine Salve ab, sondern nur eine einzelne Kugel. Das klingt lauter, endgültiger.

Ich warte auf ein Zeichen, dass ich tot bin.

Weitere Schmerzen.

Leere.

Irgendwas.

Doch es bleibt aus.

Verwundert schlage ich meine Augen auf. Vor mir steht der Agent, die Maschinenpistole auf mich gerichtet. Er sieht überrascht aus.

Seine weiße Flecktarnjacke färbt sich langsam rot. Der Fleck erscheint oberhalb seines Bauches, ungefähr dort, wo sich die Lungen befinden. Er wird größer und größer, breitet sich auf dem schmutzigen Weiß der Schnee-Camouflage aus.

Dem Agenten klappt der Mund auf. Auch aus seinen Mundwinkeln strömt Blut.

Dann sackt er in sich zusammen. Hinter ihm steht Henri, Stantons Jagdgewehr in der Hand.

»Henri«, presse ich gequält hervor.

Das ist ein Fehler. Weitere Schmerzen lassen mich die Augen zusammenkneifen. Ich unterdrücke einen Schmerzensschrei.

Henri kommt zu mir. »Bleib ruhig«, sagt er. Dann stellt er sich hinter mich, packt mich unter den Achseln und zieht mich irgendwohin.

Nach einer Weile streichen Äste über meinen Arm. Er zieht mich ins Gebüsch, erkenne ich.

Noch immer tobt auf dem Vorplatz ein Massaker. Bürger schreien, vielleicht auch Agenten. Nur noch wenige Maschinenpistolen sind zu hören, dafür die schlitzenden Geräusche der Krallen.

»Hier sollten wir halbwegs sicher sein«, sagt Henri und lässt meinen Arm los. Ich sacke zu Boden.

Mühsam öffne ich die Augenlider. Sie heben sich nur widerwillig, und sobald etwas Licht auf meine Netzhaut fällt, weiß ich, warum: Schmerz!

Unwillkürlich kneife ich meine Augen wieder zusammen.

Verdammt!

Ich weiß, dass ich irgendwie klarkommen muss, wenn ich diese Scheiße lebendig überstehen will. Blind bin ich aber niemandem eine Hilfe. Mir nicht, den Einwohnern von Grizzly Creek erst recht nicht.

Ich sammle Kraft, wappne mich gegen ein erneutes Feuer auf meiner Netzhaut und zwinge meine Lider, sich zu öffnen.

Der Schmerz bleibt nicht aus, aber ich verharre stur und halte meine Augen offen.

Henri beobachtet das Geschehen auf dem Vorplatz. Noch immer dringen Schreie und wütendes, außerirdisches Fauchen an mein Ohr. Seine Stirn liegt in Falten, er zuckt nervös mit den Mundwinkeln.

»Du bist gekommen«, murmele ich. »Danke.«

Er sieht mich an, dann weg und schließlich wieder zu mir. Lässt ein paar Sekunden verstreichen. Dann nickt er.

»Ja«, sagt er. »Ich bin dem Tross gefolgt.«

»Danke«, sage ich erneut.

Er schüttelt den Kopf. »Nicht dafür.« Er seufzt. »*Ich* danke *dir*. Dafür, dass du mir gezeigt hast, was für ein trauriges Arschloch ich bin.«

»Wie hat sich die Lage entwickelt?«, frage ich.

Er zuckt mit den Achseln. »Chaos pur.«

Er beugt sich nach links und nach rechts, versucht, andere Winkel des Platzes einzusehen.

»Die Agenten sind fast alle tot, wie es aussieht. Die Übrigen haben aufgehört zu schießen. Sie fliehen. Aber wohl nicht allzu weit. Die Kreatur ist jetzt bei den Einwohnern.«

Hinter mir ertönt das Knarzen eines Stiefels im Schnee.

Mir stockt der Atem. Jemand kommt hierher. Noch bevor ich an Flucht denken und Henri sich zu dem Geräusch drehen kann, ertönt das mechanische Klackern einer Maschinenpistole, aus deren Lauf sich eine Dreiersalve löst.

Bevor er reagieren kann, dringen die Kugeln in Henris Schädel ein. Die erste zertrümmert seine Stirn, schiebt sich tief in sein Gehirn und hinterlässt dabei nur ein kleines, rotes Loch. Die zweite frisst sich an derselben Stelle in seinen Kopf und vergrößert es. Die dritte Kugel gibt dem Schädel den Rest. Mit einem Knacken, das ich mein Lebtag nicht vergessen werde, bricht der Knochen. Aus seinem Hinterkopf tritt Blut aus und Knochensplitter zerfetzen ein paar Blätter.

Ich muss würgen. Jeder Versuch, es zu unterdrücken, ist unnütz. Ich kann nicht mehr.

So viel Gewalt.

So viel Blut.

So viel Tod.

Ich erbreche einen Schwall warmen Mageninhalts in den Schnee. Mein Kopf fühlt sich an, als würde er jeden Moment platzen.

Widerwillig drehe ich mich zur Seite, um dem Schützen ins Gesicht zu sehen.

Vor mir steht Anderson, hoch aufragend, mit seinem perfekten Teint. Er grinst mich schelmisch an. Die Maschinenpistole hält er auf mich gerichtet.

»Nun machen Sie schon«, sage ich. »Bringen Sie es zu Ende.«

Er lacht leise und schüttelt den Kopf, als hätte ich einen schlechten, aber unterhaltsamen Witz erzählt.

»Oh nein«, antwortet er, »so einfach mache ich es Ihnen nicht, Dr. Meier. Sie haben es mir schließlich auch nicht so leicht gemacht.«

»Zur Hölle mit Ihnen!«

»Ich habe sie extra ausgewählt, weil ich eine schlechte Wissenschaftlerin wollte. Und weil ich dachte, dass Sie niemand ernst nehmen wird, wenn Sie doch ein paar Dinge herausbekommen.«

Während er redet, schleicht er um mich herum. Er lässt mich dabei nicht aus den Augen und richtet seine Pistole auf meine Stirn.

»Sowas habe ich mir schon gedacht«, sage ich.

»Leider ist der Plan nach hinten losgegangen«, schwadroniert Anderson weiter in seinem Plauderton. »Zum einen, weil sie gar keine schlechte Wissenschaftlerin sind. Das können Sie als Kompliment nehmen. Zum anderen, weil Sie tatsächlich Leute gefunden haben, die Ihnen Glauben schenken.«

Er unterbricht seinen Monolog, um stehenzubleiben und mit seiner freien Hand auf das Treiben vor dem Kühlhaus zu deuten. »Das alles hier«, sagt er, »hat Grizzly Creek Ihnen zu verdanken. Weil Sie uns zu gefährlich geworden sind.«

»Erzählen Sie mir keinen Scheiß«, sage ich. Beinahe schreie ich ihn an. »Ich habe Ihren Einsatzbefehl gesehen. Es war von Anfang an der Plan, dass Sie die Leute hier umbringen.«

»Wenn«, unterbricht er mich, »*wenn* wir Gefahr laufen, dass etwas über die Wesen im Eis bekannt wird, ja.«

»Und warum sind Sie dann hier mit mir aufgetaucht?«

»Ist das nicht klar?«

Er scheint ehrlich verwundert zu sein.

Ich denke nach.

»Die Kreatur ist aufgewacht und in die Stadt gekommen«, schließe ich.

»Korrekt. Aber das wäre immer noch kein Grund, eine ganze Kleinstadt auszulöschen. Ich bitte Sie, Dr. Meier, wir sind keine Wahnsinnigen.«

»Das sehe ich anders.« Ich deute auf den Vorplatz. Mittlerweile höre ich von dort nur noch vereinzelte Schmerzensschreie. Der Großteil von Grizzly Creek scheint tot zu sein.

»Glauben Sie mir: Wir hätten nichts dergleichen getan, wären Sie uns nicht in die Quere gekommen. Unsere Direktive war, erwachte Wesen einzufangen und für die Forschung zu erhalten. Die paar Augenzeugen, die es dabei gegeben hätte, hätten wir locker mit einer Rufmordkampagne unglaubwürdig machen können. Niemand außer den üblichen Verrückten hätte ihnen geglaubt.«

Er wandert weiter herum. »Aber dann kamen Sie, Dr. Meier. Sie haben direkt ins Schwarze getroffen, die richtigen Schlüsse gezogen, so unwahrscheinlich das aussah, und haben dann Leute gefunden, die Ihnen glauben.«

»Dr. Varneaux und Henri? Hätten Sie uns drei nicht auch einfach unglaubwürdig machen können?«

Er schüttelt den Kopf. »Nein, so einfach ist das nicht. Sie drei hätte man in der Öffentlichkeit diskreditieren können. Das Problem war, dass Chief Nadiquak von unserer Anwesenheit wusste.«

»Was? *Er* hat gewusst, was hier vor sich geht?«

»Ja, er war der Einzige, den wir eingeweiht haben. Er hat geglaubt, dass es sich dabei um ein streng geheimes Forschungsprojekt am Polarkreis handelt. Aber dann mussten Sie ja leider aufkreuzen und ihm alles auftischen. So konnte er eins und eins zusammenzählen.«

Anderson zieht weiter seinen Halbkreis um mich herum. Jedes Mal, wenn er mich aus den Augen verlieren würde, dreht er um.

Er strahlt dabei so viel Selbstsicherheit aus, dass ich kotzen möchte. Nochmal. Und wieder und wieder.

Trotzdem flackert in meinem Hinterkopf eine Idee auf. Noch kann ich sie nicht genau fassen. Es ist mehr ein Impuls zu handeln. Ein Impuls, dem ich folgen muss. Wenn nicht jetzt, dann nie.

»Er hat mir die Pistole auf die Brust gesetzt, nachdem Sie bei ihm gewesen sind, wissen Sie? Wollte wissen, was genau wir hier treiben. Ich habe ihm gesagt, das ginge ihn einen Scheißdreck an. Schließlich sorgt die Regierung dafür, dass sein Drecksnest jeden Winter überlebt.« Er seufzt. Noch wenige Schritte, dann ist er da, wo ich ihn brauche.

»Aber er wollte nicht hören«, schwafelt Anderson weiter. »Er wollte, dass wir sofort die Zelte abbrechen und verschwinden.« Anderson lacht auf. »Als wäre das so einfach ... im Winter. Ich habe übrigens wirklich gehofft, dass Sie noch aus der Stadt kommen. Sie wären fein raus gewesen, ich wäre fein raus gewesen. Win-win. Doch leider fiel der Zug aus.« Er zuckt die Achseln. »Manchmal ist es eben Schicksal.«

In diesem Moment strecke ich meine Beine aus und hebe sie an.

Anderson stolpert. Er kämpft mit der Schwerkraft, kann das Gleichgewicht aber nicht halten und fällt hin. Wenige Meter neben mir landet seine Maschinenpistole im Schnee. Sie liegt zwischen uns und wartet auf den Schnelleren.

Wir sehen uns an. Wie auf Knopfdruck hetzen wir beide los.

Anderson hat einen Vorteil: Ihm stechen nicht bei jeder Bewegung zehntausend Nadeln das Gehirn zu Brei. Das Aufspringen tut mir weh. Der erste Schritt noch mehr. Beim zweiten rutsche ich im Schnee aus.

Ich schaffe es, mich mit einem Ausfallschritt abzufangen. Der Ruck, der dabei durch meinen Körper zuckt, foltert mich mit weiteren Schmerzen hinter der Stirn und ich verliere wertvolle Zeit.

Ich wage keinen Blick zu Anderson. Stattdessen lasse ich die Maschinenpistole nicht aus den Augen, als könnte ich sie beschwören, in meine Hand zu springen.

Noch drei Schritte.

In meinem Augenwinkel taucht Andersons Schneeflecktarn auf. Er ist mir eine halbe Armlänge voraus. Das ist nicht viel, aber zu viel.

Ich beiße die Zähne zusammen und stoße mich kräftiger vom Boden ab.

Noch zwei Schritte.

Es besteht kein Zweifel: Anderson ist schneller. Ich habe keine Chance, vor ihm bei der Pistole anzukommen.

Es sei denn ...

Ich ignoriere die Schmerzen. Alle Warnsignale meines zerschundenen Körpers rücken in den Hintergrund.

Ich habe noch eine Möglichkeit.

Noch einen letzten Versuch.

Mit aller Kraft stoße ich mich ab und springe.

Auch Anderson verlagert sein Gewicht und lässt sich nach vorne fallen. Er ist mir immer noch ein paar Zentimeter voraus.

Der Griff der Maschinenpistole rückt näher, immer näher an meinen ausgestreckten, rechten Arm. Ich habe mich beim Sprung nicht verschätzt. Wenn ich aufkomme, muss ich nur zugreifen.

Der Aufprall ist hart. Ich bin so sehr darauf versteift, die Pistole zu bekommen, dass ich keinen einzigen Gedanken daran verschwende, meinen Körper darauf vorzubereiten.

Wie ein nasser Sack treffe ich auf den Boden, ein wuchtiger Schlag geht mir von den Rippen aus durch die Magengrube bis ins Rückgrat. Der Ruck zieht sich weiter in meinen Nacken und kulminiert in einem Hammerschlag von innen gegen den Schädel.

Ich stöhne auf und sehe nur schwarz. Aber meine Hand berührt kalten, harten Kunststoff.

Ich umschließe den Griff der Maschinenpistole und suche tastend den Abzug. Ruckartig ziehe ich den Arm zu mir heran.

Ich kontrolliere die Waffe.

Noch immer tanzen schwarze Punkte vor meinen Augen. Blinzelnd will ich sie aus meinem Sichtfeld verdrängen, erst nach einer Ewigkeit von Millisekunden kann ich wieder sehen. Rasierklingen aus Licht treffen meine Netzhaut. Dazwischen kommt Anderson zum Vorschein und beugt sich mit vor Wut verzerrtem Gesicht über mich.

»Dr. Meier«, sagt er, »Sie können es einfach nicht lassen, was?«

Dann holt er zum Schlag aus. Ich sehe seine Faust auf mein Gesicht zurasen. Dort werde ich keinen weiteren Schlag aushalten. Trotz Kontrolle über die Waffe habe ich den Kampf verloren.

Im letzten Moment zucke ich mit dem Kopf zur Seite. Wieder schießen Schmerzen wie glühend heiße Nadeln hindurch und versengen mein Gehirn.

Erneut schreie ich.

Aber ich habe richtig gehandelt. Andersons Faust schlägt in den schneebedeckten Boden ein.

»Ahhh«, schreit auch er. Ich höre aber keine Schmerzen – nur Wut. Ein Blick in seine Augen verrät mir, dass er den Pfad der geistigen Gesundheit längst verlassen hat. Er denkt nicht mehr rational wie ein Wissenschaftler. Aus seinem Blick sprechen nur Wahnsinn und Rachsucht.

Mühsam stemme ich mich hoch und richte die Maschinenpistole auf Andersons Kopf.

Er sieht, dass sich das Blatt wendet. Mitten in der Bewegung stockt er und bleibt reglos sitzen, den Oberkörper mir zugewandt, die Hände zur Faust geballt.

»Keine! Bewegung!«, presse ich zwischen den Zähnen hervor. Auch das Sprechen bereitet mir Schmerzen.

»Was willst du machen, Schlampe?« Er speit mir die Wörter vor die Füße. »Mich erschießen? Viel Spaß dabei, mit dem Monster allein fertig zu werden.«

Er deutet mit seinem Kopf zum Vorplatz.

»Alles ist besser, als dass Sie Arschloch noch eine Sekunde länger meine Luft wegatmen«, sage ich.

Dann drücke ich den Abzug.

Die Maschinenpistole ist noch auf die Funktion »Salve« eingestellt. Ein Dreierschuss prescht aus dem Lauf. Wie schon bei Henri schlägt die erste Kugel nur ein kleines Loch in Andersons Kopf.

Auch bei meinem Schuss trifft die zweite Kugel fast genau dorthin, wo die erste eingeschlagen ist, und vergrößert den Krater. Die dritte durchschlägt den Schädel endgültig. Dem Mann, von dem ich geglaubt habe, er sei mein Kollege, platzt der Hinterkopf.

Mit dem Geräusch eines schweren Sacks, der in den Schnee fällt, entweicht die letzte Körperspannung aus Anderson. In seinem Schritt erkenne ich einen nassen Fleck.

Ich wende mich ab. Keine Zeit, seinen Tod zu genießen.

Funktionieren. Das muss ich, wenn ich lebend aus Grizzly Creek herauskommen will. Nichts anderes ergibt einen Sinn.

Ich muss ein Monster töten.

KAPITEL 15

Erst als ich aus dem Gebüsch trete und sehe, dass noch eine Handvoll Agenten der Gruppe C am Leben ist, wird mir bewusst, dass ich zuletzt doch wieder die eine oder andere Maschinenpistole gehört habe. Zu sehr war ich in dem Kampf gegen Anderson gefangen. Ein paar Agenten müssen überlebt und den Kampf wiederaufgenommen haben.

Von den Einwohnern lebt niemand mehr. Vielleicht konnte ein Teil auch fliehen, ins Kühlhaus zum Beispiel.

Ich hoffe, dass Letzteres der Fall ist. Aber die schiere Masse an Leichen, die sich auf dem Vorplatz türmt, lässt meine Hoffnung schwinden. Es sind hunderte Leichen, die hier in einem Massengrab liegen.

Die Kreatur lebt und steht auf dem Vorplatz. Die letzten sieben Agenten der Gruppe C haben es im Halbkreis umrundet und treiben es zum Kühlhaus. Die Männer versuchen, das Wesen mit dem Rücken an die Wand zu drängen.

Ich glaube nicht, dass sie sich große Chancen ausrechnen. Die verbissenen Blicke der Agenten zeigen, dass sie Angst haben.

Plötzlich verliert einer der Männer die Nerven. Er hat ein bubenhaftes Gesicht und eine untersetzte Statur. In seiner Uniform wirkt er verloren. Viel mehr als zwanzig Runden um die Sonne hat er noch nicht gedreht.

Er schreit auf, sein Gesicht vor Angst verzerrt. Währenddessen hebt er die Waffe und feuert einen Stoß Kugeln ab. Ein paar treffen die metallene Wand des Kühlhauses, einige die Kreatur.

Wie ich vorhin schon beobachtet habe, machen ihr die Geschosse nichts aus. Nur kurz sind um die Einschläge herum wellenförmige, konzentrische Kreise zu sehen, bevor die fließende, metallische Haut die Kugeln absorbiert. Als würde man Kieselsteine auf eine glatte Wasseroberfläche werfen.

Die Aktion des jungen Agenten löst eine Kette an Reaktionen aus. Erst feuert ein weiterer seine Waffe auf die Kreatur ab, dann noch einer und schließlich schießen sie alle auf das Wesen.

Ein Feuersturm entbrennt.

Ich überlege, was ich tun kann. Auch ich habe eine Maschinenpistole in den Händen. Aber Kugeln machen dem Wesen so viel aus wie Wassertropfen einem Waldbrand.

Nein, Schusswaffen sind nicht die Lösung.

Du übersiehst doch was.

Ja, da war …

Ich erinnere mich, dass ich vorhin etwas gesehen habe.

Dr. Varneaux!

Ich erinnere mich, wie er panisch auf den Vorplatz des Kühlhauses lief und schrie, die Kugeln würden nichts ausrichten. Und er hatte eine Lösung.

Robert Stanton erschoss ihn vom Dach, bevor er mehr sagen konnte. Aber als er auf Nadiquak zulief, wanderte seine Hand in die Innentasche seines Mantels.

Hoffentlich lässt mich der Doc nicht im Stich, denke ich.

Das Wesen reißt wütend sein Maul auf und ich sehe seine glänzenden, dolchartigen Zähne. Sein außerweltliches Schreien dringt über den Vorplatz durch meine Gehörgänge in meinen geplagten Kopf und löst einen weiteren Schwächeanfall aus.

Ich schaffe es gerade noch, mich auf den Beinen zu halten.

Das letzte Mal, als ich diesen Schrei gehört habe, kündigte das Wesen einen Angriff an.

Ich gebe den Agenten noch etwa zehn Sekunden.

Nicht, dass es schade um sie wäre. Aber wenn sie tot sind, bin nur noch ich übrig.

Ich reiße mich zusammen und sprinte mit meinen letzten Kraftreserven zur Leiche von Dr. Varneaux. Einmal stolpere ich über meine eigenen Füße, einmal über die Leiche der Tochter von Sergeant Nadiquak. Ein anderes Mal rutsche ich auf einer gefrorenen Blutlache aus und falle beinahe hin.

Trotz aller Schmerzen und Kraftlosigkeit schaffe ich es zur Leiche des Arztes. Ich lasse mich auf ein Knie nieder und schlage Varneauxs Parka auf.

Der Stoff ist steifgefroren wie sein Fleisch, aber er lässt sich bewegen. Ich führe meine Hand in die Innentasche des Mantels und ertaste, was sich darin befindet.

Etwas pikst mich, erschrocken ziehe ich meine Hand zurück. Auf der Kuppe meines Mittelfingers bildet sich ein Bluttropfen.

Oh scheiße, denke ich.

Vorsichtig greife ich erneut in die Tasche des Mantels. Ich bekomme eine Spritze zu fassen und ziehe sie hervor. Sie ist mit einer durchsichtigen, leicht gelblichen Flüssigkeit gefüllt.

Hoffentlich nichts Giftiges, denke ich.

Ich rieche daran und wende mich ab. Scharfer, stechender Geruch steigt mir in die Nase. Trotzdem bin ich erleichtert: Ich kenne den Geruch.

Natürlich! Ich jauchze innerlich. *Dr. Varneaux, Sie sind ein Genie!*

Die Spritze enthält Salpetersäure, auch Scheidewasser genannt. Der Stoff findet sich in jedem halbwegs sortierten Labor, er gehört zur Grundausstattung eines jeden Chemikers, Apothekers oder Pharmazeuten. Und er ist neben Chlorsäure einer der wenigen bekannten Stoffe, die Silicium-Verbindungen auflösen.

Ich stehe auf und wende mich wieder dem Geschehen vor der Wand des Kühlhauses zu.

Gerade noch rechtzeitig schaue ich hin, um mitzubekommen, wie die Kreatur den letzten Agenten erledigt. Sie spießt ihn mit einer Kralle durch den Bauch auf und hebt ihn auf Augenhöhe.

Der Agent stöhnt vor Schmerzen und zittert vor Angst.

Das Wesen versenkt seine Zähne im Kopf des Mannes und beißt den vorderen Teil weg. Es muss das Gesicht des Agenten nicht zerkauen, sondern kann es im Ganzen herunterschlucken.

Der aufgespießte Körper erschlafft. Sein halber Kopf kippt nach hinten. Darin liegen die Reste seines Hirns wie eine blutige Walnuss in ihrer Schale.

Das Monster schüttelt die Leiche und das restliche Hirn fällt zu Boden. Dann rutscht auch der Körper von der Kralle und beinahe geräuschlos landet der Agent im roten Schnee.

Dann wendet es seinen Blick mir zu.

Das Wesen hat keine Mimik. Alles an ihm wirkt außerweltlich und ähnelt nichts, was ich je gesehen habe. Trotzdem glaube ich, dass es bei meinem Anblick die Zähne fletscht.

Gleich wird es mich angreifen.

Ich schlucke.

Bitte, Doc, flehe ich, *hab dich nicht geirrt.*

Mein Leben hängt an einem dünnen und völlig überspannten Hoffnungsfädchen, das ein alter Arzt mit Alkoholproblem gesponnen hat.

Das Monster stößt einen weiteren Schrei aus, der alles Fremdartige auf den Punkt bringt: Es klingt *anders.* Es klingt *feindselig.* Es klingt *überlegen.* Es klingt wie von einer anderen Welt.

Die Kreatur steht fünfzig Meter von mir entfernt, am anderen Ende des Vorplatzes. Trotzdem wird sie nicht lange brauchen, um zu mir zu gelangen, denn ihre Schritte gleichen Sprüngen.

Ich muss mich wappnen.

Mit der rechten Hand umklammere ich die Spritze, die Dr. Varneaux mir hinterlassen hat, und beobachte, was sie tut.

Wie ich prophezeit habe, benötigt die Kreatur nur wenige Sprungschritte, um zu mir zu kommen. Fünfzehn Meter vor mir bleibt sie stehen.

Ich gehe in die Knie, verlagere mein Gewicht und federe in meinen Beinen ab.

Das Monster springt und fliegt auf mich zu. Im Bruchteil einer Sekunde wird es einschlagen.

Zeit zu überlegen habe ich nicht. Ich reagiere instinktiv. Springe mit dem rechten Bein zur Seite. Lasse meinen Oberkörper möglichst nahe auf den Boden sinken.

Noch im Flug trifft irgendetwas mein Bein. Durch den Rempler aus dem Gleichgewicht gebracht, schlage ich mit voller Wucht auf. Die Nadeln hinter meiner Stirn glimmen nicht nur auf, sie lodern.

Erneut schreie ich.

Nur mit Mühe gelingt es mir, meinen Blick klar und scharf zu stellen. Ich drehe den Kopf.

Das Monster hat sich schnell gefangen und auf die neue Situation eingestellt. Bevor ich mich orientieren kann, nimmt es erneut Anlauf.

Es ist schnell, ich liege am Boden. Nie werde ich rechtzeitig ausweichen, bevor seine schwertartige Kralle durch meine Eingeweide schneidet.

Ich sehe die Kreatur größer und größer werden.

Moment mal …

In mir keimt der Funke einer Idee auf. Ich habe nur keine Ahnung, ob meine Zeit reichen wird. Oder meine Arme.

Ich bleibe liegen und entspanne mich, will ergeben und unterwürfig wirken. Das ist ein Schuss ins Blaue. Schließlich weiß ich einen Scheiß darüber, was das Wesen in unserer Mimik und Gestik liest.

Mit einem weiteren Sprung ist die Kreatur bei mir. Sie bemüht sich gar nicht, erst stehend zu landen und sich dann zu mir herunterzubeugen. Stattdessen bringt sie ihre überlangen Arme in breiter Pose so unter, dass sie in halb liegender, halb gebückter Position direkt über mir landet.

Das Wesen schiebt sein Gesicht über meins. Drei asymmetrische Schlitze starren mich an. Eine Mischung aus Verwesung, Schimmel und Schwefel steigt mir in die Nase. Es ist der Gestank eines Weltkriegsbunkers, in dem eine Leiche verwest, hundertmal potenziert.

Wo immer die Kreatur herkommt: Ich bin mir sicher, dass es kein angenehmer Ort ist. Der Atem des Wesens spricht von Tod. Nicht vom metaphysischen, erlösenden Tod, sondern von einem qualvollen, der mit unendlichem Leid verbunden ist.

Ohne weitere Ankündigung und ohne Übergang reißt das Wesen sein Maul auf und entblößt die Dolche, die es als Zähne nutzt. Die

Bewegung ist unsichtbar. In einem Moment ist das Maul nur jener kleine Spalt. Im nächsten Augenblick steht es offen wie das einer Würgeschlange, die ein Beutetier verspeist.

Ich habe nicht viel Zeit zum Handeln. Just bevor die Kreatur zum tödlichen Biss herabfährt und mir ihre Dolche ins Fleisch rammt, schnellt meine rechte Hand nach oben, um die Spritze mit Dr. Varneauxs hoffentlich patentiertem Monstergift in ihrem Hals zu versenken.

Ich habe meine Aktion lange genug verzögert, um das Monster im letzten Moment zu überraschen. Dadurch habe ich ungenau gezielt. Wie in Zeitlupe beobachte ich, wie die Nadel der Kreatur näher kommt.

Erleichterung durchfährt mich, als ich sehe, dass sie trifft.

Dennoch passiert … nichts.

Die Spritze dringt nicht unter die metallische, weich fließende Haut. Stattdessen bricht die Nadel ab, als die Kreatur zurückzuckt und sich schüttelt.

So viel zu meiner Geheimwaffe. Nun stehe ich mit leeren Händen da.

Das Monster hat seine überlangen Arme durchgestreckt, sodass sein Hals und sein Gesicht Abstand zu mir haben.

Aus seinen drei halbmondförmigen Augen starrt es mich an. Dann wendet es einen der Schlitze meiner improvisierten Waffe zu, die ich noch in der Hand halte. Mit den beiden anderen Augen beobachtet es mich weiter.

Ein saugendes Geräusch kommt aus seiner Richtung. Schnuppert es etwa, um herauszufinden, womit ich es angegriffen habe?

Ich komme nicht umhin, ein wenig Bewunderung für die Kreatur zu empfinden.

In seiner Heimatwelt genießt es sicherlich perfekte evolutionäre Vorteile gegenüber der Konkurrenz: Zähne wie Dolche. Klauen, die Krummschwertern gleichen. Eine nicht zu penetrierende Metallhaut, die trotz ihrer Härte weich und elastisch scheint. Augen und Mund, die kaum Angriffsfläche bieten, wenn das Wesen sie nicht benötigt. Die Geschwindigkeit, mit der es sich bewegen kann.

Die Natur hat das Konzept eines Jägers mit diesem Wesen perfektioniert.

Der dritte Schlitz dreht sich wieder mir zu. Mir ist, als schaue das Monster tief in meine Seele, als könnte es meine tiefsten, innersten Geheimnisse lesen.

Ich selbst erkenne in den Schlitzen nichts. Ich sehe weder Pupillen noch eine Iris. Als befände sich dahinter nur Schwärze. Liegen die visuellen Rezeptoren der Kreatur etwa direkt an der Oberfläche?

Noch mehr bringt mich die Erkenntnis aus der Fassung, dass ich das Wesen scheinbar irritiert habe. Es zögert, als wäge es ab, ob die Waffe, die es noch nicht kennt, eine echte Gefahr darstellt.

Mir schleicht sich ein Gedanke in den Sinn. Bisher bin ich immer davon ausgegangen, dass das Alien sich wie ein Raubtier verhält. Aber jetzt wirkt es so, als würde es mich bewusst abschätzen. Ich erinnere mich an einen blutigen Rehkopf, der offenbar nur dazu da war, um mit mir zu spielen. Erinnere mich, dass ich nachts auf dem Heimweg vor dem Wesen weggerannt und entkommen bin, obwohl ich es mehrmals in einer Geschwindigkeit gesehen habe, mit der es ihr ein Leichtes gewesen wäre, mich einzufangen.

Sowas tun bloße Raubtiere nicht. Es braucht ein Mindestmaß von Verstand für ein derart berechnendes Verhalten.

»Du bist intelligent, nicht wahr?«, frage ich in die Stille unseres gegenseitigen Ausharrens. Meinen Blick wende ich nicht ab. »Du bist nicht einfach nur irgendein Raubtier aus den Weiten des Weltalls. Du nimmst dort, wo du herkommst, eine ähnliche Stellung ein wie wir Menschen auf der Erde, richtig?«

Das Wesen antwortet mir. Nicht mit Sprache, nicht mit Worten. Es antwortet, indem es seine Augenschlitze zusammenzieht. Die Bewegung sieht seltsam aus. Als zöge sich der Riss in einem von Katzenkrallen zerfetzten Ledersofa von alleine zusammen und entspanne sich wieder.

Trotz meiner Bewunderung für die Kreatur muss ich sie töten. Ich kann kein Wesen wie dieses auf der Erde herumwandeln lassen. Es ist ein intelligentes, quasi-humanoides Geschöpf. In seiner Heimat wird es die Krone der Schöpfung sein, darauf möchte ich alles verwetten, was mir lieb ist. Und hier auf der Erde steht es in der Nahrungskette ganz weit oben.

Sollte das Wesen davonkommen, wird es die Menschheit auslöschen. Das weiß ich so sicher, wie ich weiß, dass eins und eins zwei ergibt.

Und vielleicht habe ich noch eine Chance.

Es gibt kein irdisches Lebewesen, das dieser Kreatur annähernd gewachsen ist. Das heißt: keinen Menschen, kein Tier und wohl auch keine Pflanze.

Mit schweißgetränkter Hand umfasse ich die Spritze.

Das Wesen basiert auf einer Silicium-Verbindung. Das unterscheidet es von allen anderen Lebewesen, die der Menschheit bekannt sind. Silicium-Verbindungen lösen sich in Salpetersäure auf, das war Dr. Varneauxs letzte große Erkenntnis. Aber gilt das auch, wenn sie außerirdisch sind? Gibt es in den Tiefen des Alls womöglich Elemente, die wir noch nicht kennen, die mit den Silicium-Wasserstoffen, die den Grundstein des Aliens bilden, zusammenarbeiten und die Moleküle sogar gegen Salpetersäure wappnen?

Mir bleibt nichts anderes übrig, als es auszuprobieren.

Die Kreatur scheint meine Gedanken zu lesen – und auf einmal bin ich mir nicht sicher, ob das nur eine Redensart ist. In dem Moment, in dem ich einen Plan fasse, regt sie sich ebenfalls. Ihre Reaktion kommt so abrupt, dass mir beinahe die Spritze aus der Hand gleitet.

Ich packe fest zu und umschließe sie. Dass meine Hände schweißnass sind, macht es nicht einfacher.

Langsam und ohne den Blick von der Kreatur zu nehmen, die sich wieder über mich beugt und ein warnendes Knurren von sich gibt, führe ich meine Hände vor dem Bauch zusammen.

Mit der linken fasse ich den Pfropfen am oberen Ende der Spritze und ziehe daran.

Das Wesen beobachtet, was ich tue. Vielleicht merkt es, dass ich einen weiteren Angriff vorbereite. Vielleicht glaubt es auch, dass es ein Akt der Unterwerfung ist.

Das bringt mich auf die Idee, meine Muskeln zu lockern. Ich hoffe, dass das Monster es als Unterwerfung, als Eingeständnis meiner Niederlage deutet.

Mit einem *Plopp* löst sich der Pfropfen. Die Flüssigkeit, die Dr. Varneaux für eine Waffe gegen die Kreatur hielt, schwimmt frei in der Spritze.

Na, dann komm, fordere ich das Geschöpf in Gedanken auf.

Ihm entfährt ein weiterer unirdischer Schrei. Im Angesicht des Aliens und bei all der Nähe zu ihm geht mir das Schreien noch tiefer unter die Haut als zuvor.

Dann schnellt es herab.

Ich sehe das weit geöffnete Maul näher kommen.

Sehe die tödlichen Zähne auf mein Gesicht zurasen.

Und reagiere.

Millisekunden, bevor mein Kopf im Maul der Kreatur verschwindet, reiße ich meine rechte Hand nach oben. Das bringt das Wesen aus dem Gleichgewicht, es muss seine Arme nutzen, um nicht auf mich zu fallen. Ich merke, wie es wankt. Seine Kralle, ein langes Schwert, saust auf mich zu.

Die Flüssigkeit fliegt dem Wesen ins Gesicht. Es ist das Letzte, was ich sehe. Panisch drehe ich meinen Kopf nach links, denn die Kralle fliegt direkt auf mein Auge zu. Ich kneife die Lider zusammen, bevor ich spüre, wie sie mir ins Gesicht schneidet.

Wenn ich tot bin, merke ich davon nichts.

Es hat meine rechte Gesichtshälfte getroffen. All der Schmerz, der sich über den Tag aufgestaut hat, pocht in einem einzigen, wuchtigen Schlag gegen meine Stirn. Wie ein Funkenstoß fressen sich piesackende Nadeln durch meine Hirnwindungen.

Fühlt es sich so an, wahnsinnig zu werden? Keine klaren Gedanken mehr fassen zu können, ständig von Schmerzen geplagt und ohne jede Chance, dem Martyrium zu entgehen?

Oder bin ich schon tot? Gibt es etwa doch ein Leben danach? Ich hätte mir vorgestellt, dass es wenigstens frei von Schmerzen wäre.

Wenn ich tot bin, bin ich wohl in der Hölle gelandet. Dann möchte ich noch nicht tot sein.

Öffne deine Augen, sagt mir eine Stimme in meinem Inneren. Immerhin ein klarer Gedanke, der durch den Urknall hinter meiner Stirn zu mir durchdringt. *Es ist noch nicht vorbei*, sagt sie. *Öffne die Augen.*

Habe ich noch die Kraft, weiterzumachen? Oder sollte ich mich lieber ins Chaos sinken lassen?

Nein. Da ist noch irgendwas in mir. Es ist unbewusst, aber es will noch nicht aufgeben. Nicht, wenn das hier der Tod ist.

Ich öffne die Augen.

Über mir sehe ich das weit aufgerissene Maul des Wesens. Es schreit erneut – diesmal aber nicht, um mich einzuschüchtern. Nicht, um seinen Hunger kundzutun.

Es schreit vor Schmerz und Wut.

Diesmal ist der Lärm Musik für meine geschundenen Nerven.

Ich beobachte das Gesicht des Monsters. Nach wenigen Momenten lösen sich erste Flocken der metallischen Haut ab. Seine Gesichtsmuskeln zerschmelzen in grotesken Fäden wie klebrige Treppenstufen in einem Alptraum, in dem man vor etwas wegläuft.

Blut und der Bakterienschleim, für den ich hergekommen bin, tropfen auf mich herab. Sie verströmen denselben Gestank wie der Atem der Kreatur, gemischt mit jenem plastikartigen Geruch von chemischen Silicium-Verbindungen.

Weiter und weiter zerfließt das Wesen, sein Zerfall wandert durch den Kopf und herab zum Hals. Mit einem letzten wut- und schmerzverzerrten Schrei stirbt es über mir.

Gerade noch rechtzeitig, bevor die schmierigen Überreste auf mir landen, stemme ich meinen Oberkörper hoch und ziehe mich weg. Gestank und Anblick gipfeln in einer grotesken, abscheulichen Klimax.

Ich würge, muss mich übergeben, möchte mich übergeben, möchte alles, was ich von dem Gestank in mir aufgenommen habe, wieder loswerden.

Aber mein Magen ist leer. Ich würge lediglich ein wenig Schleim und Galle hoch, die ich in den Schnee spucke.

Ich atme heftig. Mein Gesicht pocht. Mit sauberem Schnee wasche ich meine Hände. Dann nehme ich eine weitere Handvoll und drücke sie mir auf die verletzte Gesichtshälfte.

Vor Kälte heule ich auf, bevor ich die lindernde Wirkung spüre.

Ich stehe auf und laufe los. Laufe über das Massengrab vor dem Kühlhaus. Laufe die entvölkerte Straße entlang durch die Stadt. Ich habe kein Ziel und weiß nur, dass ich noch nicht fertig bin: Von den Wesen gibt es draußen im Eis noch mehr. So hat es Anderson gesagt und so steht es auch in den Befehlen der Gruppe C.

Ich muss wissen, was im ewigen Eis liegt.

Aber vorher muss ich mich aufwärmen. Und essen. Und schlafen. Ja, schlafen. Am liebsten tagelang. Doch so viel Zeit habe ich wohl kaum: Der Name »Gruppe C« impliziert, dass es die Gruppen A und B gibt, möglicherweise auch D und E. Ich wette, dass es eher Tage als Wochen dauert, bis in Grizzly Creek neue Agenten auftauchen.

Eine Nacht Schlaf brauche ich trotzdem.

Ich bin wie hypnotisiert.

Den Rest des Tages handele ich eher automatisch als bewusst. Irgendwo breche ich ein und besorge mir etwas zu essen. Wandere über die menschenleere Hauptkreuzung von Grizzly Creek. Rufend. Schreiend. Hoffend, dass irgendwer überlebt hat.

Ich finde niemanden.

Am nächsten Morgen wache ich in meinem Bett auf, ohne dass ich rekapitulieren kann, wie ich dorthin gekommen bin. Kurz habe ich die Hoffnung, alles sei nur ein Traum gewesen. Aber all meine Blessuren, allen voran die völlig zerstörte rechte Gesichtshälfte, erzählen eine andere Geschichte.

Das und die Tatsache, dass ich auch am nächsten Morgen nirgendwo in Grizzly Creek einen lebenden Menschen finden kann.

KAPITEL 16

Mir tut alles weh. Mein notdürftig verbundenes Gesicht hat genässt und meine Nacht zu einer Mischung aus unruhigem, von Alpträumen durchtränktem Schlaf und Höllenqualen im Wachen gemacht. Auch mein Bein und mein Kopf schmerzen. Jeder einzelne Muskel schreit, wenn ich ihn bewege. Nur das Glimmen der Nadeln hinter meiner Stirn ist erloschen.

Immerhin. Ich nehme, was ich kriegen kann.

Es ist erst sieben. Ich habe erwartet, dass ich den ganzen Tag verschlafe. Die letzten Tage waren hart genug.

Mühsam stelle ich ein Bein aus dem Bett, ignoriere das Knacken meiner Gelenke und das Stechen im Knie. Anschließend ziehe ich das andere Bein nach und setze mich auf.

Tatsächlich: Muskelkater zieht sich gefühlt durch jede Faser meines Körpers.

Egal. Ich habe noch etwas zu erledigen.

Nachdem ich meine Wunden gesäubert, ordentlich verbunden und drei Schmerztabletten auf einmal geschluckt habe, packe ich meine Sachen. Nicht alles, was ich bei meiner Ankunft dabei hatte, kann ich mitnehmen. Ich habe gestern Abend zwar vor der Polizeistation zwei Geländewagen gesehen, aber ich bezweifele, dass sie mich weit genug bringen werden. Nicht umsonst gilt Grizzly Creek im Winter als von der Außenwelt abgeschnitten.

Alles, was ich mitnehme, muss in meinen Rucksack passen. An Klamotten brauche ich außer denen, die ich trage, höchstens eine weitere Garnitur. Mit dem Rest des Weißbrotes und des Aufschnitts, den ich vor einer Ewigkeit im Convenient Store gekauft habe, mache ich mir Sandwiches und wickele sie in Papier. Zudem fülle ich zwei große Flaschen mit Leitungswasser. Außerhalb der Stadt wird es nicht an Wasser mangeln, aber es kann nicht schaden, etwas dabei zu haben.

Außerdem nehme ich drei Dosen Thunfisch mit, die ich im Schrank finde. Irgendwer muss sie vergessen haben, ihr Verfallsdatum ist aber nicht abgelaufen. Schmerzmittel und Verbandszeug packe ich nach ganz oben. Dann zurre ich alles zusammen und schultere den Rucksack testweise.

Er ist ziemlich schwer. Das Gewicht kann ich auf kurzen Strecken aushalten – nur weiß ich nicht, wie lang die Märsche sein werden, die vor mir liegen.

Ein paar Dinge muss ich mir trotzdem noch besorgen.

Ich verabschiede mich von der Wohnung, die mir in den letzten Tagen eine gute Unterkunft war, und eile die Treppe hinunter. Vor der Wohnungstür von Anderson bleibe ich stehen. Ich trete gegen die Tür, die ohne großen Widerstand auffliegt.

In dem Zwei-Zimmer-Appartement kämpfen Ordnung und Chaos um die Vorherrschaft: die Ordnung einer kaum genutzten Wohnung gegen das Chaos einer Absteige, in der hin und wieder jemand gehaust hat. Anderson war scheinbar nur hier, um zu schlafen.

Ich gehe durch die offene Kombination aus Diele, Küche und Wohnbereich. Auf der Spüle steht ein Topf, in dem verkrustete Käsemaccheroni vor sich hin schimmeln. Ein Blick ins Bad zeigt mir, dass Anderson bei der Beseitigung seiner eigenen Hinterlassenschaften weniger sorgfältig war als bei der Beseitigung von Zeugen.

Auf dem Esstisch finde ich, was mich eigentlich interessiert: eine dicke Akte mit Papieren. Auf deren Umschlag ist mit einem Stempel markiert: »Top Secret – for Executive Officers only«. *Streng geheim – nur für Führungspersonal.*

Obendrauf liegt eine mehrseitige Liste mit Namen, einige davon mit einem Kugelschreiber unterstrichen oder umkringelt. Ich entdecke unter den unterstrichenen Namen meinen eigenen und den von Dr. Varneaux, unter den umkringelten steht zum Beispiel Sergeant Nadiquak.

Ich blättere um und stoße auf weitere Einsatzbefehle. Noch mehr Listen – diesmal mit den realen und den Decknamen der in Grizzly Creek eingeschleusten Agenten.

All das interessiert mich aber gerade nicht. Ich blättere weiter. Ganz hinten stolpere ich über Kartenmaterial. Das habe ich gesucht.

Eine der Karten zeigt das Yukon-Territorium in Gänze, darauf rot markiert die Lage von Grizzly Creek, die wenigen Straßen, die aus der Stadt herausführen.

Eine weitere Karte zeigt die detailiierte Umgebung von Grizzly Creek in einem Radius von einhundert Kilometern. Die Stadt liegt in der Mitte. Am oberen Rand der Karte, knapp über dem Polarkreis, ist ein roter Kringel um scheinbar nichts gemalt.

In diesem Maßstab zeigt die Karte aber nicht genug Details, um mir ein grobes Bild zu geben, wie es dort aussieht. Mehrere Berge sind auf engem Raum eingezeichnet, und etwas sagt mir, dass ich dorthin muss – aber es ist nicht sehr hilfreich. Keine Straße führt so weit und für eine Wanderkarte sind zu wenige Wegmarkierungen eingezeichnet.

Ich betrachte die andere Karte noch einmal und füge die Informationen zusammen. Wenn ich die Straße nehme, die nach Dawson führt, und nach einigen Kilometern rechts abbiege, besteht die weiteste Strecke in den Norden aus einem Waldweg; bis zu einem See an der Baumgrenze. Ich muss nur hoffen, dass die Straße nach Dawson weit genug frei ist.

So oder so werde ich mindestens die letzten fünfundzwanzig Kilometer laufen müssen.

Hart, aber machbar.

Ich reiße die beiden Karten aus der Akte, falte sie und packe sie in meine Jackentasche.

Die Heizung des Geländewagens funktioniert hervorragend, sodass ich bereits kurz hinter der Ortsausfahrt von Grizzly Creek anhalte und meine Jacke ausziehe. Ich überlege, ob ich auch die Skihose ausziehen und in langer Unterhose weiterfahren sollte.

Später vielleicht.

Die erste Wegstrecke ist nicht so lang, für eine kurze Zeit werde ich die Wärme aushalten.

»Alsoomse Enkoodabaoo war die einzige, die einigermaßen offen für ein Gespräch mit mir war«, hatte Henri mir in seinem Büro in der Bibliothek erzählt. »Sie wohnt einige Meilen außerhalb der Stadt, mitten im Nirgendwo am Waldweg Richtung Dawson.«

Ich komme nicht schnell voran, aber schneller und weitaus gemütlicher als zu Fuß. Immer wieder muss ich umgestürzten Bäumen ausweichen, und mit den meterhohen Schneedecken haben selbst die mit dicken Schneeketten bekleideten Reifen des kräftigen, allradangetriebenen Geländewagens hin und wieder zu kämpfen.

Das Wetter hat sich von der Katastrophe in Grizzly Creek nicht stören lassen. Beständig wie immer, seitdem ich hier angekommen bin, fällt herrlich weißer, reiner Pulverschnee auf die Überreste der Gewaltorgie. Er legt sich über alles und breitet seine stille Decke über der Landschaft aus.

Alsoomse Enkoodabaoo wohnt tatsächlich mitten im Nirgendwo. Beinahe wäre ich an der unscheinbaren Hütte vorbeigefahren, die vom Weg aus nur zwischen dicht aneinandergedrängten Nadelbäumen hindurch zu sehen ist.

Zu ihr zu fahren ist ein reiner Schuss ins Blaue. Henri hatte schließlich erwähnt, dass die wenigsten alten Ureinwohner bereitwillig mit ihm über ihre Kultur gesprochen haben. Ob Alsoomse für mich eine Ausnahme machen wird? Ich will es zumindest versuchen. *Muss* es versuchen.

Ich steige aus dem Geländewagen aus und gehe auf das rustikale Holzhaus zu, muss jedoch nicht klopfen. Bevor ich die Veranda betrete, öffnet sich die Tür.

Vor mir steht eine Frau, die sicherlich längst über die Achtzig hinaus ist. Trotzdem strahlt sie mit ihrer anmutigen Haltung, ihrem dunklen Teint und den vollen, grauschwarzen Haaren noch immer jugendliche Schönheit aus. Ich kann mir nur vorstellen, wie attraktiv sie als junge Frau gewesen ist.

Ihre tiefbraunen, von Lachfalten umzäunten Augen mustern mich. Ich will etwas sagen, halte mich aber zurück, als ich sehe, dass ihr Blick auf meinen Wunden hängenbleibt, vor allem auf dem langen Krallenschnitt in meinem Gesicht.

Lautstark saugt sie Luft durch ihre Nase ein, schließt die Augen und legt ihren Kopf in den Nacken. Es sieht so aus, als verarbeite sie meinen Geruch.

Dann wendet sie sich wieder mir zu, schaut mir in die Augen. Sie nickt und tritt einen Schritt zurück.

»Komm rein, Mädchen. Im Warmen redet es sich leichter.«

Alsoomses Holzhaus ist innen weniger rustikal, als es von außen scheint. Die hellen Möbel wirken modern und sind gut aufeinander abgestimmt. In Ikea-Regalen stehen allerlei traditionelle Dinge. Über einer mit Windowcolor-Ornamenten geschmückten Glastür, die in den Garten führt, hängt ein Traumfänger. Im Wohnzimmer steht ein Flachbildfernseher, daneben ein paar DVDs von Filmklassikern; ich erkenne »Casablanca« sowie einige Hitchcock-Filme. Sowohl der Fernsehtisch als auch die DVD-Regale stehen auf einem mit traditionellen Mustern geknüpften Teppich. An zwei Wänden des Wohnzimmers quellen Bücherregale auf der einen Seite vor Kriminalromanen über, auf der anderen Seite vor historischen Werken und Fotobänden über die Kultur der First Nations.

Ihr Haus ist ein Schmelztiegel von Moderne und Tradition, eine irgendwie skurrile, aber schön zusammengeführte Mischung aus First-Nations-Kulturgut und westlichem Zeitgeist.

»Jedes Mal, wenn mich jemand von euch besucht, wundert ihr euch, dass ich nicht nur zwischen Traumfängern und Friedenspfeifen lebe«, bemerkt sie schmunzelnd meinen bewundernd umherschweifenden Blick. »Setz dich aufs Sofa, Mädchen, ich mache uns einen Tee. Magst du Ingwer?« Sie stutzt. »Wobei, nein. Wenn ich dich so ansehe, habe ich was Besseres, glaube ich.«

Ein paar Minuten vergehen, in denen ich mir ihre Sammlung an Büchern über die First Nations ansehe. Natürlich befindet sich kein Buch namens »Die großen Sternenwesen und wie sie zu finden sind« darin.

Sie kommt mit zwei dampfenden Bechern zurück und stellt mir einen hin. Ich puste und nehme einen Schluck. Der Tee schmeckt fürchterlich, beinahe wie Hustensaft.

»Ist das ein Heiltee?«, frage ich mit verzogenem Mund.

»Sozusagen.« Sie zwinkert mir zu. »Das ist Kräutertee mit Honig und kanadischem Whisky. Eigene Kreation. Hilft prima gegen schlechte Laune und bei Schwierigkeiten mit der Verdauung. Kann allerdings Kopfschmerzen zur Nebenwirkung haben.«

Schon jetzt hat Alsoomse ein Wunder vollbracht. Mir ist nicht nach Lachen, ganz und gar nicht, trotzdem spüre ich zum ersten Mal seit mehreren Tagen, dass es noch so etwas wie Humor gibt.

»Also, Mädchen«, sagt sie nach einem großen Schluck ihres Gesöffs. »Raus mit der Sprache.« Ihr Blick wird ernst. »In der Stadt ist was passiert, richtig?«

Ich nicke und erzähle, was in Grizzly Creek geschehen ist. Es tut gut, alles auszusprechen, es mir von der Seele zu reden. Mehrmals rollen mir Tränen über die Wangen, vor allem als ich von Henri und Dr. Varneaux spreche.

Als ich ende, steht Alsoomse vom Sofa auf und geht zur Glastür, die in ihren Garten führt. Ohne ihren Blick vom Waldrand zu nehmen, spricht sie weiter. »Du möchtest nun also mehr von der Legende hören, die Mr. Armitagé dir erzählt hat.«

Ich nicke. »Genau«, schiebe ich hinterher, als mir auffällt, dass sie mich gar nicht sieht.

Sie seufzt. »Es ist lange her, dass ich darüber gesprochen habe. Und die wichtigsten Punkte hat dir dein Freund sowieso schon genannt. Aber du sollst die ganze Geschichte hören.«

Dann beginnt Alsoomse zu erählen. »Mein Vater sagte immer, dass es in einer Zeit geschah, als die Götter noch in die Welt eingriffen. Das ist lange her, lange bevor ihr Weiße in diesen Teil der Welt kamt, und lange bevor sich aus unseren Urvölkern die Stämme herausbildeten, die bis heute bestehen. Damals war das Leben hart und voller Entbehrungen, aber harte Arbeit wurde mit guten Jagdergebnissen belohnt.

Jeden Sommer zogen die Völker aus den Wäldern in den Norden, um im dünneren Eis nach Fischen zu angeln; und jeden Winter gingen sie

zurück in die Wälder im Süden – damit sind diese Wälder hier gemeint
-, um Hirsche und Bären zu jagen.

In einem Jahr begab es sich, dass der Sommer nicht zur üblichen Zeit
kam, weil eine große Scheibe am Himmel die Sonne verdeckte.
Während die Weisen noch versuchten, sich einen Reim daraus zu
machen, wuchs die Scheibe am Himmel immer größer an. Schließlich
kam es zur Katastrophe, die Scheibe zerbrach in tausende Teile und
diese Teile fielen als brennende Berge über den Himmel.

Ein Teil jedoch hatte einen eigenen Willen und beschloss, das Eis zu
besuchen. Die Weisen waren sich nun einig, dass es die Götter waren,
die sich zusammen angesehen hatten, was ihre Völker auf der Erde
treiben. Sie waren aber nicht zufrieden, sodass sie Wächter bei uns
zurückließen.

Die Alten, die davon ausgingen, dass die Götter sie – also *uns* – nach
ihrem Ebenbild erschaffen hatten und uns freundlich gesinnt waren,
zogen sogleich dorthin, wo das Stück der Scheibe ins Eis gefallen war.
Sie waren erstaunt über die Kraft der Götter: Mit dem Aufprall hatten
sie gleich mehrere Berge aus Eis, Feuer und Stein neu erschaffen, die
sich rund um sie herum auftürmten.

Als sie die Götter selbst sahen, erschraken sie: Sie hatten uns nicht als
Ebenbilder geschaffen, sondern als deutlich schwächere Version ihrer
selbst. Meine Urahnen waren überzeugt, dass diese Götter böse waren,
dass sie keinesfalls von den Göttern geschickt wurden, die sie kannten
und die ihnen gute Jagden, reiche Ernten und starke Hütten bescherten,
wenn man sie darum bat.

Sie waren *Sternenwesen*, aber nicht die Wesen einer hellen Welt, nein,
sondern die eines dunklen Sterns, der die Sonne verdunkelt und die
Erde in den Schatten gehüllt hatte.

Also vergruben sie die schlafenden Bosheiten in Schnee und Eis,
wohl wissend, dass sie nur warteten. Wohl wissend, dass sie niemals
sterben würden, sondern nur so lange schlafen, bis sie ihre Zeit
gekommen sahen, die Menschen von der Erde zu tilgen.«

Alsoomse seufzt.

»Das ist die Geschichte«, schließt sie. »Ich habe lediglich ein paar
Namen weggelassen, mit denen du sowieso nichts anfangen könntest,
Mädchen.«

»Das … ist alles?«

»Was hast du denn erwartet? Eine detailgetreue Beschreibung, wie man die Wesen finden und töten kann? Das Beste, was ich dir anbieten kann, sind die Berge um den Einschlag herum.«

Ich erinnere mich an die Karte aus Andersons Wohnung. Etwa hundert Kilometer nördlich von Grizzly Creek waren Berge eingezeichnet. Offenbar ist das, wie ich schon vermutet hatte, der Ort, den ich aufsuchen muss.

»Du weißt, was das alles konkret bedeutet, Mädchen? Also, wenn man den mythischen Firlefanz beiseitelässt?«

»Ein Asteroid oder ein Meteorit.«

Alsoomse nickt. »Groß genug, um einige der Wesen zu beherbergen, aber nicht so groß, dass uns Menschen dasselbe Schicksal wie die Dinosaurier ereilt hat.«

Ich überlege. Trinke noch einen Schluck vom Whisky-Kräuter-Tee. Wenn man weiß, worauf man sich einlässt, ist das Zeug gar nicht so übel. Wenigstens wärmt es mich von innen.

Ich mag Alsoomses offenherzige Art, ein bisschen erinnert sie mich an die verstorbene Mrs. Sigourn und ihre Cookies, wenngleich sie doch eine ganz andere Frau ist als Dr. Varneaux' Sprechstundenhilfe. In meinen Hirnwindungen suche ich nach weiteren Dingen, auf die ich die Frau ansprechen kann, damit ich einen Grund habe, länger bei ihr zu bleiben.

Doch mir will nichts einfallen. Ich habe gehört, was ich hören wollte, und jetzt habe ich zu tun, was ich tun muss.

Entschlossen trinke ich auf, stelle den Becher auf ihren Wohnzimmertisch und nicke ihr zu. »Danke«, sage ich. »Ich würde gerne länger bleiben, aber ich muss weiter.«

»Ja, ich verstehe«, sagt sie. »Wahrscheinlich bringt es nichts, dir das auszureden, richtig? Aber du könntest zu mir zurückkommen. Ich habe ein Gästezimmer und kann dich gesundpflegen.«

»Das klingt wunderbar«, sage ich. »Aber erstmal muss ich weiter.«

»Mädchen?«

»Ja?«

»Pass auf dich auf. Nicht körperlich, meine ich, sondern auf deinen Geist. Mein Vater hat mir von seinem Großvater erzählt, der mit ein paar

Kriegern aufgebrochen ist, nach den Sternenwesen zu sehen.« Sie zögert. »Er war nie wieder derselbe.«

Schweren Herzens verlasse ich Alsoomse und fahre den ganzen Tag. Abends komme ich am Ende des Waldweges an, der mich in den Norden bringt. Vor mir erstreckt sich der große See, zugefroren, eingebettet in dichten Wald.

Ich finde keine Anzeichen, dass sich der Wald lichtet, aber die ansonsten eher grobe Karte ist in diesem Fall eindeutig: Nur etwa acht Kilometer weiter befindet sich die Baumgrenze.

Ich bin so nahe am Polarkreis, wie mich menschliche Straßen bringen können.

Es ist längst dunkel. Die Temperaturanzeige im Geländewagen sagt, dass es draußen einige Grad Fahrenheit kälter geworden ist.

Ich werde also hier übernachten. Den Motor des Geländewagens lasse ich laufen. Der Tank ist noch mehr als halbvoll und ich brauche die Heizung des Wagens über Nacht.

Ich schiebe die Gangschaltung in den Leerlauf und ziehe die Handbremse an. Dann stelle ich den Sitz nach hinten und die Lehne zurück.

So wird es sich nächtigen lassen. Einigermaßen zumindest.

Binnen Sekunden schlafe ich ein.

Als ich am nächsten Morgen erwache, schmerzen mein Rücken und mein Knie, meine Wunde im Gesicht sowieso. Zum Glück habe ich daran gedacht, Verbände und Schmerzmittel einzupacken.

Mit Hilfe des Rückspiegels verarzte ich meine Wunde. Die Kralle des Sternenwesens hat beinahe die komplette Gesichtshälfte aufgerissen. Ob das wieder verheilt? Oder muss das chirurgisch gerettet werden, wenn ich zurück in der Zivilisation bin?

Als ich fertig bin, schmeiße ich drei Schmerztabletten ein und esse. Alsoomse hat mir eine Thermoskanne mit Wildeintopf mitgegeben. Über Nacht ist er abgekühlt, schmeckt aber trotzdem wunderbar nach allerlei Kräutern und kräftigem Hirschfleisch. Dazu esse ich eines der Sandwiches, die ich mitgenommen habe.

Eigentlich möchte ich die warme Geborgenheit des Geländewagens nicht verlassen. Aber was bringt es, hier noch weiter herumzusitzen? Ich ziehe mich an und steige aus.

Die Kälte trifft mich nicht so hart wie befürchtet. Scheinbar hat mich die Woche im Yukon-Territorium schon abgehärtet.

Der anhaltende Schneefall und die harten Windböen haben mich bis auf die Knochen durchnässt und durchgefroren, als ich in der Ferne die eisigen Berge aufragen sehe. Wenige Stunden später stehe ich vor dem südlichen Berg, hinter dem laut der Karte aus Andersons Wohnung und den wenigen Details aus Alsoomses Geschichte die Sternenwesen liegen, eingeschlossen von weiteren Bergen im Norden, Westen und Osten.

Ich bin fertig. Den ganzen Tag bin ich durchgelaufen, und das nicht im Tempo eines Spaziergangs, sondern im strammen Marsch. Kurze Pausen habe ich nur eingelegt, um zu essen, zu trinken und unter Schmerzen Wasser zu lassen.

Am Fuß des Berges frage ich mich, ob es eine kluge Idee war, mich so auszupowern. Der Berg ist nicht hoch, kein Massiv. Eigentlich nur ein kleiner Gipfel, global betrachtet. Trotzdem wird es mich Kraft kosten, ihn zu erklimmen.

Bei allen Schmerzen, aller Kälte und aller Erschöpfung weiß ich aber, dass ich weitergehen muss. Ich bin nicht hier, um mich gut zu fühlen. Ich bin hier, weil ich es wissen muss. Weil ich ein Bild davon brauche, wie groß das Problem ist, das die Menschheit hat.

Ich werfe meine letzten drei Schmerztabletten ein und spüle sie mit dem restlichen Wasser herunter.

Ich warte ab, bis ich mir einbilden kann, dass die Schmerztabletten wirken. Dann gehe ich weiter.

Zum Glück ist die Erhebung im ewigen Eis nicht so steil, dass ich Kletterwerkzeug brauche. Es genügt, mir den Hang als Serpentinen vorzustellen, über die ich langsam, aber stetig höher steige.

Dabei befinde ich mich in einem Zustand des Egalseins. Ich fühle kaum noch Schmerzen, die Angst, die Kälte, die Verzweiflung.

Ich setze einfach nur einen Fuß vor den anderen.

Nach einigen Stunden bin ich oben angelangt. Das Gipfelplateau ist wenige Meter breit. Nur noch ein paar Schritte, bis ich sehen kann, wofür ich diesen Marsch auf mich genommen habe.

Trotzdem zögere ich.

Einmal gesehen, lässt es sich nicht rückgängig machen. Was ich dort finde, könnte mein Leben für immer verändern.

Aber eigentlich ist es egal, was hinter dem Gipfel auf mich wartet.

Mein Leben, wie ich es kenne, ist sowieso vorbei.

Ich schlucke. Greife nach einer Handvoll Schnee, lasse ihn kurz anschmelzen und schaufele ihn mir in den Mund.

Ich merke, dass ich eher wanke als laufe, ignoriere das aber. Ich trete an den Rand des Plateaus und schaue herab in den Krater.

Was ich sehe, übertrifft meine schlimmsten Befürchtungen, und ich spüre, wie hinter mir der Wahnsinn steht und mir fröhlich zuwinkt. Mir zu verstehen gibt, dass ich ihm nur ein Zeichen geben müsse, dann wäre er bereit, das Ruder zu übernehmen.

Ein verlockendes Angebot angesichts dessen, was ich im Krater sehe: schlafend, langsam erwachend; bereit, über die Erde und ihre Bewohner herzufallen wie eine Meute hungriger Tiere an der Spitze der Nahrungskette.

Da liegen hunderte Exemplare jener Kreatur, die ich aus Grizzly Creek kenne. Nur dass mir jetzt klar wird, dass ich es dort mit einem Kleinkind zu tun hatte.

Die außerirdischen Wesen vor mir sind um ein Dutzendfaches größer als das Wesen, das ich getötet habe. Das war zwei Meter fünfzig groß. Die Kreaturen vor mir haben Maße, welche die Erde höchstens zur Zeit der Dinosaurier gesehen hat.

Kein auf diesem Planeten beheimatetes Wesen – ob Mensch, Tier oder gar Pflanze – kann so groß werden wie die Kreaturen, die vor mir liegen, nur noch halb von Eis und Schnee bedeckt, langsam auftauend.

Der Mensch hat sich durch den Klimawandel sein eigenes Grab geschaffen. Dass es so kommen würde, habe ich nie bezweifelt. Doch dieses Ausmaß habe ich mir in meinen kühnsten Träumen nicht ausgemalt: dass es nicht Stürme, Überschwemmungen und Hitzewellen sein würden, welche die Menschheit dahinraffen, sondern etwas ganz anderes.

Vor meinem geistigen Auge laufen Filme ab, ohne dass ich sie abstellen kann.

Ich sehe, wie die Wesen in wenigen Jahren, wenn das ewige Eis der Arktis zur Genüge geschmolzen ist, aus Millennien des Schlafes erwachen, um sich zu erheben. Sehe vor mir, wie erst eines, dann zwei, dann drei aufstehen und losziehen, die Erde neu zu bevölkern.

Ich sehe die riesigen, rasiermesserscharfen Krallen, die bei den ausgewachsenen Exemplaren dreißig, vierzig Meter lang sind. Sehe die Gesichter mit zehn, zwölf, fünfzehn Meter langen Zähnen.

Kein Mensch wird sich dem Grauen entziehen können, kein Mensch wird davonkommen, wenn die Kreaturen einem Kaiju gleich über die Erde hinwegfegen, alles verschlingend, alles vernichtend, Häuser einreißend und Schutzbunker mit einem Schlag zertrümmernd.

Wenn diese Wesen erwachen und über die Welt herfallen, ist klar, was passiert: Sie werden den Menschen entthronen, ihn versklaven, als Nahrung halten und in letzter Konsequenz auslöschen, um sich selbst die Krone der Schöpfung aufzusetzen.

Doch vielleicht kann ich das Grauen abwenden. Vielleicht lässt sich die Salpetersäure im industriellen Maßstab zusammentragen und per Flugzeug oder Hubschrauber über den Wesen versprühen.

Nur müssen mir dafür andere Leute glauben. Mächtige Leute, die viele Menschen mobilisieren können, um die Welt zu retten. Mächtige Menschen haben aber die Gruppe C nach Grizzly Creek geschickt, um die Kreatur zu *erforschen* – nicht, um sie zu *töten*. Wird der Drang, das Überleben der Menschheit zu sichern, größer sein als der Wunsch, aus der Beschaffenheit der Außerirdischen neuartige Waffen abzuleiten?

Ein sachtes Ruckeln geht durch den Berg, auf dem ich stehe, begleitet von einem unendlich tiefen, durchdringenden Seufzer. Eines der Wesen, das zur Hälfte aus dem arktischen Eis herausragt, die metallisch-fließende Haut seiner Glieder zur Schau stellend, zuckt und bewegt sich.

Es gelingt ihm nicht, sich aus dem Eis zu befreien.

Noch nicht.

Aber es wird nicht mehr lange dauern. Wenn wir Glück haben zwei Jahre. Zwei Jahre, in denen die kalte Jahreszeit zu warm ausfällt und das Eis weit genug abschmilzt.

Diese Entwicklung ist nicht mehr aufzuhalten.

Ich beobachte, wie die Kreatur ihren Arm leicht anhebt und um sich herumtastet.

Ein Schauer läuft mir den Rücken herab.

Und ich fange an zu laufen.

Ich laufe so schnell ich kann, so weit ich kann. Irgendwann breche ich vor Erschöpfung zusammen. Als ich wieder zu mir komme, trinke ich eine Handvoll Schnee und laufe weiter, bis ich wieder umfalle. Hinter mir höre ich immer wieder das Rumoren von Sternenwesen, die in ihrem Krater langsam erwachen.

Irgendwann kann ich nicht mehr laufen, sondern nur noch stolpern. Wie in Trance bewege ich mich vorwärts, setze im Automatikmodus einen Fuß vor den anderen. Das Wissen, dass ich der einzige Mensch außerhalb gewisser Kreise bin, der weiß, was dort im Norden schlummert, hält mich am Leben. Nur das bewegt mich dazu, weiterzugehen und nicht einfach zu resignieren, mich in den Schnee zu setzen und auf meinen Tod zu warten. Nur das Wissen darüber, was im Begriff ist, aus seinem Schlaf zu erwachen, um die Menschheit vom Thron zu stürzen, auf den sie sich selbst gesetzt hat.

Mittlerweile existiere ich nur noch in Perioden des Laufens und Perioden des halbwachen Komas. In so einem Koma zwischen Dämmern und Wachen höre ich irgendwann Schritte und eine menschliche Stimme in meiner Nähe.

Den Rest, Sheriff, den Rest der Geschichte kennen Sie.

EPILOG

Egerton County Sheriff Pete Dorian stand an der Tür des Krankenzimmers, in dem Dr. Jennifer Meier lag, und warf der Frau einen letzten Blick zu. Sie sah schon wieder aus dem Fenster, in die Ferne. Das Egerton County Hospital war das höchste Gebäude der Stadt, und so hatte sie einen guten Blick; nicht nur über Egerton, sondern auch über die Wildnis von Alaska, die sich dahinter erstreckte.

In ihrem Gesicht stand Angst, als befürchtete sie, dass jeden Moment etwas am Horizont auftauchen könnte.

Pete schauderte, als die Tür ins Schloss fiel. Er beeilte sich, den Krankenhausflur zu verlassen. Ein Blick auf die Uhr verriet ihm, dass sein Verhör fast drei Stunden gedauert hatte. So viel Zeit hatte er schon ewig nicht verbracht, ohne eine Zigarette zu rauchen.

Bereits auf dem Weg aus dem menschenleeren Foyer des Krankenhauses vor die Tür steckte er sich eine Kippe in den Mundwinkel und kramte sein Feuerzeug heraus. In dem Moment, als sein Fuß die Schwelle überschritt, zündete er sich die Zigarette an.

Der erste Zug glitt tief seine Atemwege hinab in die Lungen und Bronchien. Er genoss den bitteren Geschmack des Qualms und die beruhigende Wirkung des Nikotins.

Er stellte sich in eine windgeschützte Ecke. Die Anzahl der Kippen auf dem Fußboden machten klar, dass sich der Großteil der Raucher im Winter in diese Ecke drückte.

Gerade war aber niemand da. Es war Samstagabend. Das Krankenhauspersonal lief auf Sparflamme, die Besucher waren längst zu Hause.

Er nahm einen zweiten Zug von seiner Zigarette. Seine Gedanken wanderten zurück zu der Frau, Dr. Meier. Neunundneunzig Prozent der drei Stunden, die er bei ihr im Zimmer verbracht hatte, hatte sie gesprochen. Er hatte nur zwischendurch genickt, etwas Zustimmendes gemurmelt oder eine Verständnisfrage gestellt.

Ihre Geschichte war verrückt. Viel zu verrückt, um wahr zu sein. Agenten einer geheimen Organisation der US-Regierung, die eine ganze Stadt in Kanada plattmachten, weil es in der Nähe Außerirdische gab … was für ein Schwachsinn! In den Neunzigern, als »Akte X« noch auf allen Kanälen lief, wäre eine solche Story in Hollywood sicherlich auf offene Ohren gestoßen.

Trotzdem fand er, dass ihre Ausführung etwas hatte. Er hatte die Frau beim Sprechen genau beobachtet und nicht die leiseste Andeutung einer Lüge oder von Unsicherheit entdeckt.

Was auch immer geschehen war, die Frau glaubte fest an ihre Version der Geschichte.

Er seufzte.

Du wirst heute Nacht sowieso kein Auge zumachen, wenn du es nicht wenigstens einmal checkst. Nur zur Sicherheit.

Er kramte sein Smartphone hervor. So etwas besaß er erst, seitdem er Sheriff war. Selbst die Behörden funktionierten nur noch digital. Er brauchte ein paar Sekunden, um sich auf dem Startbildschirm zurechtzufinden. Dann entdeckte er das kleine Icon, mit dem er den Internetbrowser öffnen konnte.

Er tippte »grizzly creek« in die Suchleiste ein und drückte auf die Lupe, um die Suche zu starten.

An der Straße hielt ein Auto. Der einzige Insasse schaltete den Motor ab und stieg aus. Er war vom Typ Geschäftsmann: groß, schlank, trainiert, in teuren Schuhen und teurem Mantel, alles in dezenten Farben. Das Auto stand nicht in einer als Parkplatz gekennzeichneten

Bucht. Theoretisch hätte Pete ihm dafür einen Strafzettel verpassen können.

Aber er hatte gerade andere Sorgen, als dem Besucher eines kranken Angehörigen den Samstagabend noch mehr zu vermiesen.

Stattdessen widmete er sich wieder dem Display seines Handys.

Schon das erste Suchergebnis schickte einen eisigen Schauer durch seine Adern.

Ihm stockte der Atem.

»Was geschah in Grizzly Creek?«, las er die Schlagzeile. Und darunter, in der zweiten Zeile: »Kanadische Behörden entdecken Geisterstadt. Der Kontakt war nur wenige Tage abgebrochen. Experten sind ratlos.«

Mit zitterndem Daumen wählte er den Artikel an, nicht ohne die Quelle zu checken. Tatsächlich stand er auf der Seite der Toronto Star, der auflagenstärksten kanadischen Tageszeitung. Das war kein Schmierblatt, das ständig von Ufos, Geistern und ähnlichem Blödsinn schwadronierte. Das war eine ernst zu nehmende journalistische Quelle.

Er überflog den Artikel, und als er am Ende ankam, hatte sich seine Zigarette aufgeraucht. Mit zitternden Händen zündete er sich eine neue an. Kettenrauchen war eigentlich nicht sein Ding. Aber es gab Momente, in denen Pete auf solche Prinzipien schiss.

Das war einer davon.

Der Geschäftsmann war die Auffahrt zum Krankenhaus – *Zufahrt nur für Rettungswagen* – zur Hälfte hochgekommen, und Pete sah, dass auch er sich auf dem Weg eine Zigarette angezündet hatte.

Pete musste den Artikel nicht in Gänze lesen. Was er beim Überfliegen mitbekam, reichte ihm.

Kanadische Behörden hätten eine Lücke im Sturmtief genutzt und einen Rettungstrupp in die Kleinstadt Grizzly Creek im nordwestlichen Yukon-Territorium entsandt, hieß es im Artikel. Das sei notwendig gewesen, da durch die Unwetter, die in den vergangenen Tagen diesen Teil von Kanada heimsuchten, die Kommunikation mit der Stadt eingebrochen war.

Die Retter hätten vor Ort jedoch nur eine Geisterstadt vorgefunden. Niemand lebte mehr, lediglich um das Kühlhaus herum habe es Blutspuren gegeben, so der Artikel.

Was, wenn die Verrückte gar nicht verrückt ist?, fragte sich Pete.

Ja, was dann?

Wenn es tatsächlich eine Regierungsorganisation gab, die irgendein schiefgelaufenes Experiment zu vertuschen versuchte? An Außerirdische glaubte er nicht, konnte er nicht glauben. Aber an irgendwelche Wissenschaftler, die mitten im Nirgendwo gefährliche Substanzen testeten? Zeug, das im Krieg eingesetzt werden sollte?

Ja, daran konnte Pete glauben. Er hatte lange genug beim Militär gedient, um zu wissen, dass manche Dinge besser nicht an die Öffentlichkeit gelangen.

Der Geschäftsmann näherte sich dem Eingang.

»Abend Sheriff«, murmelte er, als er auf Pete zuging.

»Abend«, grüßte Pete zurück. »Kann ich Ihnen helfen?«

Der Geschäftsmann zog an seiner Zigarette. Das erinnerte Pete, dass er selbst noch einen Glimmstängel in der Hand hielt. Auch er nahm einen Zug. Gleichzeitig drückte er den Button auf dem Smartphone, mit dem sich das Display ausschalten ließ, und verstaute es wieder in der Hosentasche seiner Uniform.

»In der Tat«, antwortete der Geschäftsmann. »Sagen Sie, haben Sie zufällig gerade Dr. Jennifer Meier verhört?«

Die Frage traf Pete unvorbereitet. »Woher …«, setzte er an, bevor er merkte, dass er damit schon zu viel sagte.

Auf dem Gesicht des Geschäftsmannes, der mit Sicherheit kein Geschäftsmann war, breitete sich ein zufriedenes Grinsen aus.

»Danke, Sheriff«, sagte der Agent und zog eine Pistole aus der Tasche seines Mantels.

Anfängerfehler, war das Letzte, was Pete durch den Kopf ging, als ihn zwei schallgedämpfte Kugeln in die Brust trafen.

Eine Welle von Schmerz breitete sich von den Einschusslöchern durch seinen ganzen Körper aus. Pete konnte nur noch zusehen, wie alle Energie aus seinen Gliedern entwich.

Kraftlos sank er zu Boden.

Der Mann verbarg die Pistole wieder in der Tasche und wandte sich dem Eingang zu.

»Ich würde gerne noch bleiben und plaudern, Sheriff«, sagte er. »Aber ich sehe, dass Sie unpässlich sind, und ich habe sowieso noch eine Verabredung mit Dr. Meier.«

Das einnehmende Lächeln des Mannes erschütterte Pete beinahe mehr als seine Tat. Nichts deutete darauf hin, dass er gerade auf einen Sheriff gefeuert hatte. Alles, was das Gesicht ausstrahlte, war Freundlichkeit und Sympathie.

Der Agent schritt durch den Eingang und ließ Pete zurück.

Während er starb, dachte er nur an eines: dass Dr. Meier, die gar nicht so verrückte Wissenschaftlerin, und er die einzigen Menschen waren, die wussten, was im ewigen Eis des Yukon schlief und wartete.

Es schlief. Und wartete.

Und schlief.

Und wartete.

Bis seine Zeit gekommen war.

Petes Sicht verschwamm und er sah nur noch schwarz.

Ein dumpfes Donnern ertönte im Hintergrund, wie von einem riesigen Wesen, das sich im Eis wand.

Dann hörte Pete nichts mehr. Seine Gedanken entflohen und um ihn herum war nur noch die Stille der Nacht, die Schwärze des Nichts, die Kälte der Ewigkeit und die Gewissheit, dass sie kommen würden.

ENDE

NACHWORT UND DANKSAGUNG

Zunächst einmal möchte ich »Danke« sagen – und zwar Ihnen. Ja genau, Ihnen, der*die dieses Buch bis zu dieser Seite gelesen hat. Wie Sie vielleicht mitbekommen haben, veröffentliche ich »Aus dem Eis« verlagsunabhängig. Trotzdem ist es mir ein Anliegen, Ihnen ein möglichst professionelles Buch zu bieten. Ich bin über jedes Feedback, ob ich diesem Anspruch gerecht geworden bin, dankbar. Sie können mir an meine E-Mail-Adresse autor@stephan-ahlers-moeller.de schreiben. Ich verspreche, dass ich jede ernstgemeinte E-Mail lese und (gegebenenfalls mit leichter Verspätung) beantworte.

Wenn Sie Indie-Autoren wie mir einen Gefallen tun möchten, können Sie das übrigens am besten tun, indem Sie das Buch auf dem Portal bewerten, auf dem Sie es gekauft haben. Suchmaschinen-Algorithmen lieben Kundenbewertungen und Rezensionen, womit Sie uns »Kleinen« helfen, zwischen all den »Großen« sichtbar zu sein und zu bleiben.

Wenn Sie eher der analoge Typ sind, freut es mich natürlich genauso, wenn Sie Ihren Freunden von meinem Buch erzählen.

Sollten Sie stets über meine Veröffentlichungen informiert bleiben wollen, empfehle ich Ihnen meinen Newsletter, für den Sie sich unter https://www.stephan-ahlers-moeller.de/newsletter eintragen können. Ich garantiere, Ihnen keinen Spam zu senden. Und wenn Sie schon auf meiner Website sind: Schauen Sie doch gerne einmal im Blog vorbei, in dem ich wöchentlich ein paar Gedanken über das Schreiben, über Horror, Science-Fiction und Fantasy und ganz allgemein Dinge, die mich bewegen, publiziere.

Einen Roman zu schreiben ist kein Spaziergang, sondern eher ein Marathon. Die Idee für diese Geschichte kam mir 2015. Im Jahr 2019 begann ich, die erste, noch *sehr* rohe, Fassung zu schreiben. 2021 schrieb ich das Wörtchen »Ende« darunter. (Wenn Ihnen mein Buch so sehr gefallen hat, dass Sie schon nach mehr lechzen: Keine Sorge, das nächste wird nicht so lange brauchen.)

Für ihre Unterstützung auf diesem Weg möchte ich einem ganz besonderen Menschen danken: Ann-Kathrin Ahlers. 2015, als ich die Idee zu »Aus dem Eis« hatte, waren wir Bekannte, ein Jahr später gute Freunde. 2019, als ich mit diesem Roman anfing, kamen wir zusammen. 2021, als ich »Ende« darunterschrieb, haben wir uns verlobt. Jetzt, wenn ich diese Zeilen schreibe, bereiten wir unsere Hochzeit vor. Ob ich den ganzen Weg ohne diesen Spezialmenschen zum Ende gegangen wäre, ob ich tatsächlich die Veröffentlichung eines fertigen Romans vorbereiten würde, kann ich nicht beschwören. Danke!

Auch möchte ich meinen Eltern Rita und Helmut sowie meinem Bruder Jan Ole Möller für ihre nimmer endende Unterstützung auf diesem langen Weg danken.

Weiterer Dank geht raus an die Freitagsrunde (»Wir müssen abhauen, da kommt ein Rückzug!«), die Metalcrew (»Seid so, wie ihr bleibt!«), Anne und Daniel, André und Steffi sowie die Büro-Gang (»Gibt es gar keine Butter?«).

Einen besonderen Dank möchte ich darüber hinaus meinem Lektor André Gabriel aussprechen. Glauben Sie mir, wenn ich Ihnen sage, dass dieses Buch ohne seine unglaubliche Arbeit nur halb so gut wäre. Bestenfalls!

Auch Florin Sayer-Gabor gilt für das wunderbare Cover-Artwork ein Extradank!